于雷 著

云海英雄传

雪落风吟

中国文联出版社
http://www.clapnet.cn

图书在版编目（CIP）数据

云海英雄传 ：雪落风吟 / 于雷著. -- 北京 ：中国文联出版社，2018.12

ISBN 978-7-5190-3954-7

Ⅰ. ①云… Ⅱ. ①于… Ⅲ. ①长篇历史小说－中国－当代 Ⅳ. ①I247.5

中国版本图书馆CIP数据核字（2018）第240415号

云海英雄传 ：雪落风吟

作　　者：于　雷

出 版 人：朱　庆

终 审 人：奚耀华　　　　复 审 人：胡　笋

责任编辑：蒋爱民　　　　责任校对：傅泉泽

封面设计：杨祎姝　　　　责任印制：陈　晨

出版发行：中国文联出版社

地　　址：北京市朝阳区农展馆南里10号，100125

电　　话：010-85923066（咨询）85923000（编务）85923020（邮购）

传　　真：010-85923000（总编室），010-85923020（发行部）

网　　址：http://www.clapnet.cn　http://www.claplus.cn

E - mail：clap@clapnet.cn　jiangam@clapnet.cn

印　　刷：三河市龙大印装有限公司

装　　订：三河市龙大印装有限公司

法律顾问：北京市德鸿律师事务所王振勇律师

本书如有破损、缺页、装订错误，请与本社联系调换

开　　本：620×889　1/16

字　　数：181千字　　印张：19

版　　次：2018年12月第1版　　印次：2018年12月第1次印刷

书　　号：ISBN 978-7-5190-3954-7

定　　价：49.00元

目录

第一章 狗蛋

夏国西境，狂风卷起黄沙犹如浓雾，遮天蔽日。

在这风沙肆虐的季节里，路上极少有行人，即使有，也都是用厚厚的布巾包住嘴、鼻，抬起手臂挡住风沙，眼睛眯成一条缝勉强地辨别着方向。

但就在这样的天气里，却有数十辆囚车和几辆兵器储备车在士兵的押送下，沿着官道，往天脊山的方向行进着。负责押送的军官，虽然有马，却也没法儿骑，反倒把马当作遮挡风沙的屏障，跟在囚车旁缓慢前进着。囚车里的犯人则毫无遮挡地处于风沙之中，眼不敢睁，嘴不敢张，连呼吸都变得极为困难。

“队正大人，前面有个村子，我们去避避风沙吧。”说话的是一位火长，姓张，名大山，年纪已经四十有一，算是个老兵。他常年押送囚犯，对这一带的情况颇为了解。只是他这一开口，免不了要吃一嘴沙子。

被叫作“队正”的中年军官是个贵族子弟，身着银甲，流光溢彩。他一手牵着马，一手紧紧捂着嘴上的布，连忙点点头，却不敢开口说话。

张大山得了许可，二话不说，立刻冲到前面，领着队伍往村庄的方向走去。

村子周围被树林包围，在这沙地之中倒也算是奇观。想是这里的村民长期受风沙困扰，这才有了这片树林。不过林中无法行囚车，队伍不得不又停了下来。队正见有树林，立刻牵马急入，也顾不上处理这些囚车了。进了树林，果然舒服了很多，虽然还有些许风沙钻入林中，但已无大碍。众士兵见队正走了，也都抛下囚车，推推搡搡，挤入树林。

张大山见状，不由得摇了摇头，昔日夏兵是何等严整，动如疾风，不动如山，现今却犹如一盘散沙。不过近几年，他已见怪不怪，军队的待遇如今是越来越高，但是军人的素质却大不如前。将官自不用说，在军队里如果没有人脉和金银，根本混不下去，就连士兵也大多是花了些银子才进来的，无非为了谋个差事，混个营生。不过张大山平日里对士兵却要求甚严，所以他火里的士兵，见他未动，也都不敢乱动。

“你们几个留在这里看守囚车，我去去就来。”张大山回头欣慰地看了看自己的兵，吩咐完后，也走进了树林。

“队正大人，囚车里的犯人怕是熬不住这风沙。”张大山找到队正进言道。

“有什么熬不住的，难道还要我去伺候他们？”队正终于开口说话了，他拍打着身上的黄沙，只想着自己这一身昂贵的银甲有没有被风沙弄脏。

张大山跟着这位队正大人也不是一天两天了，自然知道他的脾气。

“队正大人，如果这些囚犯全都死在这里，恐怕到了天脊山，我们也不好交代，还请大人三思。”张大山还是不温不火地劝道。

“你……罢了，你想怎么弄就怎么弄去吧，别再来烦我。”队正想起天脊山上那位难缠的大人物，语气立刻软了几分。

于是张大山叫了一个和自己熟络的年轻火长，带了几个士兵，押解囚犯进村。这名年轻的火长名叫石三顺，虽然胆子小，但也是平民出身，没有那些富家子弟的傲气，所以平日里跟张大山走得比较近。

夏国军队以府兵为主，同时还有禁军、兵募、边防军、术师。府兵泛指军府统领的士兵，是夏国军队的主体，也就是正规军。禁军的任务是护卫皇城，人员、装备都是一等一的精锐，只听皇帝一人调动。战时军队人员不够时，则募兵。兵募都是普通老百姓，良莠不齐，且缺乏训练，难堪大用。边防军的组成最为杂乱，既有按时轮换的府军，也有发配的囚役，还有就地征召的兵募。术师则是由一群会法术的人组成，调配管理都由皇城内的大祭师负责，因为术士太过稀少珍贵，所以每三府才配一名术士。全国军府最多时有六百三十二名术士，其中关内道就占了两百六十一名，其次是南境、北境两道，其他各道府数很少。

军府分上、中、下三等，上等一万两千人，中等一万人，下等八千人。每府置都尉为长，左右都尉各二人为副。每军府辖四至六团，团两百人，团设校尉。每团辖两旅，旅一百人，旅设旅帅。每旅辖两队，队五十人，队设队正。每队分为五火，火十人，火置火长。

这次押解囚犯的正是关内道的一队府兵，连同杂役劳工，不足八十人，而押送的囚车却有三十辆，囚犯总计一百五十六名。这些囚犯中有小偷、杀人犯、强盗、强奸犯、反贼……他们将被送往天脊山，经过严格的训练，最后能活下来的人将成为边防军的一分子。

囚犯都戴有枷锁和脚链，虽然人数众多，张大山却也不怕他们不听话。他吩咐士兵，若有囚犯敢不听号令，斩立决。囚车被一辆辆地打开，在士兵的喝骂推搡下，囚犯们排成了一列，蹒跚着走进树林。

“老子这辈子吃过人肉，喝过花酒，可还从来没吃过沙子！”一个满脸横肉、身材粗壮高大的囚犯用力吐出嘴里的沙子，大声骂道。

“铁牛，你现在有的吃就不错了，等到了天脊山，不被野狼吃了就是万幸。”跟在他身后的一个约莫十六七岁的小囚犯出言讥讽。这小囚犯五官倒是清秀，只是一脸的尘土黑泥，又弓着腰，低着头，样子看起来不免有些猥琐。

“放屁！老子专杀狼崽子……”铁牛话还没说完，脑袋上就挨了一棍子。

“你们都给我闭嘴，不准说话！”一旁的士兵凶恶地说道。

铁牛也是倔脾气，虽然挨了打，却恶狠狠地瞪着打他的士兵，龇牙咧嘴，仿佛要吃了对方一般。

“铁牛，好汉不吃眼前亏，要是在这里被这小狗一刀切了脑袋，那可不值得。”铁牛身后的小囚犯一边用手扯住了他的衣服，一边小声说道。

铁牛虽蛮，但也不傻，也就不再吭声，低下了头，心里却把那士兵的祖宗十八代全问候了一遍。

张大山带着士兵押着囚犯，行动上就慢了许多，等他再回到林子里的时候，队正和其他人已经不在了，他寻思队正必是带着人先进村了。可说来也巧，本来吹得树林“哗哗”作响的大风突然间就停了，林里林外变得一片寂静，透着一丝诡异。

“邪门儿，这鬼风怎么说停就停了？”铁牛忍不住嘀咕道。但不光是他心里犯怵，还有不少人和他一样犯怵，就连一旁押解的士兵也都在窃窃私语。

“安静！”张大山骑在马上高喝一声，嘈杂的队伍马上安静了下来。

“大家看好囚犯，继续前进，与队正会合，敢有擅动者，就地处决！”张大山一脸肃穆，说话掷地有声，兵容为之一振。

“呸，好大的官威……”铁牛低声骂道。

“凭这人的才干做个旅帅也没问题，可惜了，这把年纪怎么还是个火长？”铁牛身后的小囚犯小声说道。

“老子吹牛的本事可比你狗蛋差多了，你这娃子说话的口气真不像是个小贼。”铁牛讥讽道。

被叫“狗蛋”的小囚犯干笑了两声，没再说什么。

整个树林呈环带状，一直往中心走，约莫一炷香的时间就到了村口。张大山以前来过这个村子，往日在村口就能听到村子里鸡鸣狗叫，看到小孩子跑来跑去、女人晒衣做饭、男人耕作务农，虽谈不上热闹，但也是一派欣欣向荣的景象。可现在却是死一般的寂静，不但见不到一个村民，甚至连一只鸡、一条狗都见不到。更令他不安的是，如果队正进了村，理应在村口安排士兵把守，可现在却没见到一个士兵。

“张强、王虎。”

“在。”

“你们两个去村子里查看，速来回报。”

张强、王虎是张大山火里最机灵的两个兵，他们也知道事态不同寻常，得令后便小心翼翼地往村里跑去。在他们走后，张大山跟着又喊道：“其他人保持警戒，手刀出鞘！”只是他身后这些押送犯人的府兵，平日里欺负一下百姓，或者痛殴被绑住手脚的犯人倒是威风得很，但他们从没真正上过战场，现在真碰到状况，不免有些慌乱起来。

张大山看在眼里，也只能暗自叹息，如今这里只有十多个士兵，真正能杀敌的恐怕一半都不到，只能希望队正那边没出什么大事。时间仿佛漏斗中的流沙，一点点逝去，但张强和王虎两个人始终没有从村庄里回来。张大山的脸色越来越难看，在他身后的士兵也开始显得焦虑不安。

“张哥，不如我们派几个囚犯再进去看看？”石三顺在一旁提议。

张大山摆摆手道：“不用了，如果里面真有状况，进去几个都是送死。”

“那现在怎么办？”

“撤！”张大山咬咬牙，说出一个字。

“也好，也好……”石三顺恨不得拔腿就跑。

“后队变前队，保持队形，退出树林，不听号令者，斩！”张大山手提长刀，杀气腾腾，颇有震慑之力。

“不能退！”就在这个时候，囚犯中突然传出一个高亢的声音。说话的人正是铁牛身后的那个小囚犯——狗蛋，此时他挺直了身子，直视着张大山。小囚犯虽满脸脏污、衣衫褴褛，但长眉剑目，眼睛炯炯有神。

一旁的铁牛惊讶地看着这个与自己一同坐了大半个月囚车的同伴，没想到这个时候他会突发失心疯，不由得为他捏了一把汗。

“大胆，扰乱军心，砍了他！”不等张大山说话，石三顺就下令道，离狗蛋不远的士兵立刻提刀欲砍。

“谁敢过来！”铁牛忽然怒吼一声，挡住士兵，瞋目裂眦，气势吓人。他虽是粗野之人，却最重义气，他与狗蛋从囚牢到囚车，相处数月，如何能眼睁睁地看着狗蛋被砍了脑袋？

那士兵见铁牛虎背熊腰，样子凶悍，倒也吓得一愣。

“且慢动手！”张大山此时终于开口说话了。

如果是往常，这小囚犯是非杀不可，但现在的情况实在太过离奇，张大山虽下令撤退，可心里也是七上八下。队正带的士兵和杂役加起来约莫有六十来人，就算遇到突袭和暗算，也必然会有一番激烈的拼杀，可他一路走来完全没有发现有任何打斗的痕迹。队正他们这六十多人就像清晨的薄雾被风吹散，没留下一丝踪迹。而自己派去查探情况的士兵也失去了联络。纵然他戎马半生，也未曾遇到过如此诡异的事情。

“你说，为什么不能退？”张大山一边问，一边走上前，只要这小囚犯答不上来，就亲自砍下他的脑袋。

“这里被术士下了界阵。”狗蛋直视着张大山说道。

他的话刚一出口，众人就倒吸了一口凉气。他们这些人从未见过术士，但都听闻过一些关于术士的离奇传说。

术士，云州大陆最为神秘的群体，也是最令人敬畏的群体，传说他们能呼风唤雨，日行千里，撒豆成兵，有鬼神莫测之能。普通人只能在传奇般的故事里听闻，或者在陈旧的书本里看到有关术士的故事和奇能异术，但越是不了解，心中才越发畏惧。

张大山也没有亲眼见过术士，但他曾亲历战场厮杀，见识过杀人于无形的界阵，不过那都是几十年前的事情了。

“胡说，你以为老子没入过界阵吗？那跟现在的情况完全是两码事！”

刀已经架在了狗蛋的脖子上，他却笑了，淡淡说道：“界阵五行，金、木、水、火、土，威力依次递减，以你的情况，我看你最多见识过土、火两阵，土界阵如恶鬼拖人入地狱，火界阵以无源之火焚城。”

张大山闻言，手中的刀不由得一颤。

“张哥，你不要听他胡言乱语，砍了他，以免扰乱军心。”一旁的石三顺见众人听到小囚犯的话开始有些骚动，急忙说道。

可张大山一动不动，术士对他而言就犹如皇帝一般，是他想也不曾敢想的人物。至于界阵，他那时也只是侥幸没有葬身其中。然而眼前的小囚犯，命悬一线却临危不惧，对于界阵也似乎了如指掌，怎么看都绝非一名普通的囚犯。

“你究竟是什么人？”

狗蛋对张大山的问题避而不答，只是急切地催促道：“你马上派人分别往东行十一丈，往西行十丈，在地上找到刻有符文的玉尺，立刻拔出来，否则再过半炷香的时间，只怕我们也要性命不保了。”

张大山看着眼前这个有些邋遢的小囚犯，手中的刀上下晃了一晃，却只是削断了他一绺发梢，便收了回来。

“你去东边，你去西边！”张大山吩咐身边的两个士兵道。

在场的所有士兵和囚犯都听到了张大山和小囚犯的对话，虽然他们不知道发生了什么，他们却能闻到危险的味道。所有人都屏住呼吸，盯着往东、西两个方向而去的士兵。然而那两个士兵还没走出一丈的距离，几乎同时发出一声惨叫，在众目睽睽之下，似是被一把无形的利刃割去了脑袋。四周风声又起，树林里“哗哗”作响，而风声之中竟然还夹杂着低吟的人语，不过众人却听不清那声音在说些什么。

张大山不禁神色大变，腰间的佩刀再次出鞘，指向狗蛋：“你搞什么鬼？！”

狗蛋脸上的神色也变得严峻起来，他看着愤怒的张大山，急切地说道：“放开我，让我来！”

张大山略一沉吟，手中佩刀划出一条夺人心魄的弧线。站在一旁的铁牛闭上了眼睛，不忍看狗蛋身首异处。然而，他却只听到“哐当”一声，睁眼再一看，狗蛋手脚上的锁链已经断开。

“我往东，你往西，记住，无论听到什么、看到什么，都不能偏离方向，十丈处必能找到一把玉尺。”狗蛋说完，自己就往东边跑去。

张大山一旦做出选择就不会再迟疑，他毫不犹豫地提刀往西而去。十丈，如果是平常来走，不过是五十步的距离，但张大山每往前一步，都能感到周身传来一股无形的压力，风更急，叶如刀。但是他不敢停，即使衣服被划开，皮肤被划破，血溅五步，他也继续向前走着。

然而，这不过是刚刚开始，他发现树林里的树仿佛有了生命，他前进一步，前面的树就往后挪一步。更令他想不到的是，在他的眼前忽然出现了昔日那些战死的战友，他们血流满面、残肢断臂，呻吟着、呼喊着……

“大山……不要再往前走了……回头吧，回头吧……”

张大山有几次都停下脚步，差点儿回过头，但他终究还是忍住了，最后干脆闭上眼睛，朝着西方迈步。

四十一、四十二、四十三……

张大山默数着自己的脚步，在五十步的时候，他停了下来，睁开眼睛。果然，他看到有一把晶莹通透的玉尺插在一棵树下。他想也不想，伸出手拔出了玉尺。眼前景象忽然变换，树林已经消失不见，周围黄沙漫天。

张大山手握玉尺，站在一座沙丘之上，猛然回头一望。士兵和囚犯还在，不过半身已被黄沙掩埋，越过众人，在对面的一座沙丘上，小囚犯也手握一把玉尺，回望着他。张大山此时终于舒了一口气。

“来人，立刻把此囚犯给我拿下！”张大山回过神儿来，立刻下令道。

那些士兵惊魂未定，树林突然变沙漠，恍惚之间，哪里听得见张大山的命令，都在慌乱地从流沙里往外爬，不过狗蛋倒是听见了。

“不用拿，不用拿，我不会跑。”狗蛋一边说一边笑嘻嘻地拿着玉尺，走回了囚犯的队伍。

张大山见狗蛋没有跑，虽然一肚子疑问，但现在不是问的时机，当务之急是稳定军心。

狗蛋也重新被戴上了枷锁，不过张大山并没有让他回到囚犯的队伍，而是把他拴在了自己身边。

经此一事，原本一个队的兵马，连同队正，大半都下落不明，如今仅剩下十一个人。而一百五十六名囚犯除了少数几个人受了点儿轻伤，其他人都无大碍。也就是说，现在一个士兵要看管差不多十四到十五个囚犯，还不说这里距离天脊山尚有不短的路程。但这些还不是最让张大山担心的，真正让他觉得从心底发寒的是术士。因为只有术士才能神不知鬼不觉地布下界阵，现在虽然侥幸逃脱，但是只要不弄明白术士为什么会对押送囚犯的府兵动手，就难保前面不会再有第二个界阵。

张大山下令让士兵整顿好队伍后原地待命，就拖着狗蛋走到了一座小沙丘后面。

“小兄弟，现在只有你我二人，希望你能对我如实相告。”张大山说得诚恳，言语上也客气了许多。

“也罢。”小囚犯伸出双手，“先把我的锁链打开。”

张大山倒也爽快，立刻为他解开锁链。小囚犯活动了一下双手，然后解开上衣，露出满是污泥却健硕的上身。他啐了一口唾沫在右掌上，然后用力搓揉胸口。污泥被搓掉，一块有半个巴掌大的圆形铜牌显露了出来。这铜牌竟是镶入肉中，与人的血肉相连，铜牌上刻有一只雪鹰，振翅欲飞。张大山见到这只雪鹰图案，不由得倒吸一口凉气，脚下连退三步，单膝跪下，拱手说道：“末将张大山，参见雪鹰卫大人。”

夏国北境，气候极寒，雪山绵延，高耸入云。雪山之上，有猛禽，通体雪白，体型巨大，以冰原熊为食，其翅可裂冰川，其爪可碎金石，谓之雪鹰。民间有书记载，夏国开国皇帝李成渊与“食人王”伯尤决战于冰原河，李成渊寡不敌众，被围于河滩，生死悬于一线。就在这时，突然有上百只雪鹰从天而降，冲入伯尤的队伍。一时间，惨叫哀号之声不绝于耳，伯尤的军队犹如雪崩，溃不成军。李成渊借势反扑，大败伯尤。

夏国建国之后，李成渊尊雪鹰为神兽，年年敬奉，并把自己唯一的亲信侍卫命名为雪鹰卫，于胸口镶嵌铜牌，牌上刻有雪鹰，而这一传统代代传承，已延续了数百年，至今未变。自有雪鹰卫以来，无论是官方记载，还是民间传说，都对其大加褒赏，使其成为“忠勇”的化身。

如此负有盛名的雪鹰卫，张大山自然也早有耳闻，只是没想到鼎鼎大名的雪鹰卫竟是这么一个年轻人。

“张大哥请起，你叫我狗蛋就行了，大家都这么叫。”狗蛋笑着去扶张大山。

“雪鹰卫大人说笑了……”

“不是说笑，名字越贱，活得越长！”狗蛋非常严肃地说道。

张大山哪儿敢这么叫，只好言归正传地说道：“还请大人给末将指条明路。”

狗蛋知道张大山的意思，本来这事就因他而起，确实要给人家一个交代。

“此去天脊山本是要掩人耳目，所以我才混进来，奈何还是被对方发现了踪迹，他们便设下界阵伏击我们。”狗蛋的短短几句话，却让张大山半天回不过神儿来。

雪鹰卫，说白了，那就是皇上的人，可谓权倾朝野。这样的人物去办什么事还需要假扮成囚犯去天脊山？更让人不寒而栗的是，又有什么人敢公然挑战皇威，伏击雪鹰卫？张大山虽没做过什么大官，但也不是糊涂之人，这事绝不是自己能过问的。

狗蛋见张大山沉默不语，心中对他又多了几分赞许，这人虽然年纪大了一点儿，但确实是个人才。

“张大哥，实不相瞒，我虽有点儿小手段，但是孤身一人怕是走不到天脊山。”

“末将愿誓死护送，只是……”张大山没继续往下说，眼前的困境，想必这位雪鹰卫大人也十分明白。

“加你一个也不顶用，不过好在这里还有一百多号人，只要组织得当，也是一队精兵。”狗蛋非常自信。

张大山却闻言一惊，这位雪鹰卫大人是把所有囚犯也都算进去了。

“大……”

“不要大了，听着别扭。”

“狗……狗蛋小兄弟……”张大山只好硬着头皮继续说道，“这些犯人大多是亡命之徒，短时间内想要约束他们怕是不易。”

“强压肯定不行，我们可以动之以情，许之以利。解开他们的锁链，想走的就走，不过将以逃犯的身份终身流亡；愿意留下的，可以戴罪立功，到了天脊山，赏黄金十两，恢复平民身份回家，愿意的也可以留下参军。”狗蛋侃侃而谈。

张大山听着频频点头，这确实是一个可以收拢人心的法子。当然，前提是有一个实权人物能让囚犯们相信这些承诺，自己区区一个火长怕是没有这样的威信。

“大人……狗蛋兄弟，请。”张大山虽然改了称呼，但行动上还是有些不适应，这不，他还是恭恭敬敬地摆出了“您先走”的手势。狗蛋此时也只能苦笑着点头，怎么样都要拼一把了。张大山与狗蛋重新回到队伍前。

“来人，把所有囚犯的枷锁全部打开。”张大山神情凝重地道，不过却没有人动，士兵们都以为听错了。

“张哥，你疯了吗？”石三顺愣了片刻，他听得很清楚，所以不免怀疑张大山哪里不正常了。

“兄弟，你少安毋躁。”张大山平静地安抚道。

“众将士听令，立刻打开囚犯的枷锁，一切责任由我承担，如有违令者，军法处置。”这一次张大山又提高了音量，说得清楚明白。

不光是士兵，就连囚犯也都一片哗然。

军令如山，如今剩下的士兵大多是张大山火里的，虽然年轻的火长依旧反对，却无力阻止，囚犯的枷锁被一个一个打开了。而就在这时，原本站在张大山身后的狗蛋跨步上前，登上一座小沙丘，居高临下地看着。远处黄沙万里，一望无尽，眼前人头攒动，无论是士兵还是囚犯都显得焦躁不安。

狗蛋一时也有些焦躁，如今国难当头，自己身负皇命，不容闪失，可奈何自己虽已百般小心，费尽心思，甚至化身囚犯，前往天脊山，却还是被奸人发现了踪迹，设阵阻杀。如果自己不能短时间内组织好这帮匪徒，收为己用，那么别说去天脊山，就是走出这片沙漠怕也是绝无可能。想到这里，他运丹田真气散于四肢，人虽纹丝不动，却只听一声爆响，上身衣衫尽碎。原本嘈杂的人群顿时鸦雀无声，无不抬头望向狗蛋。

云动四方，雪鹰翱翔。夏国上至达官显贵，下至平民百姓，谁人不知雪鹰，不说那些传奇故事，就是遍布民间的雪鹰神庙，也让雪鹰之名人尽皆知。不但是夏国，即使是整个云州大陆也鲜有人不知，而夏国皇帝的近卫——雪鹰卫也自然沾了这雪鹰的荣耀和风采，受人瞩目。

阳光下，雪鹰令牌更加闪耀夺目，摄人心魂。

铁牛看着沙丘上的狗蛋，做梦也没想到他会是雪鹰卫，不禁瞠目结舌，险些晕过去。

“在下雪鹰卫，不瞒众位兄弟，我受皇命前往天脊山办事，却在此处遭奸人暗算。在下此番虽侥幸破了敌人的界阵，但后面的路怕是更加险阻，凭我和几位官兵之力恐难平安抵达。诸位虽是戴罪之人，但我与大家相处数月，也知道你们之中有许多是一等一的好手，要知道打家劫舍、杀人放火，那也不是一般人干得了的！”

狗蛋说到此处，下面立刻发出一阵哄笑，紧张的气氛缓和了不少。

“废话我就不多说了，此番我是要向众位兄弟求助。愿意护送我去天脊山的兄弟，赏黄金十两，还无罪之身；不愿意的，此时就可自行离开，不过终身皆为逃犯！”

他话音一落，下面立刻一阵骚动，黄金十两可绝不是小数目，有了这笔钱从此就能过上太平日子。可刚才的诡异场面他们也都见识过了，连传说中的雪鹰卫都需要援手，可见这后面的路有多难走了，恐怕这黄金是要拿命来搏的。

骚动过后，又是一阵寂静，人人心中都有自己的小算盘。

“我留下！”铁牛怒吼一声，跃出人群。他本就身材魁梧，此时除去枷锁，更显气势逼人。

“多谢铁牛兄弟，有你这个狼牙山当家保护我，我就放心了！”狗蛋拱手笑道。

“我也留下！”囚犯中又走出一人。

“虎啸帮副帮主雄霸天，有礼了。”狗蛋又一拱手，道出此人来历。

雄霸天微微一愣，他与狗蛋并无接触，而且自己一直没与人说起过自己的往事，没想到他竟一口道出。

“老子也豁出去了。”又见一人走出。

“千里采花莫留情，莫兄弟，你的轻功超绝，当可助我一臂之力。”狗蛋一样微微拱手，说出此人来历。

莫留情名声不佳，自从被抓，一直以假名混于囚犯之中，如今被人一语道破来历，脸上也不免一红。

“我留下。”

“老子干了。”

“我也来”

……

陆陆续续又有不少人迈步上前，有的决定为十两黄金留下来，有的为了洗脱罪名，重新做人。这些人无论有没有名头，狗蛋都一一点出他们的身份，众人心中无不叹服。最后，一百五十六名囚犯，竟有一百三十四人愿意留下，剩下的老弱病残虽心有不甘，但也知道自己的斤两，总不能把命交待在这儿，只有黯然离去。

狗蛋把这一百多名囚犯和士兵混在一起，然后分成五队，铁牛领一队，张大山领一队，雄霸天领一队，莫留情领一队，年轻的火长石三顺领一队。之后又教给他们五行行军之法，五队各据方位，又连为一体，狗蛋居中号令，可谓攻防具备。

五行阵法乃是三百多年前一代军神宋明阳所创，神鬼莫测，威力惊人。狗蛋临时聚集起来的这批人犹如散沙，有此阵法为辅，方才堪用。

队伍在原地扎营休息了一日，狗蛋确认他们各队都已熟悉五行之法，这才拔营出发。

第二章 和亲之约

夏国都城洛安，地处东南腹地，气候宜人，道路四通八达，东北和东南方向约两百余里处，各有坊州、泉州两个海港，使得洛安不仅成为夏国的政治中心，还是经济和文化的中心。

整个洛安分为外城、内城和皇城三部分，外城居住的大多是平民，内城则多是官宦和商贾巨富，皇城则在内城的中心，由大大小小近百座宫殿组成，气势恢宏，精美绝伦。

洛安城有十二座城门和八条主要街道，最长的街道长五千余丈。城内的宫殿、贵族宅院、官署和宗庙等建筑约占全城面积的三分之二。宫殿集中在城市的中部和南部，有太央宫、紫央宫、桂宫、北宫和明光宫等。其中太央宫是皇帝居住和处理朝政的地方，是夏国历史上最有名的宫殿之一。居民区则分布在外城，划分为一百六十九个“闾里”。市场在城市的西北角，被称为“洛安九市”。在城外还有面积广阔的皇家林苑，苑内有天池、玉章宫等奢华建筑。

民间有诗赞曰：“九天阊阖开宫殿，万国衣冠拜冕旒。”

洛安之繁华，在整个云州大陆都可谓无出其右者。

夏国建国至今已有六百一十五年，自开国皇帝夏高宗李成渊起，至如今之新皇李昊煜，共计二十一位皇帝。

如今的洛安依旧繁华，但相较鼎盛时期，已大大不如。全因十年前，也就是天数历一一七一年，夏庆宗李浩存在位之时，夏国西王叛乱，举国上下一时间战火绵延，生灵涂炭。“西王之乱”历时八年才被平定，夏国也因此由盛转衰，都城洛安自然也难以幸免。

而“西王之乱”带来的负面效应还远不止于此，当年夏国为平定叛乱，不得不向枫国求援，由此签订“和亲之约”——约定此后夏国皇帝必须娶一位枫国公主为妻，并立为皇后。

天数历一一八一年，年仅十四岁的夏国新皇李昊煜登基，枫国便遣使者至洛安，要求夏国履行“和亲之约”。

皇城深处，养心殿内，烛光明亮，薰炉之上烟气缭绕。太后吕淑怡端坐于堂上正中位置，新皇李昊煜坐于右侧，堂下则站着四位重臣。

“四位卿家，对和亲一事有何看法？”太后语速缓慢，神态略显疲劳。

四位重臣的地位，以丞相韦不群为最高，太尉吕素次之，大祭师弥矢亚再次之，大学士苏迟居末。所以，众人的目光自然都投向了丞相韦不群。韦不群乃三朝元老，韦家也是夏国四大家族之首，韦不群十九岁时便官居三品，如今更是官拜丞相，可谓是权倾朝野。

“恕老臣直言，枫国狼子野心，如按‘和亲之约’立枫国公主为后，恐后患无穷。”韦不群拱手而言。

“哀家也是这般想法，且皇上年纪尚轻，不急立后。只是……”太后欲言又止。

“只是枫国如今兵强马壮，如果毁约，一场战事恐怕不能避免。”大学士苏迟上前一步，接着太后的话说道。

“枫国若敢来犯，末将愿领兵出征，定叫他们有来无回。”太尉吕素身着青蟒出海袍，手持九节白玉杖，威风凛凛地说道。

苏迟对吕素的话不屑一顾，如今夏国积弱，多年内战以致损兵折将，国库空虚，没有十几年的休养生息，绝难以与枫国一争高下。不过吕素乃是当今太后的亲弟弟，又掌管军权，所以这些话他却不能直说。

“吕将军固然神勇，但战事一开，生灵涂炭，黎民遭殃，还望太后三思。”苏迟唯有委婉地劝诫道。

吕素微微点头，心中对大学士的这番话比较满意，他也并非真想开战，只是想在太后面前表忠勇而已。毕竟谁也不愿意放着高床软枕、红颜美酒不享受，而去干那随时掉脑袋的事情。

“在老臣看来，和不和亲并非大事，关键在于立后，如果皇上立了枫国公主为后，那等于是让枫国不费一兵一卒就得了夏国半壁江山，这还不谈日后皇后诞下子嗣是否为储。所以，为今之计，太后可先应承和亲一事，至于立后则要拖上一拖。”韦不群此时老奸巨猾地说道。

“臣附议。”苏迟虽不耻韦不群在朝中专横跋扈之行，但也不得不佩服他老谋深算，一句话便切中要害。古来两国联姻本属常见，但“和亲之约”不寻常的地方就在于必须要立枫国公主为后。而皇后乃一国之母，恩泽天下，其子嗣按例要立为太子继承大统。届时枫国公主如有二心，手握宫廷大权，又有强国支持，翻云覆雨又有何难？另一方面，夏国从皇室到平民都认为本国乃是云州正统，天朝上国，礼仪之邦，如果让外邦蛮夷做了皇后，定会认为是奇耻大辱，难免造成动乱。

“大祭师，可有卦象？”太后却还有顾虑，拖得了一时，难道还能拖得了一世？按规矩，大婚之后便是立后大典，如果迟迟不举行，难保枫国不会起疑心，到时候恐怕还是会兵戎相见。

大祭师弥矢亚一头银发，身形消瘦，一直沉默不语，忽闻太后询问，便微微躬身，拱手答道：“乾七坤二，吉。”

太后闻言，心中稍安，便又低头问皇上：“皇儿可有想法？”

李昊煜恭敬地回道：“一切但凭母后做主。”

由皇宫正门出去，向西行百丈，有一座沧浪园，正是当朝丞相韦不群的府邸。此园占地近百亩，分为东园、中园、西园三部分。

东园中山池相间，点缀有留香馆、白雪堂等建筑，其中主体建筑“拙政厅”是韦不群宴请宾客的场所，厅内陈设考究，奇珍异宝无数。园中的“与谁同坐轩”是以金石玉器打造的扇亭，扇面两侧实墙上开着两个扇形空窗，一个对着“倒影楼”，另一个对着“拙政厅”，实乃精巧绝伦。

中园则是沧浪园的精华部分，其总体布局以水池为中心，亭台楼阁皆依水而建。远香堂位于水池南岸，隔池与主景东西两山岛相望。山岛上各建一亭，西为雪云亭，东为待雨亭，四季景色因时而变。

西园更是水面迂回，布局紧凑，依山傍水建以轩榭廊舫。

沧浪园的奢华精巧，实与皇宫有过之而无不及，有些地方甚至更为奢华。民间甚至有歌谣：“九天宫阙金如山，不及沧浪一块砖。”

到了子时，沧浪园万籁无声，犹如沉睡的美人。然而在西园的一间厢房里，韦不群却还没有睡下，他坐在太师椅上，心不在焉地看着手中的《洛安文集》，不时抬起头看看窗外，仿佛在等着什么人。

一本文集都翻到了末页，他要等的人却始终没来。韦不群不免开始有些焦急，正准备唤下人去看看，却忽来一阵急风，吹灭了房内的蜡烛。韦不群丢下书，站了起来。黑暗中，一个模糊的人影出现在门前。

“大人，人已找到，我本已安排手下想活捉他，却失手让他跑了。”说话的竟然是一个女子，声音冷如冰霜。

韦不群应了一声，毫无责怪之意，只是淡淡地说道：“雪鹰卫果然有些能耐，一般的术士想要抓他并不容易。”

“大人放心，我已在神龙山谷布下陷阱，十天后定让他尸骨无存。”女子的口气中难掩一丝怒气。

韦不群却没说话，阴暗中露出一个不知底细的笑容。

“不用了，我并非要你取他性命，你且设法接近他，取得他的信任之后才好套话。我倒是很好奇，我们的小皇帝派他去做什么？”

女子心中一惊，但还是低头应下。

“若馨这就去办。”

韦不群挥挥手，只闻风过，房内蜡烛竟又燃起，却不见了女子的踪影。他重新坐下，厚实却苍老的手敲打着身下的香檀木太师椅。

“王侯将相，能者居之……”他仿佛已经坐上了金銮殿上的那把龙椅。

“清河流不尽，宫闱怨何深。日暮秋烟起，萧萧枫树林。”

相传昔日夏国诗人戴伦初到枫叶城，就爱上了枫国公主，然而尊卑有别，这段感情终究没有结果。他离开时有感而发，就写下了这首幽怨缠绵的诗，流传至今。

枫叶城乃枫国都城，城内城外皆种有无数枫树，每至秋日，叶红胜花，纷纷飘落，美轮美奂。枫叶城东门前还有一条河，名为清河，河如其名，河水清澈见底，映衬枫林，又别有一番景致。所以云州之人皆知枫叶城不及洛安繁华，洛安却难及枫叶城之美艳。

枫叶城中的宫殿也与洛安大相径庭，洛安的宫殿恢宏大气，讲究左右对称，方正布局，而枫叶城的宫殿却占地面积不大，以意境见长，用独具匠心的手法在有限的空间内点缀安排，亭台楼榭，枫林湖水，置身其中，可谓移步换景，变化无穷。

枫国和夏国除了都城上的差别，在国土大小、典章制度、风土人情方面也有着巨大的差异。一直以来，两国时战时和，有胜有败，总的来说夏国强一点儿，但谁也吞并不了谁。

时值仲秋，枫叶宫外的枫叶娇红似火，凉风徐徐，却有两个小宫女满头大汗、气喘吁吁地沿着林间的石板路小跑着。在她们前面，还有一位正在飞奔的少女。那少女身着百褶裙，上面绣着百花图，还挂满了精致的小银铃，她每跑一步，身上的银铃就发出一串悦耳的音符。

“公主……公主，别跑了，君上有旨，召您觐见。”一个略微年长的宫女边跑边叫道。

“不见，我就是不见！”被称为公主的少女停下脚步，嘟着嘴，跺着脚，倔强地回道。两个宫女趁机赶上，一左一右跪下，抱住了少女的小腿。

“大胆，你们这是干什么？”公主雪白的脸上泛起红霞，一双大眼更是透出怒火。

“公主饶命，您若不去，君上怪罪下来，奴婢们定要人头落地。”两位宫女说着就啼哭起来，颇是可怜的样子。

公主其实就是嘴上说说而已，否则她不会停下脚步，若真的惹怒了父君，恐怕自己也难逃责罚。

“你们起来，我随你们去就是了。”公主瘪瘪嘴，算是投降了。两个宫女闻言立刻破涕为笑，爬起来扶着公主往紫星殿走去。

天数历八七五年，风族云海部首领风刺炎统一风族。第二年秋，他在枫叶城定都立国。族人敬拜枫树，所以风刺炎定国号为枫，枫国自此建立，比夏国建国晚了整整三百一十年。

枫国作为风族所建的新兴王朝，其部落制度的性质浓厚，初期采取贵族合议的制度，后逐渐由二元政治走向单一君主制，使枫国的政治机制得以精简而强大。而后又不断学习效仿夏国的政治和军事体制，国家逐渐强盛起来。现任枫国君主风颜亮十八岁登基，励精图治，如今经过他二十年的精心治理，枫国的政治、经济、军事力量都达到有史以来最为强大的时期。

紫星殿是枫叶宫里最高的地方，殿外建有紫星台，可以俯瞰整个枫叶城。

风颜亮傲然立于紫星台上，眼望北方，心中豪气万千。如今枫国兵强马壮，夏国孱弱，只要时机一到，他就可以领兵北上，吞并夏国，然后统一云州大陆。数百年来，无数君王帝相都曾经试图统一云州大陆，可从来没有人成功过，而如今这份宏图大业，必由自己亲手缔造。

想到这里，他不由得深吸了一口气，好让自己的心情平静下来。他知道自己不能急，必须按部就班地实施计划，否则只是重蹈前人失败的覆辙。

正在这时，他身后传来脚步声。

“铃儿参见父君。”

风颜亮闻言心中一颤，转过身来，出现在他面前的娇美少女，正是他唯一的女儿——银铃公主。三天后，他将送女儿去夏国，或者这将断送她一生的幸福，他心中隐隐有些不忍，但成大事者又岂能只顾儿女私情，作为君王的女儿，这或许就是她的宿命。

“本君已决定三日后送你去夏国，日后你便是一国之后，不可再像往常那般刁蛮任性，有损我枫国国威。”风颜亮收起父亲的面孔，以君王的口气说道。

“我不嫁，要嫁你自己去嫁，什么破夏国，我不去，我不去……”银铃虽然知道已经无法再改变什么，但她还是忍不住发起脾气来，说着说着就一屁股坐到地上，号啕大哭起来。

“放肆！”风颜亮大怒，犹如狮吼。

纵然刁蛮如银铃也立刻止住了哭声，她可亲眼见过父君曾把一个犯了错的哥哥斩首。

“父君，我舍不得你，我想在你身边服侍你……”银铃又换了一副楚楚可怜的样子，撒娇地抱住风颜亮的脚。

风颜亮纵使铁石心肠也不由得生出几分怜爱。

“铃儿，你并非普通人家的女儿，你是枫国的公主，须有自己的承担。”风颜亮摸了摸银铃乌黑的秀发，“去吧，去看看你的母后。”

说完，他径自离开了。他的眼睛有些湿润，他不想让任何人发现。他很清楚一切都需要代价，而银铃也必是枫国统一云州大陆所必须付出的代价之一。

“公主，你……你……这是想去哪里？”彩霞是伺候银铃公主的宫女，也是从小陪着公主一起长大的玩伴，她最知道这位公主任性的脾气，如今发现公主三更半夜一袭黑衣，还背着包袱，立刻吓得跪在了地上。

“彩霞，你想拦我？”银铃公主怒目而视。

“奴婢不敢，只是公主一走，奴婢就是死罪。”彩霞抬起头，眼神中却露出少有的坚毅，“公主若是一定要走，请带奴婢一起走！”

银铃公主倒是没想到这一层，自己这一走，伺候自己的彩霞必是死路一条。她们毕竟自幼一起长大，虽为主仆，但感情深厚，她不能眼睁睁看着彩霞去死。

“也罢，你跟我走吧。”银铃拉起跪在地上的彩霞，不愿再多耽误，宫中耳目甚多，一旦被人发现，她将插翅难飞。

彩霞破涕为笑，帮银铃背过包袱。两个人自幼在后宫中长大，对这里的一草一木都了如指掌，避开守卫和暗哨是轻而易举。银铃知道每天四更时分宫外都会有送水车进来，这车送来的可不是一般的水，而是紫龙潭的泉水，父君最喜欢用此水泡茶。而她早已探好明细，打算混进水车中出宫。她们赶到的时候，水车刚好卸完泉水。

“车夫在那儿，我们怎么钻进水车里？”彩霞眼看水车快走了，有些着急地问道。

“这有何难，看我的！”银铃露出一个俏皮的笑容，从怀里摸出一根约莫两根手指长度的竹筒。她熟练地对着竹筒一吹，一根细如发丝的飞针直射向车夫。

车夫以为被蚊子叮了一下，揉了揉脖子，可突然间却感觉一阵耳鸣，头也有些眩晕，于是不得不扶住车头，拉住缰绳，停下了车。银铃公主二话不说，拉着彩霞就上了水车，迅速打开水箱的盖子，钻了进去。过了约莫一盏茶的时间，车夫喝了好几大口水，才总算回过神儿来。

“唉，莫非老毛病又犯了？看来明天要向老东家请两天假才行。”车夫不明所以，还以为自己的风湿疾又犯了。银铃和彩霞在水箱中偷笑，却不敢出声。车夫轻轻拍了拍马，水车终于又动了起来。不过没走多久，水车又停了下来，车外传来士兵的叫声。

“老赵，老规矩，你先下车歇歇，我们查完车再走。”

“王队长，那就麻烦您了。”

车夫从车上下来，挨着宫门站住，等着侍卫搜查。银铃和彩霞屏住呼吸，心都提到嗓子眼儿了，如果侍卫打开水箱顶上的盖子，那么她们真是无所遁形。可刚听到侍卫摆弄马车的声音，却忽然又传来一阵急促的马蹄声。

“统领有令，今夜巡岗，各队列齐，不得延误！”传令兵放下令旗，又奔向下一个哨岗。

“老赵，你先走吧。”负责的王队长一边吆喝马车先走，一边忙着收拾门岗，指挥列队。负责查车的侍卫也都退了回来，催促着水车马上离开。水车再次摇晃着动起来，缓缓驶出了皇宫。银铃和彩霞暗自庆幸，逃过“一劫”。

而此时，在皇宫东门不远处的城楼上，风颜亮正默默地注视着这一切。

“君上，成大事者，不可有妇人之仁。”冷酷的声音从风颜亮的身后传来。

风颜亮转过身，眼睛里仿佛燃起了火焰，盯着这个躬身直言的心腹臣子——欧阳心。

欧阳心十六岁中状元，十八岁入仕，二十岁不到就出任地方大员，政绩斐然。五年后，再次调入都城，深受皇恩，屡立大功。如今三十有一，已经是智渊侯，位极人臣。此时，他抬起头，面对龙颜大怒，却并不畏惧。

“公主一走，如若计划败露，对于民心、军心造成的损失将难以估计，请君上三思。”

“如今我朝兵强马壮，即使不行诡计，十万铁骑也可横扫夏国。云州大地，乃本君囊中之物。”

“君上，恕微臣斗胆，夏国虽然多年积弱，但仍有兵甲百万，能人志士更是不计其数，如若不计划周详，恐怕大事难成……”

“无须多言，朕心意已决，至于如何善后，你自己去安排吧。”风颜亮挥挥手，示意欧阳心退下。

“微臣明白。”欧阳心知道劝说已无用，为今之计只有尽快找一个假公主，偷天换日。但是只要真公主还活着，那么自己的计谋随时都有可能失败。

“智渊侯……”风颜亮忽然又叫住躬身退下的欧阳心。

“臣在……”

“任何人不许再去骚扰银铃公主，她若有半点儿损伤，朕第一个就取你的项上人头！”

“微臣不敢……”欧阳心仿佛被皇上一语戳中心事，额头不禁冒出冷汗，从今往后，他只能祈求银铃公主长命百岁。

一代霸主风颜亮，孤独地站在高高的城楼上，月光倾泻而下，他看着远处朦胧渐去的马车，脸上露出了难得的笑容。

天数历一一八一年十月，枫国的“银铃公主”奉皇命前往夏国践“和亲之约”。和亲使臣由礼部侍郎巴布拓担当，禁军副统领乌达木则领五百兵士负责和亲队伍的安全，整个队伍共计八百余人，携黄金万两、绢绸布匹千担、珠宝玉器百箱、国宝书画十件，浩浩荡荡、敲锣打鼓，自枫叶城而出，直奔夏国。

时值秋季，枫叶城内漫天枫叶，红黄相间，随风翩翩起舞，虽有些淡淡的萧瑟，却也美到极致，令人驻足。

枫国君主风颜亮、君后纳兰苏、太子风颜火及皇族亲贵、文武百官、满城百姓，都齐聚西门昊天大殿和官道两侧，为和亲队伍送行。

“君上，真的可以吗？”君后纳兰苏此时站在傲立大殿最高处的风颜亮身边，她看着远去的和亲队伍忍不住小声问道。

风颜亮握住纳兰苏的手，并没有回答她的问题。二十年前，他能登基为帝，有一半功劳是来自纳兰家族，其中最重要的是纳兰苏贤良淑德，是一位难得的好妻子、好皇后，深受万民爱戴。不过唯一的遗憾是纳兰苏没有为他生下一个皇子，只为他生了众皇子中唯一的公主——银铃。

“这件事关系重大，你知我知，日后不可再提。”风颜亮终于开口说道。

纳兰苏点点头，明白其中的利害关系。只是她心中不忍，不光是不忍女儿流落在外，也不忍这和亲队伍数百人的命运，更不忍即将到来的一场战争浩劫。

“君上，能不战吗？”纳兰苏从不干涉国事，这一次她却忍不住开口，虽然她明知道答案。

“玉兰……”风颜亮在四下无人的时候，会称呼君后纳兰苏的小名，“数百年来，枫、夏两国经历了多少场战事？死了多少人？今日不战，谁能保证明日不战？结束战争的唯一办法就是统一云州！而如今，就是最好的时机！”

风颜亮放开纳兰苏的手，豪气万丈，远眺东方，握紧了双拳。

纳兰苏知道无力说服风颜亮，轻叹了一声，望着他伟岸的背影，只能默默祈祷：“愿诸神护佑！”

第三章 鬼隐者

狗蛋带着一帮官兵和亡命之徒，穿过沙漠，进入了山丘地区。

这里的山与江南大不相同，没有绿树红花，全是光秃秃的赤红岩石，形态狰狞可怖。尤其是傍晚时分，夕阳如血，人行走在山岩之中，犹如身处修罗地狱。附近的人把这里称为神龙谷，轻易不敢进入。不过他们进谷后的这几天，除了碰见几股流窜的山贼，倒也没有遇到伏击。

几日相处下来，狗蛋已与众人打成一片，称兄道弟。这帮官兵和亡命之徒也看出狗蛋虽为雪鹰卫，但毫无架子，三教九流、插科打诨、粗言秽语一样不差。众人只觉他十句话里倒有八句是没正经，十足一个地痞流氓，如果不是胸前的雪鹰令牌，任谁也不会相信他是雪鹰卫。

不过狗蛋心里却没有外表看起来那么洒脱，他的神经其实一直紧绷着，耳目无时无刻不在注意着周围的一切。在这群人里，真正能够察觉狗蛋忧虑的只有张大山。但他不说不问，只是尽职尽责地维持着队伍里的秩序，确保五行阵不出乱子，同时按照行军打仗的路数，不断派出探子先行打探前路，确保无恙，大队人马才会前行。

狗蛋看到张大山如此沉稳，而且调度有序，行事干练，颇有帅才，只做一个火长实在有些屈才，他心中打定主意，如果能活着完成任务，必向皇上举荐此人。他有心栽培，所以路上只要有空，就会把自己所学的兵法、阵法拿出来与张大山交流。说是交流，其实应该算是传授，不过狗蛋却不想把这事弄得太正经。张大山虽也粗略懂一些行兵布阵，但哪里见过这些宫中珍藏的兵法、阵法，一时间倒也学得津津有味，对狗蛋也更加佩服感激。

“张大哥，正所谓水无常形，兵无常态，兵书只可借鉴，不可硬搬，真到了两军对垒的时候，还需灵活运用。”

“愚兄记得了，没想到兄弟你还精通兵法奇阵。”张大山拱手，真心仰慕道。

“别提了，雪鹰卫真不是人当的。”狗蛋苦笑，想起自己受过的苦，这句话倒是发自肺腑。

除了张大山，狗蛋最喜欢的就是铁牛，这个蛮汉子，豪爽直率，即使知道自己的身份是雪鹰卫，也毫不见拘谨。自己在囚犯里装“熊”的时候，也多亏他一路照顾，才算没吃什么大亏。

狗蛋见铁牛虽有一身蛮力，但功夫粗浅，怕他出什么意外，所以硬是传了他一套拳法——开山拳。这套奇特的拳法虽然名字简陋，但来历不小，乃是两百年前夏国武道奇才范不休自创的一套拳法，其招式淳朴，威力惊人，最适合身材高大、力量强劲的人修习。而且开山拳的拳谱只有一本手抄本，藏于皇宫的文渊阁，狗蛋也是无意间才发现的，修习后方知此拳法的精妙。如今他毫无保留、一鼓作气地把这套拳法教给了铁牛，只是时间有限，铁牛要真正掌握这套拳法，还需苦练。

对雄霸天、莫留情之类的恶徒，他也并不忌讳，凡是能指点一二的，都知无不言，言无不尽。这些人起初全是为了那十两黄金才卖命的，相处了一段时日后，有些人倒真是为狗蛋所折服，愿意为他所用。

傍晚时分，他们在神龙谷中一处山丘之下扎营休息。扎营的地方是张大山精心挑选的。这里是谷中极少的开阔处，四周岩壁平缓，两边山岭不高，可以安排哨岗警戒。张大山还十分谨慎地派出七个探子，巡查了方圆一里的地方，也未发现任何异常。

然而狗蛋今晚却很是心神不宁，往常这时他都会带着大家围着篝火喝酒吃肉，谈笑风生，今晚他却吩咐所有小队必须分成两班，轮流值夜休息。所有人都从狗蛋身上感觉到某种严峻的气氛，他们也绷紧了神经，不敢大意。毕竟才十多天前的事，现在回想起来还历历在目，谁也不愿意在路上丢了性命。

夜凉如水，繁星点点，狂风呼啸，犹如鬼嚎。营地四周插满火把，五步一岗，十步一哨，纪律严明，很难想象在半个月前这还是一帮乌合之众。狗蛋无心睡眠，爬到营地一旁的山丘上，遥望东方，目光如炬。

“狗蛋兄弟，你是不是有什么发现？”张大山也有所担忧，没有休息，看见狗蛋，便也跟着爬上了山丘。

狗蛋回头苦笑道：“今晚恐怕会有一场血战。”

“我已安排探子四处巡查，没见有人啊？”张大山说出了心中的疑问，“莫非又是术士布下了界阵？”他想起界阵立刻感到不寒而栗，碰到这等匪夷所思的东西，纵然他有万夫莫敌之力，也无从下手。

狗蛋却摇了摇头道：“界阵对一般人而言有神鬼莫测之力，但对于了解它的人而言，不过是费些时间就能破解的小把戏。如今对方知道我对界阵了如指掌，自然不会再来献丑了。”

“那就好。”张大山闻言笑了起来，真刀真枪地来，他可不怕。

“张大哥，你倒是挺自信，如果对方以十倍兵力来攻打我们，你有几成把握？”

“且战且退，虽难免伤亡惨重，但绝对可以带你逃出去。”张大山对于这一点非常自信，“不过这种可能性不大，如果有这样规模的军队，我们不可能不会发现，而且这毕竟还是在夏国境内，要动用几千人的军队而神不知鬼不觉，恐怕不可能。”

狗蛋点点头，他虽然只是随口一说，但对于张大山的话表示赞赏。

“我算不出对方来了多少人，但他们已经露出了尾巴……”狗蛋若无其事地走到张大山的身边，在他耳边小声说道，“张大哥，借你弓箭一用。”

张大山还没弄明白是怎么一回事，只觉背后的长弓一紧一松，已然到了狗蛋的手中。狗蛋一手取过长弓，一手抽出利箭，闪电般转身，拉弓射箭，一气呵成。张大山只感觉眼前一花，一支利箭已破空而出。这支利箭不偏不倚，一下就击穿了十丈外的一块岩石。

“你这是……”张大山刚想询问，那块被射中的岩石居然动了起来，跟着舒展开来，竟然是一个人伪装的。只见这个人一声不吭就坠入了崖下。

张大山毫不迟疑，立刻吹响了军号。狗蛋也从山丘上一跃而下，人在空中，高呼一声：“五行归位！”声似暮钟，激荡如悬流。

营地中众人闻声，立刻有条不紊地各自归队，五行大阵顷刻间已经集结完毕。狗蛋居于阵中，面色凝重，却也临危不惧。

与此同时，令人惊异的事情发生了。只见周遭许多岩石、峭壁竟然都动了起来，石块慢慢碎裂，一个个都是活脱脱的人。这些人手持钢刀，穿着纯白的衣衫和头套，只露出幽灵般的双眼。这番场景在火光的映照下，更显诡异。

“鬼隐者，老家伙真是下了血本了啊。”狗蛋在射出那一箭的时候已经知道自己将要面对什么样的敌人，但他没有想到对方竟然动用了近百位鬼隐者。

鬼隐者，相传乃是术士寻找根骨奇佳的小孩儿，自小以药物和奇法培养，毫无感情与人性，然后再传授追踪、侦察、谍报、暗杀等多方面的技能。

鬼隐者技艺高超，擅长使用长刀、钩等兵器与飞镖暗器；他们能飞檐走壁，在地上即使飞奔也发不出一点儿声响；在水中屏息可长达一炷香的时间，如用特殊器具，可在水底待上一天一夜；他们善于伪装，能神不知鬼不觉地杀人于无形……这种种超人的技艺是通过非人的训练才可习得，所以培养一个鬼隐者，极其耗费精力和财力，不亚于训练一支过百人的军队。

天数历九十一年，夏国二皇子李伦派三个鬼隐者刺杀太子，一击成功，造成了骇人听闻的“白马亭宫变”，虽然最后因为当时夏国皇帝的决断和圣明，政变没有成功。但从此以后，所有的鬼隐者都成为官府追杀的对象，而术士也被严禁再训练鬼隐者，一旦发现，立刻株连九族。

然而此刻，在狗蛋的周围，竟然出现了近百位鬼隐者。这些突然出现的鬼隐者训练有素，迅速集结为三个小队，把狗蛋他们围在了中间。更令人惊奇的是，列阵一成，他们立刻就挥刀攻了上来。

“火起！”狗蛋手中挥舞着令旗。

五行中的火行队居于阵中，环绕在狗蛋的周围，早已准备就绪，一听号令，立刻射出了手中的火箭。火行队射出的火箭并非一般火箭，箭头上涂有特殊的油料，无须火引，只要急速射出，遇空气摩擦后自燃。

漫天火雨，如无数流星，划亮了夜空。

如若是一般的士兵，面对这突如其来的火箭必定惊恐万分，死伤过半，可对于鬼隐者而言，却截然不同。

只见刀光闪现，火箭纷纷落地，竟无一箭射中敌人。狗蛋似乎也早有预料，这轮火箭他只是希望能减慢鬼隐者进攻的速度。

“金枪，杀！”狗蛋手中令旗再度变换。

五行阵又起，居于外围的金行队整齐有序，轮番刺出手中的长枪，犹如波涛海浪，席卷而去。刀枪相击，金光四射。然而鬼隐者却避实就虚，挥刀挡开一波长枪，立刻腾空而起，射出飞镖。五行阵中金行队数人中镖，当场毙命。鬼隐者得手后却并不恋战，踏枪而行，人如飞龙，直扑阵中。

狗蛋虽知鬼隐者绝非等闲之辈，但也万万没有想到他们竟然如此强势，一个照面就破了金行队，连杀数人。他来不及多想，手中令旗急挥：“飞沙土行、水舞剑阵！”

这一次土行队和水行队同时启动。但见狂风突起，五行阵上空顿时飞沙走石，犹如被浓雾笼罩一般。而一张剑网也悄无声息地张开，层层叠叠，逼向腾空而起的十几个鬼隐者。

这些杀入阵中的鬼隐者，没想到五行阵中竟然还有此奇招，不敢再贸然前冲，不约而同想退出阵外。然而剑网已至，由不得他们想退就退。

水行队中，全是狗蛋细心挑选的用剑好手，他们大多数是江湖中人，平常也干些杀人越货的凶悍之事，所以出手毫不留情，每剑必取要害。而水舞剑阵的奇妙之处在于既不限制剑手自身的剑法，也能让他们在无形中互相配合。如果是单个剑手，可能难敌鬼隐者两三招，但是依仗水舞剑阵，却能实力倍增。一时间倒真把那十几个率先冲进五行阵的鬼隐者困住了。

可事情却没那么简单，正当剑网越收越紧的时候，那数十个还在阵外的鬼隐者，闪电般地从袖筒中射出链钩，犹如一条条带着尖牙的长蛇，攻向水行队。这样一来，本还占有一点儿优势的水舞剑阵，腹背受敌，剑网被那链钩撕裂。剑阵一破，阵中剑手就如羔羊一般任人宰杀。

五行阵法相生相克，可谓一环扣一环，水行队一乱，外围的金行队和土行队也渐渐不支。

狗蛋心中不免暗叹，五行阵法何等精妙，只可惜这些人才练习了十来天，连阵法威力的一半都没有发挥出来，否则就算是鬼隐者也绝对讨不了好去。他知道自己再不动手，五行阵随时会被瓦解，到时候自己这条狗命算是交待在这儿了。

“水退木生，百棍灭魔！”狗蛋一边挥旗发动木行队，一边换来张大山居中领阵。

五行变换，阵中木行队手持木棍一跃而出，缠住鬼隐者的链钩。水行队乘机且战且退，隐入阵中。

那些闯入阵中的鬼隐者此时已清楚这五行阵并不简单，所以也不敢追击，打算先退出阵外，与其他鬼隐者会合，再施手段。

“想走，没那么容易！”狗蛋大喝一声，随即腾空而起，犹如大鹏展翅，挥剑攻向离他最近的一个鬼隐者。

五行阵渐乱，己方已经死了十几个人，鬼隐者却毫发无伤，这种反差实在太大，阵中有许多人开始出现慌乱情绪，如果他再不杀个鬼隐者稳定军心，五行阵随时可能会崩溃。想着，狗蛋就盯上了一个鬼隐者。

那鬼隐者也感受到了一股少有的杀气，只见狗蛋来势如电，剑如流星，他急忙先用脚踢开意欲夹攻他的一枪一棍，然后借势跃起，挥刀斩剑。

狗蛋的这一剑，非比寻常，他本就存着一鸣惊人的想法，必须速决，一来震慑敌人，二来鼓舞士气，所以出手便是绝招。

雪鹰卫所学甚杂，各种门派武学都有所涉猎，但真正能称得上绝招的，唯有非生死关头不能用的雪鹰剑法。这剑法只有三招，雪鹰卫世代相传，相传只有学会了这雪鹰三式，才能真正成为一代雪鹰卫。然而，到了狗蛋这一代，却因为上一代的雪鹰卫——他的师父遭遇意外，离奇身亡，他仅仅学会了其中一式。但就这一式也足以惊天地泣鬼神！

那鬼隐者发现这一点的时候已经晚了，他要斩的剑不是一柄，而是千万柄，在他碰到雪鹰卫之前，他根本不相信世间会有这样的剑法。

雪鹰剑法第一式——万剑穿心！

狗蛋的身影终于落下，而鬼隐者的身体则一声不响地倒在了阵中。

“杀！”狗蛋高举手中血红色的剑，大喝一声。

原本陷入苦战的队伍，见狗蛋不过一剑就杀死了敌人，立刻士气高涨，杀声遍天。而其他鬼隐者眼见同伴竟然一招不敌就死于对方剑下，心中惊惧更是难以言表，一时间竟也乱了分寸。

此消彼长，五行阵顷刻间反守为攻，虽不能说胜，但也终于开始了一场鏖战。

然而所有人都不知道的是，现在只要任何一个鬼隐者冲上来，就可以轻松解决这个雪鹰卫。雪鹰剑法一出，如不能杀敌，则被敌杀。狗蛋站在那里，一动不动，只是用眼光紧盯着那些鬼隐者，就已经有足够的震慑力，让他们始终要戒备自己。他赌了一把，说不上赢，但至少现在还没有到输的时候。

在离战场十来丈的位置，还有两个人隐藏于暗处，默默地注视着这一切。

“雪鹰卫，真是名不虚传，一支临时组成的乌合之众竟然被他调教得如此厉害……宗主，就算能杀了他们，我们势必也会伤亡惨重，到时候怕没办法向韦大人……”

“我心中有数。”被称为“宗主”的女人娇柔美艳，只是那一双英气勃勃的眼睛却不似寻常女子能有。她看着战场上开始有鬼隐者出现伤亡，眉头也不由得紧锁起来。

她上次布下界阵对付雪鹰卫，不但无功而返，还失了宝物玉尺。虽然丞相韦不群改了主意，但她还是忍不住在这里又布下陷阱，想一雪前耻。可让她万万没有想到的是，即使安排近百位鬼隐者，一时间竟也拿雪鹰卫没有办法。鬼隐者是韦不群极为看重的力量，一旦损失过大，即使是她，也无法交差。再者她接到的命令是想办法接近雪鹰卫，而不是杀了他，权衡再三，她决定退兵。

一声高亢的哨音响起，鬼隐者闻声不再恋战，他们要走，以现在的五行阵而言，是留不住的。狗蛋心里更是清楚，只要这哨音再晚响半个时辰，五行阵就会全然崩溃。

张大山见敌人退走，立刻来到狗蛋身边，他在指挥五行阵的时候就留心到狗蛋有些不对劲：“狗蛋兄弟，你没事吧？”

狗蛋拍了拍张大山的肩膀，摇摇头。他环顾四周，整个队伍差不多有一半的人都倒下了，更没有一个人是不挂彩的，其中外围的金行队伤亡最大，只剩下不足十个人。唯一值得庆幸的是，队长铁牛虽然满身是伤，但性命无忧。木行队队长雄霸天和火行队队长石三顺就没有那么走运了，两人力战而亡。

鬼隐者却只死了五个，战况之惨烈，由此可见一斑。

远处霞光泛起，夜色渐退，活下来的人终于看到远处绵延不绝的天脊山脉。

血战过后，清理战场，一共死了七十三个兄弟，而活下来的人中有一些人不敢再随狗蛋前行。虽然天脊山就在眼前，但有没有命走到那里，换取十两黄金，这些人实在没有把握。狗蛋也并不阻拦，他许诺这些离开的兄弟，如果自己能活着回去，一定赦免他们的罪责。毕竟，这些人也为他拼了一次命。

如此一来，最后剩下的人也就十来个，不过这十几个人都是这些人中的精英，张大山和铁牛自然是二话不说留了下来，唯一让狗蛋有些吃惊的是莫留情也留了下来。

狗蛋在混入这些囚犯之前，为以防万一，都详细调查过他们的来历背景。莫留情虽然在江湖上名声不好，可其实他也没干过什么伤天害理的事，不过是经常跑去青楼吃个霸王餐，睡了姑娘不给钱就溜了。为人也有些贪生怕死、见利忘义，然而他的轻功和剑法却有过人之处，所以狗蛋让他统领水队，掌控水舞剑阵。

“如果那些人再来怎么办？”莫留情用舌头舔了舔嘴唇，在下决定之前，他有些犹疑。

“我可以帮你们挡住一时三刻，你们有多快就跑多快，运气好，应该能活下来。”狗蛋表情严肃，绝对没有半点儿开玩笑的样子，他非常清楚，如果鬼隐者去而复返，那么自己绝对没有生机。

莫留情愣了一下，扭头就走，可走了没两步，又转身回来了：“一辈子没买过‘豹子’，买一次，中了就一本万利！”

铁牛一向对莫留情看不顺眼，不过这时他倒是用那巨大的手拍了拍莫留情的肩膀：“这才像个汉子！”

莫留情却不领情，白了他一眼：“什么叫这才？凡事要多用脑子，不能靠蛮力……”

“唉，好话坏话你都听不出来，我看你是皮痒，欠揍……”

“来，怕你不成！”

“好了，你们两个别闹了。”张大山连忙把他们二人隔开。

“打，张大哥，让他们打，我不信他们还有力气再打一次……”狗蛋从刚才使完雪鹰剑法就一直强撑着，现在终于熬不住，一屁股坐到地上，嘴角渗出一丝血。

张大山、铁牛和莫留情连忙围上来。

“你怎么了？”

“没事，休息一个时辰就好了。”狗蛋嘴上这么说，心里却不由得哀叹：师父啊师父，您老人家就这么一走了之，留下我这个半调子徒弟和这天大的担子，您于心何忍啊……

第四章 文以载道

夏国的科举考试，三年一办，乃是夏国选取人才的主要途径。今年是新皇登基后的首次科举考试，朝野上下甚为关注。半年前，已有一千多名考生通过春试，而这几日考生们全部赶到洛安，准备参加三日后的秋试。

秋试后的前三十名可以参加殿试，由皇帝钦点出状元、榜眼和探花。状元授翰林院修撰，榜眼、探花授编修。其余进士经过考试合格者，授翰林院庶吉士。三年后考试合格者，称为散馆，分别授予翰林院编修、检讨等官，其余分发各部任主事等职，或以知县优先委用。所以自夏国开国以来，普通百姓要想做官，必须通过科举方有出路。然而夏国在夏穆宗李赋玉之时，官场已尽被豪门望族把控，科举士子再难受重用。夏庆宗李浩存之时又经历“西王之乱”，科举考试停办数年。庙堂上下的有识之士无不哀叹，朝中如今人才凋零，净是一些溜须拍马、昏庸无能之辈，倘若不是夏国底蕴甚厚，恐怕经不起这般折腾。

民间学子对此次科举考试寄望尤高，希望能迎来一番新景象。

洛安城内也因秋试而热闹非凡，城中客栈更是一床难求。尤其是城西一家名为“状元红”的客栈最是火爆。夏国自建国以来，有十几位学子曾在这里入住，然后考取状元。无论是巧合还是杜撰，民间百姓最喜欢这种故事，而学子们在考试前也都喜欢来这里住，期望沾点儿福气。久而久之，这家状元红客栈名满天下，就算是平日也不容易订到一间房，更别谈秋试之时。但即使如此，许多学子还是纷纷前来，哪怕没有房间，在客栈里喝杯酒水、吃顿饭也是极为乐意的事情。

“兄长，你走快两步，前面就是状元红了！”一个面目俊秀的年轻士子急匆匆地走在前面，回头唤道。

“圣人有云：成事者，不可乱于心，急于气。子晨如此浮躁，不可为……”那被称为兄长的男子，一身青色长衫，头戴方巾，相貌粗犷，皮肤黝黑，眉宇间有股英气。

“飞羽，你可真是迂腐，就不能少说两句？”面目俊秀的年轻士子干脆又折回来，拉住洪飞羽的手腕，拖着他快步向前。

洪飞羽素知林晨的性子，拗不过他，不禁摇头苦笑，只得加快步伐。

两人来到状元红客栈门口，此时已是下午，虽然早就过了用膳的时间，但客栈前面的酒楼仍旧宾客如云，大多都是来参加秋试的士子，三五一群，饮酒作赋，指点江山。

洪飞羽和林晨两人站在堂前，却找不到一个空位置。

“两位客官，你们要不先在这门前歇息片刻，待有了空位，我再引你二人进去？”一个店小二连忙上前来招呼他们。

洪飞羽平素喜欢安静，见这里如此喧哗，更是兴味索然。

“子晨，要不我们去另寻一酒家？”

“既来之则安之……”

两人话还未说完，忽然间听见有人叫洪飞羽：“洪兄！”

洪飞羽闻声望去，在二楼雅座有一白衣书生正挥手叫他。这白衣书生大有来头，名叫苏慕，乃是大学士苏迟的三子，早已跻身翰林院，在洛安城颇有名望。

“苏兄。”洪飞羽认出对方，微微拱手示意。苏慕则一边拱手，一边走下楼来。

“三月作别时，我就知洪兄必会来洛安。”苏慕亲热地拉住洪飞羽的手说。

“苏兄见笑了。”洪飞羽接着又引荐林晨，“这位是在下的表弟林晨。”

“子晨见过苏兄。”林晨虽不知这苏慕的来历，但见他锦衣华服、气宇轩昂，顿也心生好感。

“两位都不要客气，随我上二楼，坐下再聊。”

洪飞羽此时也不好再推辞，虽不喜热闹，应酬却不可避免。

楼上雅间内富丽堂皇，一边窗户还临着未名湖，从里向外望去风光秀丽，景色宜人，也没有楼下那般喧哗。屋内有一张精雕细琢的红木圆桌，桌上摆放着美酒佳肴，除了他们三人，还有两人早已坐在圆桌旁饮酒闲谈。两人见苏慕带着陌生人进来，皆望之。

“两位好友，今日我为你们引见一人，这位就是名满天下的洪飞羽，人称风羽先生。”苏慕拉着洪飞羽的手，爱才之情溢于言表。

洪飞羽没想到他会如此介绍自己，急忙拱手道：“苏兄说笑了，在下末学后进，一介书生，不敢当……”

“你就是写《草堂集》的风羽先生？”一位身着淡黄色长衫、面目清秀的公子，打断了洪飞羽的自谦之语。

“确是在下的拙作。”洪飞羽礼貌地回道。

“这位是我的表……弟，吕木楠，久仰洪兄的才学。”苏慕连忙说道。

吕木楠闻言却瞪了一眼苏慕，又对洪飞羽拱拱手，不再言语。

“诗词歌赋不过是奇技淫巧，我倒是十分喜欢洪兄写的《国策论》，受益良多，只是没想到作者竟然如此年轻。”说话的是一位中年男子，身着皮甲军衫，英武高大，一看就是将门中人。

“谢大哥此言差矣，诗词乃见人性，比起那些治国之论，更为有趣。”吕木楠两眼一翻，不高兴地说道。中年男子闻言只是微笑，却也不反驳。

“洪兄，这位是谢侯爷。”苏慕连忙岔开话题，恭敬地介绍中年男子。

“晚生洪飞羽见过谢侯爷。”

“不用拘礼，我不过比你们痴长几岁，叫我大哥即可。”谢名浩乃是三品军侯，执掌都城护卫，也算是颇有权势。

洪飞羽见此人率性直爽，心中顿生好感，便也不再拘礼，叫了一声：“谢大哥。”

五人落座，相谈甚欢。

“飞羽贤弟，对当今局势有何见解？”谢名浩忽然问道。

洪飞羽初出茅庐，心思单纯，不假思索地直言道：“内忧外患。”

谢名浩眉头一皱，追问道：“如今太平盛世，贤弟何以有此之言？”

“闲谈莫论国事！”不等洪飞羽再说话，苏慕端起酒杯，打断了这场还没开始的讨论。

谢名浩自然明白苏慕的意思，便不再继续说。洪飞羽虽然耿直，但并不愚笨，正所谓祸从口出。他也是见在座之人都是性情中人，才直言不讳，既然苏慕有所顾忌，他也就避开了话题。如此一来，谈话的气氛大减，闲聊几句后，洪飞羽便起身告辞。

“洪……飞羽兄，不知如今居于何处，改日我再登门拜访，请教一二。”吕木楠席间话不多，但听闻洪飞羽要走，脸上倒是露出不舍之情。

“吕兄言重，在下与贤弟暂住客满楼，随时候教。”洪飞羽说完再一拱手，然后便不再耽搁，与林晨退出了雅间。林晨走得并不情愿，雅间里的人皆是显赫一时的权贵，此时正是结交攀好的机会，没说两句就走，实在有些不通世故，错失良机。

“兄长，怎么走得如此匆忙？”

“再不走恐怕会惹火烧身……”

“我们这番来，就是要在洛安点把大火，你如此畏首畏尾，如何成事？”

洪飞羽看着林晨直摇头，见两人走入小巷，四下无人，忍不住用手拍了拍他的头，道：“如果像你这样鲁莽行事，别说点火，我们的小命恐怕都要一命呜呼了。”

“有我在，你尽可放心，谁敢伤你？无形无相，一指乾坤！”林晨说着伸出右手食指，朝着旁边一块花岗岩划过，一阵疾风吹过，整块岩石仿佛豆腐块一样被切成了两半。

洪飞羽最看不惯林晨卖弄武艺，忍不住又要敲他脑袋。林晨也不敢闪避，由着洪飞羽敲了自己一下。

“未经我许可，以后绝不可乱用无相乾坤指！”

林晨有些不服气，但还是“哦”了一声。

洪飞羽叹了口气，继续说道：“无相神功乃是云州禁忌，一旦被人发现，会给我们惹来无数麻烦。别说你这点儿微末道行，就算你武功天下第一，就能为所欲为了？昔日剑神燕旭伯睥睨天下，结果还不是被人灭门……更何况，我们要做的事情，如果单凭武力就能解决，那反而是一件简单得不能再简单的事情了。”

“说不过你，总之师父让我什么都听你的，接下来该怎么做？”林晨是初生牛犊不怕虎，恨不得立刻直捣黄龙。

“你先回客栈，如果我所料不差，定会有人登门拜访，你先帮我应付一下。”

“你呢？去哪儿？”

“我要去一趟苏府。”洪飞羽摊开手掌，手心里是一张纸条，是刚才苏慕趁人不注意的时候塞给他的。

大学士苏迟的府邸位于洛安近郊，和其他官宦人家相比，这里要小气许多，前院、后院，房间不过数十间。虽然宅邸不大，布置却也精巧，简而不凡，彰显出主人高雅的品位。

洪飞羽跟着管家绕过前厅，来到后院书房，苏慕早已在门口等候。

“洪兄，请！”苏慕热情地拉着洪飞羽走进书房，下人早已把茶水、糕点备好。两个人先是一番寒暄，苏慕看着洪飞羽喝了茶，这才把话慢慢说到正题。

“洪兄，有句话，我不知当问不当问？”

“苏兄但说无妨。”

“洪兄早已名满天下，昔日我奉家父之命，请洪兄入仕，洪兄断然拒绝，为何今日却来参加科举考试？”

“彼时学业未成，如今业满，当为国家效力。”洪飞羽随口答道。

苏慕看着洪飞羽，心中虽然有些疑问，却也找不到什么不合情理的地方。

“恕我直言，洪兄虽然才高八斗，但是如今朝政被韦贼把持，科举不过是走过场，没有门路和财路，恐怕……”苏慕摇头叹息道。

“正是如此，我才更要一试。”洪飞羽神情平淡地说道。

苏慕愕然，不过转念一想，却也明白其中的道理。如果换作别人，自然是空口白话，但是洪飞羽不同。他虽从未入仕，但文章早已在夏国广为人知，甚至当今皇上也曾想召见他。如此人物，参加科举考试，确实是给韦不群出了一个大大的难题。韦不群如果以才取人，那么洪飞羽必然高中状元，那时候韦不群自己的人就要让位；如果不给洪飞羽一个功名，或者评判不公，那么必然要遭到天下人的唾骂。

“好，舍弟就以茶代酒，恭祝洪兄金榜题名！”苏慕笑着举起茶杯。

“托苏兄吉言。”洪飞羽含笑陪着苏慕饮下一杯茶。

“洪兄，你来得正是时候，山后一片菊花盛开，甚是清雅秀美，那里还建有清风亭一座，我们且去那里饮酒作诗，赏菊一番。”苏慕有意招揽洪飞羽，所以不免找机会亲近他。

洪飞羽颔首答应，在他的计划中，苏家也是不可忽视的一股力量。

苏府宅院虽小，院后却有一片山林，林中有树有花，还把山中泉水引流，修有河渠，凉亭、栈道一应俱全，比起别家的园林倒是更胜一筹。山林四周虽然未见围墙，但也有家丁和私军护卫，平常百姓是进不来的。

洪飞羽脸上神色如常，心中却不由得哀叹，苏学士在民间素有美名，不过也都是表面文章而已。无论是以韦不群为首的所谓“相党”，还是以苏迟为首的所谓“清流”，两派激斗，都是为权为利。洪飞羽心里倒是更佩服韦不群，因为他坏得明目张胆，天下人即使不敢说，在心里也都认定韦不群是大奸臣，这夏国没落的罪责也由他一人扛了。而苏迟得了天下的好名声，却不干一件实事。

此时恰逢金秋时节，林中黄菊盛开，漫山遍野，甚是壮观。半山腰上有一座凉亭，由玉石雕琢而成，在阳光下散发出淡蓝色的琉璃光，美轮美奂。亭中坐着一位年芳十七八的少女，肤白如雪，明眸善睐，清秀脱俗，她双手抚琴，一曲《清泉流水》奏得如泣如诉。

洪飞羽却见那女孩儿有些面熟，一时间又想不起在哪里见过。待他二人走到近前，少女刚好弹完一曲。

“妹妹见过两位哥哥。”少女起身微微一福，抬起头，调皮地看着洪飞羽。

“你是吕木……”洪飞羽此时已经认出眼前的少女就是刚才在酒楼中见过的吕木楠。

“洪兄好眼力！”苏慕大笑道，“我来给你介绍，这位是舍妹苏月盈。”

“月盈再见过洪哥哥。”苏月盈面色绯红。

“失礼。”洪飞羽拱手苦笑，他在酒楼里竟没看出对方是女子。

“我这妹妹娇纵惯了，喜欢胡闹，洪兄别见外就是。”苏慕一边说，一边拉着洪飞羽坐下。苏月盈为他们斟上酒后，也坐了下来。

“如此美景，洪兄何不赋诗一首？”苏慕举起酒杯，先干为敬。

“苏兄又给我出难题了。”洪飞羽笑着陪了一杯。

“这都难倒了，还是风羽先生？”苏月盈激将道。

“妹妹，不可无礼……”

“无妨，刚才听舍妹弹奏的《清泉流水》，正有所感，那我就献丑了。”

“来人，笔墨伺候。”

一旁的下人早已备好笔墨纸张，端上前来，在凉亭的石桌上铺展开来。

洪飞羽提笔一书而就。

一曲流水入东海，遍绕林边日渐斜。

百般花中偏爱菊，此花开尽更无花。

“此花开尽更无花……”苏月盈读到此处，眼眶不由得红了。

苏慕在一旁看完洪飞羽写的诗，连声赞叹，自愧不如。洪飞羽自谦了几句，见天色不早，便起身告辞。苏慕客气挽留，洪飞羽再三推辞。

“既然洪兄有事，我也不便强留，改日我再登门拜访。”

“告辞。”洪飞羽拱手，他不由自主地看了一眼苏月盈，却见她还盯着自己写的诗词发呆，眼角那一丝泪痕竟让自己心有所动。

“妹妹……”苏慕清咳了两声。

苏月盈回过神儿来，也起身相送。

“苏姑娘留步。”

“先生慢走。”

苏月盈看着他们离去的背影，目光始终停留在洪飞羽的身上。

再说林晨被洪飞羽训斥了一顿，憋了一肚子气，回到客栈正无处发泄，就有几个凶神恶煞的汉子找上了门。他们一共七人，身穿相府私兵的服饰，锦衣绸缎，红黄相间，胸口绣着一只麒麟，好不威风。领头那人，腰间束着玉带，挂着令符，头戴羽帽，一脸横肉，可谓眼高过顶，傲气十足。

因“西王之乱”，无论是权贵还是富豪，皆以勤王的名义养有私人武装。战乱平息后，这些武装力量却都没有解散，成了各府的私兵。京城内虽然对各府私兵的数量有所控制，但即使如此，这些私兵还是经常惹是生非，而他们背后又大多是权贵，官府也不能拿他们怎么样。

“可有一个叫洪飞羽的人住在此处？”领头那人一进客栈就抓住老板的衣领问道。

店老板看到是相府的私兵，吓得脸色苍白，话都说不出来，只能连连点头。

“哪间房？”

“楼……楼上春兰厢房……”

店老板话音未落，已被领头那人摔了出去，撞倒大堂里一片桌椅，食客们纷纷避让，犹如见到鬼，一个不剩的全跑了。林晨在房间里听到下面的吵闹声，推开房门，正好看到这帮相府私兵欺负店老板，他一跃而下，扶起店老板。

“你们为何出手伤人？”林晨质问道。

“不是……不是，我自己滑倒了……”店老板还不等对方开口，就连忙说道。

那几个相府私兵闻言，大笑起来。林晨怒不可遏，却又无可奈何。

“几位老爷，这位公子就是和你们要找的人一起入住的。”店老板这时还不忘讨好地说道。

林晨气不打一处来，虽然他并不在乎这些人是来找谁的。

“小厮，让那洪飞羽下来！”领头的人趾高气扬地说道。

“小厮叫谁？”

“小厮叫你……”领头的人脸色一变，“你敢戏弄大爷我，弄不死你！”

“白头领，先办正事。”旁边一位长相斯文的相府私兵劝住了白头领。

白头领想想也对，压住火气，说道：“我们奉相爷之命，请洪飞羽过府一叙，你赶快让他出来。”

林晨闻言大笑，他坐下来，一副事不关己的样子，大手一摆，说道：“不去！”

相府私兵没有想到这个年轻的书生如此大胆，他们平日里何曾受过这种气，个个脸色涨得通红，只等白头领一句话，就把对方大卸八块。

“好小子，你真是不想活了！”白头领再也按捺不住，抽出腰间的佩刀，一招“力压千钧”劈了过去。

林晨心中大怒，这些人竟然一言不合就要取人性命。如果自己真是一介书生，或者换作洪飞羽，此时面对如此凶狠的一刀，还不归西？不过这次相府的私兵却挑错了人。林晨稳坐靠椅，只伸出两指便夹住刀刃，轻轻一带，白头领就好像断线的风筝一般摔了出去。其他人看都没看清林晨究竟做了什么，只看见本来挥刀的白头领，此时却摔了个狗啃泥。

白头领毕竟不是贩夫走卒之辈，他也是练家子，师承洛安天刀门，深得师父真传，三十六式天门刀法更是炉火纯青，虽然刚才自己只是随手一刀，但对方仅仅凭两根手指就化解了，可见对方的武功不弱，甚至相当可怕。

白头领爬起来，再不敢大意，如今他骑虎难下，不光是属下，店外有些爱看热闹不怕死的人也纷纷探着头往店里看。他深吸一口气，再次提刀，运起十成功力，出手就是天门刀法中最厉害的一招——“天罗地网”。

只见无数刀影犹如一张从天而降的大网，罩向林晨。林晨却看也不看，一手端起桌上的茶杯，另一只手轻轻一挥，刀网便犹如坍塌的木屋，支离破碎。

白头领再一次飞了出去，撞到墙上，嘴里吐出一大口鲜血。此时，他终于明白自己跟对方根本不是一个量级的对手。

其他相府私兵见头领受伤，纷纷拔出刀剑，围住林晨。

白头领此时心里清楚，就算一拥而上，他们也绝不是眼前这个书生的对手，正为难之时，负责城内治安的金务卫闯了进来。金务卫是洛安城内的治安军，隶属洛安府，由知府直接管辖，城内大到杀人放火，小到坑蒙拐骗，都由他们处理。

“什么人，敢在城内斗殴！”金务卫队正穿着一身青甲，身后的十几个金务卫着银甲，手持长枪，把客栈团团围住。店老板吓得脸色苍白、浑身发抖。相府私兵的白头领此时却笑了，这金务卫的队正乃是他的熟人。

“王大人，你来得正好，此人仗势行凶，把我打伤了……”

王队正认出白头领，知道他是相府的人，连忙拱手，态度顷刻间一百八十度转变：“这……这不是白头领吗？哪个不长眼的敢把您打成这样？”

“就是这小子！”白头领压住胸口的痛，红着脸，指着正坐在椅子上喝茶的林晨。

“大胆凶徒，还不跪下！来人，把他给我锁起来！”王队正一摆手，两个金务卫就上去抓人了。而围着林晨的相府私兵便收起兵刃，散开两边。

林晨冷哼两声，表面不动声色，暗中却把功力灌注脚下，四周布下无相真气。两个上来抓人的金务卫仿佛撞上了一堵墙，眼看着离林晨只有三五步的距离，却难进分毫。

“你们两个站那儿干什么？还不给我把人抓起来！”王队正看着两个手下站着发愣，不禁呵斥道。

“大……大人，走不过去……”两个金务卫满头大汗，他们好像被捆住了手脚，进退两难。王队正皱皱眉头，亲自走上前去，可当他的手触碰到其中一个金务卫的时候，发现自己手一抖，然后整个人就仿佛被树枝缠住了，同样也动弹不得。

“你……你搞什么鬼？”王队正看着坐在椅子上仍在悠闲喝茶的林晨。

“大人，你这一进来，不分青红皂白，不问前因后果，就要抓我，又是搞什么鬼？”林晨放下茶杯，悠然自得地看着王队正反问道。

“这……这还用问，你把白头领打成这样……属于蓄意伤人，不抓你抓谁？”

“好一个白头领……”林晨冷笑道，“看来大人和那位白头领是老相识。”

王队正脸上一红，恼羞成怒，喊道：“大胆刁民，敢戏弄本官……你们这些人还站着干什么，上来帮忙！”

其他金务卫看着王队正和另外两个同僚站着不动，都不解何故，此时听到队正命令，立刻一拥而上。可这十几个金务卫一走到林晨身旁，却都好像被施了定身法。

王队正额头直冒冷汗，自己和十几个手下就这么傻乎乎地站着，除了能说话，看起来就好像石像。

“反了，反了，去……去通知校尉大人，派人来……”王队正嘴里虽然这么说，但自己的人全部定住了，哪里还有人去报信。

白头领看到这番景象，知道今天是遇到高人了，自己本是奉丞相之命来请人的，如今越闹越大，怕是收不了场了。如果丞相知道了，多半要怪罪下来，到时候自己恐怕要吃不了兜着走，想到丞相的霹雳手段，他忍不住浑身打了个寒战。

正在僵持之时，洪飞羽回来了。他看到眼前这番奇异的景象，倒也不吃惊，只是摇头笑了笑。他早就知道只要自己一现身，韦不群一定会派人来找自己，所以他特意让林晨在这里候着，以林晨的性格，必然要闹出一番事来。

“胡闹！林晨，还不撤去气劲！”洪飞羽故作生气地训斥道。

林晨心不甘情不愿，但也不敢不听洪飞羽的话，脚尖轻轻一点，便散去真气。一众金务卫失去平衡，七倒八歪地摔在地上。

“王大人，舍弟顽皮，多有得罪。”洪飞羽急忙上前扶起王队正。

王队正正要发飙，可一看洪飞羽，有些面熟：“你……你是……”

“在下洪飞羽，大前年，您曾和莫大人来府上喝过茶。”

“风……风羽先生……不敢，不敢，早知道……”王队正想起眼前这人正是名闻天下的风羽先生，自己曾经作为知府大人的护卫去过他的府邸。

“大人客气，多半有些误会，我请将士们喝酒。”洪飞羽从怀中掏出一块碎金子，塞到王队正的手里。

“岂敢，万万不可……”王队正连忙推辞。

“一点儿心意，王大人切莫推辞。”

“那……”王队正把金子放入怀中，“多谢风羽先生。”说完，王队正整了整甲衣，然后转过身对一旁的白头领说道：“白大人，你们之间有什么误会一定要解释清楚，不可动手动脚，否则我可不好向知府大人交代。”

王队正知道这两拨人自己都惹不起，三十六计——走为上策，说完这番台面上的话，他就带着手下消失得无影无踪。白头领见洪飞羽三言两语就把王队正打发了，又想起管家让他来请人的时候务必客气有礼，心里早就肠子都悔青了。

“洪大人见谅，小的有眼不识泰山，惹怒了小爷，还请大人不要怪罪。”一想明白，白头领立刻跪倒在地。遇弱则强，遇强则弱是他的看家本领。

“白大人，言重了，快快请起。”洪飞羽扶起白头领道，“我和相爷也算旧识，自当前去拜访。”

白头领听到这句话，腿又是一软，如果不是洪飞羽扶着，怕是又跪了下去。他做梦也想不到一个书生会和相爷是旧识。林晨坐在一旁看着这帮势利之徒，心中一阵恶心。

“白大人尽可放心，你们先走，我稍后自会去相府。”

“多谢洪大人……”白头领又跪下来磕了几个头，这才心惊胆跳地带着手下惶恐离开。

“你真要去相府？”林晨皱着眉头问道。

洪飞羽点点头。

“那我陪你去！”

“不用了，今天你这么一闹，人人都知道相府请我去做客，现在最安全的地方就是相府。”洪飞羽笑着说道。

洛安城内夜色如虹，繁花似锦，灯映琉璃，人来人往，比起白日，更添一分繁华。

洪飞羽换了一套青衫，手持白扇，只身来到相府。一扇朱红的大门，白虎和麒麟石雕分列两旁，栩栩如生，令人望而生畏。相府门口早有下人恭候，看见洪飞羽过来，连忙上前问安。洪飞羽淡淡一笑，知道自己的行踪已受到监视，但他不动声色，跟着相府的下人入了府。

相府的面积比苏府至少大了十几倍，房屋不下几百间，府内亭台楼榭、湖泊假山应有尽有，布局精致奢华，雕龙画凤，宛如皇宫。走廊之上，每隔五六步就有一盏琉璃灯，光彩夺目，照得整个府邸犹如白昼。洪飞羽跟着相府的下人走了约莫一炷香的时间，来到府邸深处，这里有一片人工湖，湖边除了一幢小楼，再无其他建筑。

“洪大人，相爷在楼内恭候，小人先行退下。”下人一拱手，一鞠躬，退步离开。

洪飞羽甩开折扇，大步流星地走进小楼。楼内檀香阵阵，琴音悠扬，湖面吹来习习凉风，令人舒坦。韦不群坐在一方木台之前，品茶听琴，看见洪飞羽进来，挥手让侍女退下。

“韦大人，打搅了。”洪飞羽收起折扇，微微一拱手。

韦不群放下手中的茶杯，脸上露出高深莫测的笑容，似乎对洪飞羽的无礼并不介意。

“你终于还是来了。”

“让韦大人为难了。”

“有什么难不难的，都是分内的事情。”韦不群摆摆手，示意让洪飞羽坐下来，“见过苏学士了？”

“没有。”洪飞羽放下折扇，先为韦不群倒上茶，然后给自己倒了一杯，“苏慕和苏月盈倒是见着了。”

“这只老狐狸。”韦不群冷笑道。

权臣相斗，各有手段，这些事情洪飞羽听得多、看得多，也知道得多，他并非为此而来，闻言只是笑而不语。

“风羽一动云雨落，闻名天下的风羽先生此番来应该不是为了功名利禄，莫非真是来斗我这个权臣的？”韦不群手握茶杯，看着洪飞羽，不怒自威。

洪飞羽把手中的茶一饮而尽，面色却变得凝重起来，道：“此番来，为天下苍生！”

“先生此话何意？”韦不群冷哼了一声。

“云州大陆，危如累卵！”

“我看先生是危言耸听……”

“西边狼族蠢蠢欲动，东海之上冥牙旗飘！”洪飞羽一边说，一边斟茶。

韦不群握着茶杯的手却抖了抖，水溅了一手。

“冥牙？此话当真？”韦不群顾不得失态之举，反手扣住洪飞羽的手腕。

洪飞羽用另一只手从怀中取出一件奇特的物件，形似月牙，颜色黝黑，材质不是金属，敲击却能发出清脆的声音。最让人触目惊心的是月牙物件上沾有斑斑血迹。

“冥牙刀！”韦不群手中的茶杯跌落地上，摔成碎片。

“三个月前，有出远海的渔民翻了船，生还者漂到一个不知名的小岛，发现岛上居民全部被……啃食而亡，在其中一个死者残缺的尸体下看到了这把冥牙刀。”

韦不群放开洪飞羽的手，拿过冥牙刀仔细打量，他举起刀轻轻往桌角一挥，看似毫无锋芒的冥牙刀竟然把桌角击得粉碎。

“冥牙刀，果真是冥牙刀，书上所记是真的！”韦不群瞠目结舌，如果不是亲眼所见，他绝不相信世上真有冥牙刀，“冥牙一族以食人为乐，相传伯尤就是来自冥牙族，此族据史书记载，居于东海旭日岛，远离云州大陆，中间隔着万重海，他们怎会突然出现在云州附近的岛上？”

“不瞒相爷，家师曾到过旭日岛，见过冥牙族，他们人面兽心，犹如地狱罗刹，千百年来幸得大海相隔，他们如果有了渡海的能力，一旦登陆云州，势必生灵涂炭。”洪飞羽面色凝重地说道。

韦不群额头冒出冷汗，他也读过书，看过记载，知道洪飞羽所说绝非信口开河。但是他现在仍旧不能以一把冥牙刀就对目前的形势做出判断。

“风羽先生说这番话，想如何？”韦不群重新坐下来，深吸了一口气，恢复漠然的神态。

“在下想与丞相大人联手。”洪飞羽直言道。

韦不群闻言大笑，又打量了一番眼前闻名天下的风羽先生。

“风羽先生和天下皆知的大奸臣联手，必定让人刮目相看。”

“丞相绝非奸臣，而是枭雄。”

“好，好，好一个枭雄，先生想从我这儿得到什么？”

“泉州港水军的军权。”

“不算过分，我也有想要的东西……”

“倘若侥幸渡过此劫，我愿助丞相取得天下。”洪飞羽信誓旦旦，说完后，把杯中水一饮而尽。

第五章 天脊城

天脊山脉延绵数百公里，山峰高耸入云，山顶终年积雪，是夏国西北的天然屏障。天脊山脉的另一边则是被称作“黄昏之地”的荒原，那里植被稀少，缺乏水源，自然条件极为恶劣。然而，在“黄昏之地”还生活着一群令夏国人千百年来都畏惧的异族——狼族。夏国人一直认为狼族虽然体格强壮有力，但尚未开化、不通语言文字，只知茹毛饮血，极其彪悍。狼族多半群体行动，作战时骑狼御风，凶残暴虐，可谓无人可挡。

天数历七十二年，夏国皇帝李载纯因西北边境时常受到狼族侵扰，派大将军霍刚领兵十万前去征讨。然而从未有过败绩的霍刚却大败，仅仅带着数千残兵越过天脊山逃了回来。在后来约莫一百年里，夏国都派兵征讨狼族，然无一不败。迫于无奈，夏国完全放弃了天脊山以西的领土，依靠天脊山的天险，抵御狼族侵袭，总算稳住了阵脚。

夏国虽然占有天险之利，但山脉绵延数百公里，防线过长。夏国在此驻防的兵力却每况愈下，所以狼族的大军虽然难以越过天脊山，小规模的侵扰却从未停止。尤其是近几年，夏国国力衰弱，朝政腐败，军纪松弛，狼族更是蠢蠢欲动，侵扰不断。

在天脊山上，夏国建了一座天脊城，经过数百年的修葺完善，整个城市恢宏庞大，内外三层。城内大到宫殿，小到房舍，全用岩石建成，拥有驻军和平民共计四十万，这个建在半山腰的天脊城被人称为“奇迹之城”。不过，也有人私下叫它“罪恶之城”，因为数百年来，夏国所有的重犯都被流放于此，成为守军，并且他们的子子孙孙都必须永远留在这里，守卫夏国西北边境，与狼族作战。

当然，除此之外，天脊城内也有夏国的正规军，他们装备精良，每隔两年一轮换，身份自是高人一等。天脊城因为地理位置特殊，所以城内全部实施军事化管理，并没有通常意义上的官吏。城内最高长官是由皇上直接册封的天脊大将军。大将军享有城内的一切生杀大权。如今的天脊大将军伯牙正是由新皇李昊煜册封。伯牙原是御前侍卫统领，李昊煜登基后，自己拿主意的事情只有一件，就是册封伯牙为天脊大将军，驻守西北边境。这天脊大将军听起来虽然威风，但实则是发配边疆，远离权力中心。不仅条件恶劣，还有生命危险，着实是个苦差事。所以李昊煜提出册封伯牙，没有任何人反对。

狗蛋领着十几个人历经千辛万苦，终于活着爬到了天脊城前。他虽然早就听说过天脊城，但当亲眼看到它的时候，还是被深深震撼了。整个城建在两座山体之间，宛如横空出世，最高处直入云霄，抬头望去，让人目眩神迷。开国皇帝李成渊的巨大石像屹立在城中位置，即使隔着高高的城墙，也能看到他雄伟的英姿。

张大山每年押送囚犯要来这里好几次，大多数初次看到天脊城的人都会被它的宏伟壮观所震撼，但是很少有人知道这座城市是用火与血浇灌而成。

“诸位兄弟，雪鹰卫鹿一鸣多谢各位舍命护送！”狗蛋转过身，郑重其事地躬身说道。他此时终于说出自己的真实姓名，也就是真把这帮人当作了自己的兄弟。

众人闻言一愣，也都连忙拱手。

“鹿大人言重了，你也救了我们兄弟的性命。”张大山出列，扶起鹿一鸣，说道。

此时，城外的守卫早就看到这十几个衣衫褴褛、犹如乞丐的人，他们提高了警惕，手持长枪围了过来。城墙上的弓箭手也拉上了弓弦，只待一声令下，立刻就能把下面的人射成马蜂窝。

“什么人？”领军手持长剑，指着狗蛋，大声呵斥道。

“兄弟，是我，是我！”张大山一跃而出，脸上满是笑容。

“大山？！你怎么搞成了这样？”领军收起长剑，一抬手，回头对手下喊道，“没事，自己人。”

其他士兵纷纷收起兵器，重回队列，动作整齐划一，训练有素。

领军名叫农泗，与张大山素有交情，只是此时张大山狼狈不堪，灰头土脸，又没穿军服，竟一眼没认出他来。

“路上遇到了伏击，队正大人已身亡，就剩下了我们这些人……”张大山叹口气道，“此事说来话长，我要求见千卫大人，劳烦农大哥……”

“不用，我要立刻见伯牙，速去通传。”鹿一鸣此时走了出来道。

“大胆，敢直呼将军名讳！”农泗再次拔剑而出。

“兄弟，不可，不可，他是雪鹰卫鹿大人。”张大山连忙阻止道。

农泗闻言一惊，雪鹰卫何等人物，怎么会出现在这里？但他素知张大山的为人，绝不会信口开河，一时间半信半疑，不知如何是好。

“有何凭证？”思虑再三，农泗还是决定先问清楚，毕竟事关重大，如果弄错了，那他可是要掉脑袋的。

鹿一鸣解开衣衫，胸口的铜牌在阳光下闪出耀眼的光芒。

“参见雪鹰卫大人。”农泗慌忙跪拜，其他将士看到铜牌后也纷纷跪下，就连城墙上的守卫也都行以大礼。

军事会议堂内，伯牙眉头紧锁，在他左右两侧分别站着天脊军里最重要的几位将领，人人神情严峻。

“初三、初八、十二、十七、十九，狼族持续越过甲城、戊城、平城、汇城，进行小规模的骚扰，我军疲于奔命，伤亡过百人，宏村、老牛村和石岩村三个村落遭到劫掠，伤亡十七人，财物损失也颇为严重。还请大将军给我三千轻甲兵，我必歼灭入境狼族！”千人长赵信年轻气盛，介绍敌情的时候，毫不掩饰情绪，咬牙切齿，语速急促。

“赵信，不可放肆，大将军面前，岂敢冒进！”岳猛出言呵斥，他是军中右将军，军部直系，也就是韦丞相的人，处事圆滑，颇有心计。

赵信单膝跪地，虽不敢反驳右将军岳猛，但仍旧请战。

“赵信，你先退下。”伯牙挥挥手，语调不高，但不容置疑。

赵信拱手，心有不甘，但也只能恭敬地退出会议堂。

此时，堂中除了大将军伯牙、右将军岳猛，还有左将军黄宗琪、偏将军毛庆、城都卫旷衍非，以及幕僚长朱博文。一时间，堂内落针可闻，竟无一人开口说话。

“博文，说说你的看法。”大将军伯牙轻咳了一声，朱博文是军中智囊，也是他的亲信，由他开始再好不过。

“是。”朱博文对伯牙行了个军礼，然后指着桌上的军事地图说道，“天脊山脉绵延数千里，虽然建有长城，能够杜绝大军侵袭，小规模的偷袭却难以防范，数百年来本已是常态。往常狼族只在冬季缺粮之时才会冒险越过长城，近几个月却一反常态，尚未入冬，就频繁骚扰，实在不同寻常。”

“我也感觉狼族最近异动频繁，似要有大动作。”左将军黄宗琪已在天脊城十几年，早已在此安家落户，朝廷本有意将他调回，但他厌恶朝中的钩心斗角，所以屡次请留，本就没人愿意来，军部干脆就做了顺水人情，让他留了下来。

“怕他个熊，来一个杀一个，大不了我们加派人手在各城楼巡防。”偏将军毛庆说得粗暴，他脸上挂着一道长长的刀疤，就是在和狼族作战时留下的伤口。他本是被流放于此的囚犯，因为战斗英勇，屡立战功，好几次死里逃生，由兵甲一路升为偏将军，实属异数。所以虽然他的职位在堂中最低，却无人敢轻看他。

“毛将军所说也确是一个应急之策，不过卑职认为应该派人去侦察敌情，了解狼族的动向。”朱博文此言一出，众将领都面露骇色，就连毛庆也不例外。

“朱先生可能有所不知，天脊山以西乃是平原地形，毫无遮挡，御狼而战的狼族来去如风，我们以前也曾派出探子去打探军情，但都是有去无回……”黄宗琪说完叹了口气。

“诸位将军多虑了，有天脊城在此，狼族小儿又能怎样，这数百年来狼族也曾大举来犯过几次，哪次不是惨败而归？”岳猛不以为意。

“末将……”朱博文还想争辩，却被大将军伯牙打断：“诸位将军说得都很有道理，狼族屡次来犯不可小视，我军应予以痛击，以安民心。”伯牙说到这里，拿起桌上的令牌，“偏将毛庆听令。”

“末将在。”毛庆拱手听令。

“速领五千精兵，加强长城沿线的巡防，敌若敢再犯，务必歼敌于城下。”

“领命！”毛庆接过令牌，就风风火火地走出了会议堂。

“我记得前几日我军抓到几个狼族士兵，岳将军，可从他们嘴里问出了些什么？”伯牙这时看着岳猛问道。

岳猛摇头叹道：“这几个狼崽子，不管我们说什么，他们都听不懂，写也看不懂，性子还烈，没几日都咬舌自尽了。”

众人都不吃惊，以前天脊军也俘虏过不少狼族士兵，但从来没问出过任何情报。

正在这个时候，门外侍卫突然来报。

“启禀大将军，雪……雪鹰卫求见。”侍卫说到“雪鹰卫”三个字，舌头都有些打结。

“雪鹰卫？”大将军伯牙的眉头轻轻抽动了几下。

其他将领俱是大惊，一副难以置信的表情。

“大胆，妄言者斩！”岳猛忽然跳出来呵斥侍卫道。

“卑职不敢。”侍卫吓得大惊失色，跪倒在地。

“岳将军莫急，见过来人自有分晓，传见。”大将军伯牙说道。侍卫如释重负，慌忙站起来，准备退下传令，可这时门口却传来一阵爽朗的笑声:“好大的架子，伯牙兄，一段时日不见，官威可是长了不少！”话音未落，狗蛋已经入了会议堂，他可没那闲工夫等通传，顶着雪鹰卫的名头，一路长驱直入，无人敢拦。

会议堂是军事重地，乃是天脊城军事首脑聚会议事的地方，非通传不可入内。众将士见此人闯进来，本能地拔剑而出，一拥而上。

“不可！”伯牙急忙喝止，他拨开众人，走到狗蛋面前，一脸惊诧地道，“鹿一鸣，真是你！”

“如假包换。”鹿一鸣笑嘻嘻地说道。

雪鹰卫，一代一人，乃是皇上身边最为亲近之人，他不单单只是护卫，也是皇上的左膀右臂。一般而言，雪鹰卫绝不会离开皇上身边，而如今鹿一鸣不远千里来到西北边陲，怎不让伯牙大吃一惊?

“你……你做了雪鹰卫？那穆大人呢？”伯牙曾经是御前侍卫，与鹿一鸣算是旧识，他离开洛安的时候，鹿一鸣却还不是雪鹰卫。

鹿一鸣苦笑一声，叹了口气说道：“家师已仙逝……”

伯牙闻言又是一惊，自言自语般地说道：“我夏国又少了一位顶梁柱……”

“伯牙兄，此番我来，有皇上口谕，烦请不干人等先行退下。”

“狂妄小儿……”岳猛大怒，雪鹰卫虽然名头大，但无品无衔，竟然敢对军中一二品大员呼来唤去，他身为韦丞相的亲信，连伯牙都不甚放在眼里，更何况一个皇上身边的侍卫。

“岳将军，不可无礼！”伯牙说话的声音不大，但语气坚决，不容置疑。然而此时他心中却在哀叹，雪鹰卫本是皇权的象征，十几年前，哪个臣子敢大声呵斥，可如今皇上势微，大权旁落，自然也没人把他身边的人当作一回事。

岳猛冷哼一声，拂袖而去。

“众位将军先行退下，传我口令，任何人等不得入内！”伯牙下令道。

其他将领拱手行礼，默然退出。

鹿一鸣见人已走完，这才低声说道：“爱卿伯牙听旨。”

“臣在。”伯牙单膝跪下。

“命你十二月十七日领精兵十万赶往木鱼镇，等候调遣。钦此！”

伯牙闻言一愣，一时间有些回不过神儿来。

“伯牙，还不接旨？”

“臣接旨。”伯牙说完却没有站起来，“皇……皇上就这么说的吗？”

“皇上说得文绉绉的，不过意思就是这么个意思。”鹿一鸣笑嘻嘻地扶起伯牙。

伯牙苦笑，没想到这个鹿一鸣如此胆大妄为，连皇上的口谕也敢乱改一通。

“鹿兄，皇上的旨意，怕是有些为难……”伯牙叹口气道。

“伯牙将军莫非想抗旨？”鹿一鸣威胁道。

“将在外，君命有所不受，更何况天脊军驻守天脊山脉，不可擅离职守。一旦大军离开，狼族定会趁机挥兵东进，到时候生灵涂炭，大好河山尽入异族，谁敢担责？”伯牙直言不讳道。

鹿一鸣沉默不语，知道伯牙所言非虚。

“不瞒鹿兄，近日狼族异动，天脊山外怕是有变……”伯牙还想解释，却被鹿一鸣打断：“伯牙兄，你知道皇上虽然还未成年，但智慧过人，沉稳隐忍，此番若非事态紧急，绝不会让我奔袭千里来调兵。如今朝政被奸臣贼子把持，皇上能用之人并不多，还望伯牙兄莫伤了皇上的心。”

“微臣对皇上绝无二心，天地可表。”伯牙拱手向东，真情表露，接着又道，“但职责所在，不可妄动……除非……”

鹿一鸣此时才恍然大悟，双手交叉在胸前，冷笑道：“好你个伯牙，原来是想让我做事，有什么就说吧。”

伯牙的小算盘被鹿一鸣看穿了，不免尴尬地笑了笑，道：“目前确实有些为难的事情，想请鼎鼎大名的雪鹰卫帮忙。狼族最近频繁骚扰，我军疲于奔命，我们派出去探察敌情的探子没有一个活着回来，如果不查清楚狼族那边究竟发生了什么，天脊军不敢妄动。”伯牙说得斩钉截铁，他虽然忠于皇上，但深知比起朝中的权斗，甚至是与枫国的战争，都比不上防范狼族入侵要紧。他亲眼看到狼族的彪悍和凶残，一旦让他们跨过天脊山，整个云州大陆必定生灵涂炭。

“好，我帮你去探察！”鹿一鸣抓住伯牙的胳膊，“但是如果这件事解决了，你不借兵给我，我就以抗旨之罪取你项上人头。”

“一言为定！”

伯牙与鹿一鸣击掌为誓。

张大山、铁牛和莫留情三个人带着一帮兄弟坐在驿馆里，焦虑不安地等着消息。一向口无遮拦的莫留情也变得十分安静，手里玩着剑鞘，目光不时地瞟向门口。张大山则喝着茶，面无表情。只有铁牛走来走去，嘴里还不时骂骂咧咧：“这么久，该不是那什么大将军在玩儿花样吧？”

此话一出，下面的兄弟们也开始窃窃私语。

“铁牛！”张大山放下茶杯呵斥道，“鹿大人自有安排，你再胡言乱语，扰乱军心，我可不客气了。”

铁牛哼了一声，不过终究还是闭上了嘴。

正在这时，门外传来急促的脚步声。“嘎吱”一声，木门被推开，一位身着红色锦衣的俊俏将官带着两个侍卫走了进来。张大山一眼就认出领头者正是军中幕僚长朱博文，如今天脊军中炙手可热的大人物。

“末将参见朱大人。”张大山起身跪拜。

朱博文微微点头，身后侍卫递上一卷文书。

“众将听令！”朱博文手持军令，威严喝道。

在张大山的带领下，众人单膝跪地，俯首听命。

“大将军令，火长张大山，囚犯铁牛、莫留情等人，护卫雪鹰卫有功，特此嘉奖。擢张大山为千人长，其余将士均赏金十两。铁牛、莫留情等人免去罪身，赏金十两，去留可自行安排……”朱博文缓缓念着，又读了一长串名字和奖赏的内容。不过基本上除了鹿一鸣承诺的黄金，原是官家的人就升职，囚犯则免去罪身，重获自由。

听完军令，众人纷纷起身，个个面带笑容。此时从门外又走进来许多下人，手捧黄金，现场发放，一时间好不热闹。可是众人却不见鹿一鸣的影子。张大山走到朱博文面前，先拱手致谢，然后问道：“朱大人，为何不见鹿大人？”

“鹿大人另有任务，已经离去，这里有书信一封，让我转交给你们。”朱博文从怀中掏出一封书信递给了张大山。

张大山见过鹿一鸣写的字，所以看到书信后便确认这是他亲笔所写。

“诸位兄弟，我去狼族的地盘玩儿几日，回来再与大家痛饮三天，你们可别跑得太快！”张大山顺口念出，众人顿时哄堂大笑。只是张大山却笑不出来，他深知狼族的厉害，而且近三十年来，越过天脊山，去到狼族那边能活着回来的不过三个人。

第一位是剑神燕旭伯，虽然他活着回来了，却身负重伤，足足躺了一个月才恢复过来。第二位是天脊军里的一个探子，他也算是百年难得一遇的奇人，靠着高超的轻功和隐身术总算活着回来了，却断了一只胳膊。第三位是个女人，这个女人原是住在天脊山脉附近的村庄里，狼族袭击了村庄，把她掠了去，本来家里人都以为她死了。可过了两年，她却突然带着一个孩子跑了回来。当时盛传孩子是狼族的种，所以女人和孩子受到了村民的排斥和攻击，没过几天，女人带着孩子就又消失了。为了这事，天脊军当时还派人调查，但因为女人带着孩子跑了，这事也就不了了之。

如今鹿一鸣竟然只身前往狼族，不可谓不凶险。

“朱大人，鹿大人当真一个人去了西边？”张大山虽然看到了鹿一鸣的手书，但还是难以置信。

朱博文点点头，对于张大山的质问，并未恼怒，他从鹿一鸣那里听到了关于这帮义士的所作所为，知道他们都是有情有义的血性汉子。

张大山一拱手，朗声说道：“末将请命，愿同鹿大人共去绞杀狼族！”

其他人闻言也纷纷附和，放下手中黄金，一同请命。

“诸位与鹿大人的情谊，朱某甚为感动，但是此次鹿大人前往西边乃是探察敌情，人多反而坏事，所以还请大家少安毋躁。”朱博文这番话说得在情在理，如果靠人多就能击败狼族，那夏国早就灭了狼族，又何以像现在这样依靠天险固守。

张大山长叹了一口气，如今只能为鹿一鸣祈求平安。

天脊山的夜晚寒气逼人，这里早晚温差极大，白天可以打着赤膊喝酒，晚上却要裹着棉衣御寒。鹿一鸣远离天脊城，找到一个豁口，在夜色的掩护下，利用绳索下到了天脊山的另一边。说来倒也奇怪，隔着一个天脊山，两边的环境却截然不同，夏国那边土质松软肥沃，适合种植粮食，而狼族这边地表却尽是岩石沙砾，少见植被，一派荒凉景象。在这样的地方，无论怎样的高手想要隐匿身迹都相当困难。唯一可以凭借的唯有黑暗的夜色，但是天总会亮。

鹿一鸣在宫廷的藏书阁里曾看到过一些介绍狼族的书籍，但是这些书里除了描述狼族的残暴，对于狼族的习性、风俗、文化等的描述却极少。一个与夏国争战数百年的敌人，夏国竟然没有人去真正了解他们，正所谓“知己知彼，百战不殆”，为什么会发生这样的事情？鹿一鸣当时就对此产生过疑问，夏国数百年来能人辈出，不可能没有人想过去摸清狼族的底细。同为敌国，夏国对于枫国的资料收集就要详细千百倍，各种书籍文章整整占了藏书阁两层楼。所以这次他前往狼族，不仅仅是为了完成皇命，更多的是对狼族的好奇。

鹿一鸣胆大，却也心细，论武功，他恐怕还比不上剑神，论才智，也排不上号，他唯一最大的优点，就是从来不把自己当一回事。一个不把自己当高手的高手，才是最可怕的高手！所以现在他能装扮成一块岩石，犹如乌龟一样，匍匐前进。

天色已白，鹿一鸣躲在自制的“龟壳”下，耳听八方，眼观六路。到目前为止，他还没有看到狼族的人，也没有被狼族发现。唯一让他有些难受的是酷热，阳光强烈，“龟壳”里面犹如烤炉。他在一望无际的荒原上爬了五六个小时，终于听到了水流声。他小心翼翼地把“龟壳”打开一条缝，向着声音传来的方向望过去。一条潺潺河水，由远处蜿蜒而来，顺流而下。不远处原本平缓的地面出现了巨大的落差，水在那里倾泻而下，宛如九天瀑布，蔚为壮观。

鹿一鸣深吸了一口气，干燥的空气中终于有了湿润的气息。他披着“龟壳”缓缓移到水边，全身功力提至十成，感应四周，确认附近安全，这才从“龟壳”里溜出来，跳进水里。他已憋了许久，此时在凉爽的水中不由得欣喜若狂，上蹿下跳，溅起阵阵水花。他顺着河流而下，慢慢向悬崖游去，到了瀑布口才游上岸。

他站在悬崖边向下望去，地形落差至少百尺以上，河水发出巨大的轰鸣声，奔腾而下，在谷底重新汇聚，流入郁郁葱葱的森林之中。整个荒原犹如被绿色的森林从中间劈开，两边是赤褐色的荒原，下面却是密不透风的树林。鹿一鸣从未见过如此奇特的景观，一时间不由得看得忘情。

就在这时，远处传来一声声狼嚎。鹿一鸣抬头望去，河流对岸，数百狼骑正向自己这边呼啸而来。他心中大惊，也不知这狼族是怎么发现自己的行迹的，如果被这些狼骑包围，那自己真是插翅难飞了。

想到此处，鹿一鸣再不犹豫，纵身一跃，跳入谷底。他好像流星一般随着瀑布坠入河水中，掀起巨大的浪花。他浮出水面，抬头望向崖顶，只见崖上狼骑嚎叫，却徘徊不前，不敢下来，仿佛在这谷底密林中有什么让他们恐惧的事物。鹿一鸣心中虽然狐疑，但也别无选择，他爬上岸，环顾四周，林中幽静异常，不见一鸟一兽，一阵穿林风吹过，让他不由得打了个寒战。

“邪门儿！”鹿一鸣一边抖落身上的水，一边搓着手走进林中。他在林中找了块稍微平整的地方，拔去野草，找来树枝，然后从怀里掏出玉尺。他手握玉尺，口中轻念口诀，玉尺一头竟然变红，发出热光，点燃了树枝。

“那帮术士要是知道我用这法宝点火，肯定会气晕过去。”鹿一鸣收起玉尺，扬扬得意。

火光在幽暗的林中闪耀着，宛如墨绿色丝带上的一颗红色宝石，不同寻常，还透出些许的诡异。鹿一鸣在温暖的火光中并没有放松一丝警惕，他本能地感觉到某种威胁正悄然向自己靠近。虽然还是白天，阳光却一丝一毫也透不进树林里来，四周昏暗潮湿，唯有火焰燃烧发出“噼噼啪啪”的声响。

林中的寒气越来越浓，四周升起白雾，犹如怪兽般想一口吞噬火焰。

此时，鹿一鸣身上的衣服已然烤干，他抽出腰间的软剑，转过身来，目光如炬，盯着白雾中的密林。这把软剑非同一般，人称红蛇剑，乃是铸剑大师欧阳一修的杰作，也是伯牙最喜爱的珍藏。红蛇剑质地柔软无比，平常犹如腰带系在腰间，用时发力则坚，削铁如泥。鹿一鸣知道伯牙手中有这把宝剑，这次到狼族来，便趁机向他借剑。伯牙虽不愿，但也不好推托，终究还是借给了他。

红蛇剑在鹿一鸣的催动下，发出阵阵嗡鸣，犹如一条蓄势待发的响尾蛇。

此时，整个树林里的空气仿佛也都凝结了。一阵寒风迎面而来，篝火里最后一丝火光也熄灭了。一个白色的身影从浓雾中突然冲出，直扑鹿一鸣。鹿一鸣早有戒备，手中红蛇剑划出个弧线，向白影挑去。那白影快如闪电，竟然徒手抓住红蛇剑，发出骇人的嘶吼。

鹿一鸣这时才算看清白影的形貌，纵然他见多识广，也不由得心惊胆战。这白色怪物身似蝙蝠，头似硕鼠，腿如人形，一双利爪坚硬如铁。然而白色怪物显然不知道它抓住的究竟是什么剑，那绝非普通刀剑，而是一把旷世神剑。

鹿一鸣虽惊不惧，身形微微往前一步，手腕跟着轻轻一转。怪物发出一声惨叫，一双利爪被红蛇剑齐齐斩断，淡绿色的液体从怪物的手腕处流出来。怪物虽然受了伤，却越发狂怒，嘴里发出低沉的哀鸣声，将整个身体抱成一团，朝鹿一鸣撞过来。

鹿一鸣没想到这怪物负伤之下还能如此凶狠，手中红蛇剑来不及变招，只能双腿一弯，整个身体后仰倒下。即使如此，那怪物来势迅猛，身上的皮肤又坚硬带刺，仍然划断了鹿一鸣的几根头发。鹿一鸣借势滑到怪物的身后，回头就又是一剑。这一剑快如闪电，狠、准、稳！锋利的剑身刺穿了怪物的头颅，绿色的血喷射而出。

然而，鹿一鸣还未来得及喘口气，忽然发现白雾已散开，无数白色的怪物犹如潮水般从四周向他涌来，发出震耳欲聋的嘶鸣，仿佛急促的战鼓，让人不由得心慌意乱。

鹿一鸣倒抽了一口凉气，纵然他神功盖世，手持红蛇剑，如果是对付三四个或者十来个这样的怪物，或许还行，可如今放眼望去没有上千，也有几百，自己绝难力敌。他知道自己唯一的生机就是趁对方还没有形成包围圈，跳入湍急的河水，顺流而下，或许才能摆脱这些怪物。

主意已定，鹿一鸣就不再犹豫，双腿在身旁树桩一蹬，借力而出，犹如离弦之箭。他手中的红蛇剑仿佛恶鬼罗刹，挡路者死。这些怪物却也不是任人屠宰的羔羊，虽然被鹿一鸣斩杀，却也在他身上留下了伤痕。在更多怪物聚拢之前，鹿一鸣终于杀出一条血路，跳入奔腾的河流。他潜入水底，游出一段距离后才冒出头观望，那些白色怪物在岸边发出刺耳的鸣叫，却并没有下水追击。

鹿一鸣总算放下心来，身上却火辣辣地痛着，这次潜入狼族的地界，没想到竟然遭遇到怪物的袭击。难怪刚才悬崖上的狼族士兵没有下来追击自己，看来他们似乎也对这些怪物有所顾忌。想到这里，他满腹疑问，这些怪物到底是什么东西？它们怎么会聚集在这峡谷之中？狼族的村落又在什么地方？他不由得叹口气，目前对于狼族的情况一点儿都没摸到，自己却已伤痕累累。

河水湍急，中间还有岩石，尽管鹿一鸣水性了得，还是挨了不少撞击和刮擦，着实狼狈不堪。但为了躲避那些怪物，他也不敢贸然上岸。大约漂流了两个多时辰，他再没发现附近有怪物的身影，这才慢慢向岸边靠近。就在这时，他忽然听到远处有女人的呼喊声。

鹿一鸣钻进丛林，循着声音，悄然靠近。他跃上一棵大树，举目望去，只见前面远处的树林里，有许多灰色椭球体吊挂在树干上，而求救的声音正是从那边传来。为了看清楚情况，他又小心翼翼地向前越过十来棵树，此时距离发出声音的灰色球体不过七八米。

鹿一鸣定睛一看，不禁倒吸了一口凉气，那灰色球体上露出一张人脸，虽然被灰尘和奇怪的丝线遮掩了部分，但依旧可以看出是一张女人的脸。女人的嘴和鼻孔并没有被封死，她挣扎着呼喊，声音却越来越微弱。

救人要紧，鹿一鸣来不及多想，立刻上前，用红蛇剑划开灰色球体，小心翼翼地把包裹其中的女人放下来。他为女人慢慢撕开覆盖在脸上的污物，然后从河边取来水，喂她喝了少许。女人棕黑色的皮肤，光滑细腻，亚麻头发，五官精致，尤其是高挺的鼻梁和蓝色的眼睛与夏国人大相径庭。她喝过水后，呼吸渐渐匀称，意识也清醒过来。

“呼各呀西……”女人嘴里嘟囔着，可当她看清鹿一鸣的样子后，不禁瞪大了眼睛，满脸的惊讶，“你……你是夏国人？”

鹿一鸣没想到对方会说夏国话，虽然发音有些生硬，吐词也并不清晰。他点点头，问道：“你是狼族人吗？这些到底是什么东西？”说着，他指了指林中其他倒挂在树上的球状物，那些被包裹在里面的人就没有她这么好运了，一个个被厚厚的丝状物裹得严严实实，早已断气。

女人看着一个个早已死去的族人，浑身瑟瑟发抖，泪水犹如断线的珍珠，一颗颗滚落下来。

“蝠狰……蝠狰……蝠狰……”女人突然抓住鹿一鸣的胳膊喊道，“烧了他们，快！烧了他们！”

第六章 春风一度

春风苑是洛安城里最为有名的风月之地，不光有三百多间厢房，园中还有亭台楼榭、湖水歌坊，极尽奢华。当然，除了堪比宫殿的装潢，还有十二花魁、三十六星、七十二秀……总计数百人的美艳姑娘。无数男人在这里挥金如土，寻花问柳，最后醉卧温柔乡。

而春风苑的主人正是夏国第一富商贾文贵。贾文贵也算是奇人，关于他的来历众说纷纭，流传甚广的说法是他天赋异禀，善于经商，由一间杂货铺开始起家，倒卖铁矿、经营地产、开银号……用了三十年的时间，他的产业遍布夏国。在“西王之乱”中，他支持朝廷，捐粮捐银，提供武器，为平复战乱立下汗马功劳，被封为“安邦侯”。

现如今，天下太平，春风苑的生意更是门庭若市，如若不预定，别说十二花魁，就算是七十二秀也见不上一面。不过，在这酒池肉林的春风苑中，却还有两个面红耳赤、左顾右盼的年轻公子。

“公……公子……”一个圆脸俊俏、身穿灰色长衫的年轻男子低着头低声在同伴耳边支支吾吾地道，“齐将军说的就是这里？”

被称为公子的男子身穿蓝色锦缎，雍容华贵，嘴角带笑，英俊潇洒，一派风流模样。

“不错，我记得很清楚，他说过天底下最好玩的地方就是这个春风苑。”

“可……可这里……好……好……”这时，灰衣公子看到一个大汉搂着姑娘在大庭广众之下亲嘴，吓得直往同伴怀里躲。

“有什么好怕的，少见多怪！”蓝衣公子故作镇定，目光却也早已躲开，脸庞绯红。

有位负责接待宾客的姑娘看见他们，立刻迎上前。这姑娘一身红衣，面容娇媚。

“好俊俏的两位公子，你们可有预定的厢房？”红衣姑娘一边问话，一边搂住蓝衣公子，亲热无比。蓝衣公子委婉地推开红衣姑娘，折扇轻轻一摇，从怀里取出一锭金子，丢给了红衣姑娘：“先带我们四处逛逛，然后安排个最好的房间。”

红衣姑娘看着手中的金子，简直不敢相信自己的眼睛，她也算见识过不少豪客，但是出手就是一锭金子的人，生平未见，就连听说也没听说过。要知道，这一锭金子在洛安可以买下一幢豪宅，就算是苑里的十二花魁，要赚上这一锭金子恐怕也要五六年不吃不喝。而现在自己手里就真真切切地握着一锭金子。

“嫌少？”蓝衣公子看见红衣姑娘站那儿发愣，竟然还想掏金子，不过却被身旁的灰衣公子紧紧拉住了手。

“不敢，不敢，公子……奴家……奴家这就带你去逛逛，公子想要什么样的姑娘？除了十二花魁，奴家都能帮你安排……”红衣女孩儿把金子塞进胸口，整个人恨不得都贴住蓝衣公子。蓝衣公子不得不又把红衣姑娘推开，整了整衣衫。

“只有这些吗？不是说春风苑是天底下最好玩儿的地方吗？”蓝衣公子露出不屑的神情。

“那是自然，只要是男人，但凡来了，没有想走的……”红衣姑娘眉目传情，这次她轻轻挽住了蓝衣公子的手，“两位公子想必是风雅之人，不入流俗，今晚碧水阁上有天下第一歌姬月兰姑娘的表演，一定能让两位公子一饱眼福。”

“天下第一？好大的口气，那倒要见识见识！”蓝衣公子大笑道，一旁的灰衣公子却是愁眉苦脸。

“两位公子，请随我来。”红衣姑娘牵着蓝衣公子的手在前面带路，此刻，无论是她的脸上，还是心里，都是笑开了花的。

大厅内鱼龙混杂，人来人往，本应没有人注意到那两位奇特的公子，但是那蓝衣公子打赏给红衣姑娘一锭金子的一幕却落入了一人眼中。那男人四十来岁的样子，形似枯槁，眼如鹰犬，虽然怀里搂着一个美女，却面无笑容，只是时不时饮上一杯酒。他怀中的女子强颜欢笑，不敢多说一句话，身体微微发抖着，似乎十分畏惧。

鹰犬男见红衣姑娘带着那两位公子出了大厅，便推开怀里的女子站起身来，悄然跟在他们的身后。

红衣姑娘自称叫玉儿，本也是七十二秀之一，只因年纪过了芳华，被更年轻漂亮的姑娘顶了位置，所以就做了春风苑内的青衣。所谓青衣，就是春风苑内七十二秀之下的姑娘们的统称，负责在堂内接待一般客人。没想到玉儿却因祸得福，遇见了贵客。

玉儿收了重金，倒也会办事，为蓝衣和灰衣两位公子找了正对碧水阁的包厢，还安排下人摆上极品的茶水、糕点，忙前忙后，殷勤至极。蓝衣公子又准备拿金子打赏，不过这次灰衣公子却抢先一步掏出一块碎银子，丢给玉儿，打发她离开。玉儿虽然心不甘情不愿，但也不能拒绝，三步一回头地退了出去。

“公主，你知道那锭金子能买多少东西吗？你这么打赏下去，用不了多久咱们可就变成乞丐了。”灰衣男子确认四下无人后，这才一改常态，娇滴滴地哭丧道。

这两人正是从枫国都城枫叶城逃婚出来的银铃公主和她的贴身丫鬟彩霞，她们男扮女装，一路畅通无阻，倒也无人追赶。两人快马加鞭，不出十日便到了洛安。

银铃从小在皇宫里长大，哪里知道金子的魔力，所以她闻言只是撇嘴一笑，说道：“有什么大不了的？我寝宫里多……”说到这里，银铃想到自己以后可能再也回不去了，不由得黯然神伤。

彩霞发现自己说错话了，顿时也闭上了嘴。这些日子，两人在宫外同甘共苦、相濡以沫，主仆的身份淡了许多。

沉默中，两个人都往湖面望去，在湖水中央有一个华丽的舞台，灯火通明。表演还未开始，但湖边已经聚集了许多人，皆是翘首以盼，看来那天下第一歌姬果然名不虚传。彩霞想转移公主的注意力，于是问道：“公主殿下，您可听说过这天下第一歌姬月兰？”

银铃摇摇头，说道：“我在深宫之中，与你一样，别说这洛安，就算是枫叶城中的事情怕也知道得不多。”

“这些人多半夸大其词，那月兰难道还比得上紫容姐姐？”彩霞说到这里冷哼了一声。

银铃想起紫容，脸上泛起微笑，她还记得紫容的歌声和曼妙的舞姿，就算是父君也为紫容倾倒，赞叹她的技艺。

就在两人闲聊之时，对岸“砰”的一声响，一束烟花冲天而起，在天空中爆炸，开出无数美丽的红色花朵。舞台之上，乐声响起，曲声悠扬动听，似水如歌。湖岸两边，无数点着灯的水莲涌向湖中央的舞台，它们仿佛有生命一般，分分合合，随水流动，组成各种图案，精妙绝伦。当所有水莲在舞台前围成一个圆心的时候，在圆心中心的水开始不断涌出，而此时乐曲也由舒缓变得急促。

一个身姿曼妙的女子从湖中渐渐升起，好像出水芙蓉，她身上衣衫湿透，衬出勾魂摄魄的身形，美艳得不可方物。待女子完全升出水面，她的脚下踏着一块方形的石柱，想来是某种设计精巧的机关。

“风萧萧，夜水寒……”女子开口清唱，声音空灵透彻，直击人心。四周原本嘈杂的人群顿时安静下来，有的人甚至屏住了呼吸。就连银铃和彩霞也不由得浑身一颤，人间竟然有如此天籁之音。紫容的歌声虽美，但只能愉悦人心，可这月兰的歌声却能穿透人心。

月兰腾空而起，仿佛那天宫仙子落入人间，在舞台上轻歌曼舞，声色俱佳，如梦似幻。

一曲歌毕，月兰又好似水中的精灵，遁入湖中，不见了踪影，只留下余音绕梁和呆若木鸡的观众。一阵沉寂之后，众人爆发出雷鸣般的掌声。乐师们再次奏响乐曲，这次的曲子十分艳俗，却适合饮酒作乐，整个春风苑又恢复了一派莺歌燕舞的氛围。

银铃和彩霞坐在包厢内，望着一池湖水，怔怔发呆。

“齐将军倒是说得不错，这地方果然有些趣味。”银铃半晌后终于回过神儿来，拍手说道。

“那个齐将军，简直玩世不恭……”彩霞本就聪慧，此时已然完全明白春风苑究竟是什么地方了。

“我看你对那齐将军挺有兴趣，日后本公主为你赐婚。”

“公主，不要……”

两个人嘻嘻哈哈地在包厢里打闹，却全然不知她们的一举一动已全在鹰犬男的监视之下。

那鹰犬男听到她们的对话后，脸上表情也是千变万化，心中更是激动不已，仿佛捡到了天大的宝贝。不过正所谓螳螂捕蝉，黄雀在后，在鹰犬男所待的地方对面的顶楼包厢里，也有两个人正监视着他。

“五行教的老鬼不是应该去找线人接头吗？怎么突然对两个俊俏公子感兴趣了？莫非他好那口？”说话的正是林晨，他与洪飞羽此番来春风苑正是跟踪五行教的堂主魔衍。

“什么俊俏公子，亏你还自称高手中的高手，那两人分明就是年轻女子。”洪飞羽笑着饮了一杯酒。

“女人？隔这么远，你也看得清楚？”林晨皱皱眉头，将信将疑。

“你啊，就是入世太浅，不如今晚就留在这儿过夜吧。”

“呸！圣人有云非礼莫言，亏你还是读书人……”林晨涨红了脸。

“好了，好了，不与你说笑了，看来今晚计划有变，我们也要见机行事。”

“五行教多行不义，你那位韦大人怎么想到要为民除害了？”林晨对于洪飞羽和韦不群的合作一直都颇有微词。

“那倒不是，只是他怀疑大学士苏迟和五行教暗中勾结，如果能拿到证据，那么无疑是打击对方的最好手段。”洪飞羽站起来，甩开手中的折扇道，“他也并非完全信任我，所以真要合作，需要拿点儿东西出来表明我们的诚意。”

林晨摇摇头，叹道：“朝廷上下，乌烟瘴气，真没一个好东西。”

“小孩子做事才分好坏，我们大人做事却要权衡轻重。”洪飞羽教训道。

林晨冷哼一声，却也并未驳斥。

银铃和彩霞吃了水酒和糕点，也是赞不绝口，她们在枫国宫廷里也未曾吃过如此美味佳肴。酒足饭饱之后，两个人心满意足，带着微微醉意，准备返回居所。玉儿多番挽留，恨不得她们能多住几日，那时说不定自己还能再多得一锭赏金。银铃和彩霞如今都知道这春风苑的“好处”，她们玩闹一下还行，却万万不敢留下过夜的。彩霞又赏了几块碎银子，这才打发走玉儿，两个人出了春风苑，沿着石板路往客栈走去。

此时夜色已浓，离开春风苑后，路上再也看不见什么人影，寒风阵阵，倒是吹醒了她们的几分酒意。两人转入一条巷子，穿出巷子，尽头便是那家客栈，她们现在已能看到客栈高挂的红色灯笼。

“公主，这里阴森森的，我们走大路吧。”彩霞搂住银铃的胳膊有些害怕地说道。

“胆小鬼，就数里路而已，怕什么，有我保护你！”枫国尚武，银铃自幼便师从名家，学了一身好武艺，所以她倒也是有资格说这番话的。

两人走到小巷中间，却忽然发现有点儿不对劲儿，本来直直的一条路，忽然有了岔路，更离奇的是原本可以看到的客栈竟然消失不见了，远处一片雾茫茫。银铃抽出腰间的佩刀，这把金蝉刀是她的父君送给她的，刀只有半个手臂大小，刀身薄如蝉翼，却能削铁如泥，配合她所学的刀法，如虎添翼。当年枫国武神——大将军齐步天也曾对她说过，除非她遇到绝顶高手，否则以此刀使出寒雪刀法，当可自保。

“公……公主，人影都没见一个，你何以拔刀？”

“站在我身后，这是五行幻阵。”银铃脸色发白，她曾经听师父提过，除了术士们使用的界阵，还有所谓的巫人。他们与术士不同，游离于朝廷监管之外，使用各种邪术害人，为达目的不择手段。术士和巫人的区别，简而言之，术士是受朝廷认可，为朝廷效力，而巫人则是非法的存在。

自古以来，无论是夏国还是枫国，对于巫人都是赶尽杀绝，毫不留情。然而夏国近几年来国力衰弱，政局动荡，巫人大量出现，甚至有了像五行教这样成规模的组织。

“竟然能看出这是五行幻阵，女娃儿不简单。放下武器，束手就擒，只要听话，老夫绝不为难你们。”一个淫邪的声音传来，高亢刺耳。

银铃和彩霞环顾四周，却看不到说话的人在哪里。

“什么人？装神弄鬼！有种出来！”银铃手握金蝉刀喝道。

四面八方传来放肆的笑声，却不见人影。银铃把心一横，拉着彩霞想从原路返回，可没跑两步，却发现来路也消失不见了。在她们四周突然出现了许多青面獠牙的恶鬼，向她们扑了过来。彩霞吓得失声大叫，银铃则挥刀劈向恶鬼，可刀仿佛劈在空气上，鬼影一触即散。

“幻象！”银铃此时也方寸大乱，她从未有过临敌经验，更别说对付巫人了。就在此时，一双形似枯槁的手从银铃身后出现，瞬间扣住了她的手腕。银铃只觉手腕一麻，剧痛袭来，手中的金蝉刀顿时掉落在地。一阵狂笑传来，那双枯手又分别抓住银铃和彩霞的脖颈，两人只感浑身僵硬，动弹不得。

银铃和彩霞惊慌失措，没想到会突遭此劫，就在她们万念俱灰之时，一声清啸传来。她们身后的手忽然一松，两人重获自由，四周幻象散开，一位翩翩公子站在一旁，正微笑地看着她们。银铃二话不说，一脚踢向这位公子。那公子慌乱中急忙后避，却没有银铃动作快，眼见就要被踢中，这时却忽然又闪出一人，挡住了银铃的脚。

“你这丫头，怎么如此不知好歹！”来人正是林晨，如果不是他及时出现，银铃这一脚怕是会要了洪飞羽的性命。

银铃闻言一愣，正想质问，那阴阳怪气的声音再次出现，一个容貌凶恶、鹰眼长眉的枯瘦老者出现在他们的眼前。

“你们是什么人？竟能破我的阵！”老者正是五行教的堂主魔衍，他恼羞成怒，没想到半路杀出两个人，坏了他的好事。

洪飞羽整了整衣衫，先对银铃和彩霞微微一拱手，然后才转过身来对魔衍说道：“在下想请魔堂主去个地方。”

“哪里？”魔衍一边问，一边慢慢向前走。

“相府。”洪飞羽施礼道。

“找死！”魔衍突然发难，整个身体宛如流星，直朝洪飞羽袭击而去。洪飞羽面不改色，心不跳，因为有林晨在他身边。果然，林晨拔剑而出，挡住了半空中的魔衍。

银铃也是学武之人，但是看见那老者和这年轻人的身手，不由得额头冒汗，自己与他们实在相差太远，难道这就是齐将军所说的绝顶高手吗？

所谓高手，一个字：快！魔衍和林晨斗在一起，旁人只看得见他们模糊的影子，分分合合，煞是好看，但其中凶险只有场中之人知晓，稍有不慎，便有性命之忧。

“两位姑娘请稍候片刻，舍弟擒下此人，两位姑娘再行回去。”洪飞羽面带微笑，信心十足地道。

“刚才多有得罪，还请兄台见谅。”银铃知道自己的女儿身已经暴露，便也不多解释。

“一场误会，言重了。”洪飞羽见这两个女子毫无忸怩之态，性格豪爽，倒像是江湖中人。

此时场中激斗正酣，魔衍发出一声怒吼，气劲暴涨，四周激起一阵风浪。

银铃虽有许多问题想问，但这时也被打斗吸引，三人又把目光投向场中。

林晨遵照洪飞羽的嘱托，不敢使出本门绝学，只能用普通剑招应对。魔衍越战越心惊，对方年纪轻轻，剑招又不过是些庄稼把式，但是每招速度皆快若闪电，攻己必救，任由自己使出浑身解数，也难近他分毫。

“子晨，莫只顾好玩儿，快些拿人。”洪飞羽在一旁催促道。

高手对决，在于心志，魔衍如果稳扎稳打，林晨不用本门武学，一时半会儿也拿不住他。可他听到洪飞羽的话后，不禁怒火攻心，一味猛攻猛打，反而露了破绽。对林晨这样的高手来说，岂会放过这稍纵即逝的机会。他佯装退避，待到魔衍近身之时，突然发难，剑走偏锋，刺向魔衍心窝。魔衍慌忙闪避，但林晨这一剑不过是虚招，他弃剑侧身，左手制住了魔衍的穴位。整个过程一气呵成，待到洪飞羽他们看清的时候，只见林晨捡起地上的剑，潇洒走来，而那魔衍却定在地上，一动不动。

“子晨兄，近来身手可是退步了，请个人，剑都脱手了。”洪飞羽晃着折扇打趣地说道。

“如果让我用……”林晨想起还有外人在，就把后面的话硬生生地吞了回去，“这叫智取。”

“孺子可教。”洪飞羽笑道。

“多谢二位出手相救，不知两位英雄如何称呼？”银铃此时方回过神儿来，上前拱手致谢。

“救你的是我，和他有什么关系？”林晨一本正经地问道。

“这……”银铃搞不清楚他们之间到底是什么关系，闻言一时语塞。

“姑娘，别介意，他就喜欢说笑，在下洪飞羽，这是舍弟林晨。”

“今日能结识两位少侠，实在荣幸，改日一定登门致谢。”银铃本还想多说几句，一旁的彩霞却悄悄拉了拉她的手，低声道：“姐姐，我看两位公子还有事忙，我们先回去吧？”

银铃看看彩霞，又扫了一眼被点住穴位的恐怖怪人，点了点头。

“姑娘，请回吧，时候不早了，夜路崎岖，多加小心。”洪飞羽见对方既然女扮男装，必定有所隐情，所以并不多问，只是一语双关，提醒她们多加小心。

“多谢两位少侠，我们先行告辞。”银铃虽然任性，但也明白自己一旦暴露身份，那将会引起轩然大波。今晚发生的事情太过突然，对方身份未明的前提下，还是谨慎为妙。

洪飞羽和林晨目送她们离开后，这才又把注意力重新转向五行教的堂主魔衍。

“迫不得已，如今算是打草惊蛇了。”洪飞羽的计划本非如此，但为了救人，也只能贸然出手。

魔衍看着洪飞羽和林晨，额头冒出冷汗，他没想到这两个年轻人不但能破除他的巫术，武功也高深莫测，今日算是栽了。

“莫非你真打算送他去相府？”林晨问道。

洪飞羽点点头道：“虽然和计划有所偏差，但也算一份大礼了。”

魔衍不能动，又无法言语，但是当他听到这两个年轻人说要送自己去相府，想到韦不群的霹雳手段，他顿时吓得魂飞魄散，一时气急，竟然一下就晕了过去。

天数历一一八一年十一月一日，秋试放榜日，整个洛安城热闹非凡。而此时城中最受关注的地方在青云道，此道连接皇城的北门，迎接状元郎的队伍正是从这里出发。青云道两旁早已聚集了许多人，男男女女，老老少少，都想一睹状元郎的风采。负责迎接状元榜的官员带着护卫、乐师、礼车……一行数十人，浩浩荡荡往状元郎的住处行去。

洪飞羽换上了红绸长衣，戴了礼花，如果不是头顶上的状元帽，看起来倒像是个新郎官。在他四周围满了人，有看热闹的、巴结讨好的、倾慕的，还有嫉妒的……唯有一个人靠在一边的房梁上冷眼旁观，他就是林晨。不过他的目光却丝毫没离开过洪飞羽，因为他必须保障这个状元郎的安全，这是他必须承担的职责，又或许是宿命？

林晨还记得第一次见到洪飞羽时，自己八岁，洪飞羽也才十一岁。让他万万没有想到的是，这个比他不过大三岁的孩子竟然能和师父坐在一起对弈，而自己却只能在一旁奉茶。他当时的心情除了诧异，就是嫉妒不平。师父不在的时候，他借机试探对方的身手，可这个洪飞羽不止不会武功，简直就是手无缚鸡之力。

师父回来，发现洪飞羽受了伤，问道：“飞羽，你这是怎么了？”

“爬山摔了一跤。”洪飞羽笑着一带而过。

林晨在一旁羞红了脸。

那时八岁的他实在忍不住，找到机会，终于试探着问师父：“师父，你怎么不教飞羽点儿功夫，也好让他防身？”

师父闻言大笑道：“他自有自己的师父，他师父的武功可厉害得很，何苦我来教。”

“他师父的武功肯定没您高啊！”林晨抱住师父的腿，拍马屁道。

师父摸着林晨的头，然后刮了刮他的鼻子，叹口气说道：“武道有尽，天道无穷……飞羽身有重疾，非学武之才，却适合参悟天道。”

“天道？什么是天道？”林晨一脸茫然。

“这个……为师怕是也答不出来。”师父摆摆手，又笑了。

林晨如今看着意气风发的洪飞羽，顶戴花翎，骑着骏马，四周是欢呼的人群和羡慕的目光。不过此时只有他最清楚洪飞羽内心的煎熬和急迫，他是力挽狂澜，还是会被这巨大的旋涡撕成碎片？他们对此都没有答案，因为一切才刚刚开始。

在路旁围观状元郎的人群中，银铃和彩霞也混迹其中。

“那人竟然考中了状元。”彩霞踮着脚看着马上的洪飞羽道。

“中状元一点儿都不稀奇，稀奇的是他竟然会来考科举。”银铃抱着手，一副难以理解的样子。

“这话从何说起？”彩霞一头雾水。

“洪飞羽，洪飞羽，难道你一点儿印象都没有了吗？”

彩霞摇摇头。

“你不是最喜欢读《草堂集》……”

“风羽先生！”彩霞失声叫道，“洪飞羽莫非就是风羽先生？”

“这城中大街小巷、老弱妇孺都在谈论风羽先生参加科举的事情，不是他还会有谁？”

“原来……原来他就是风羽先生……”彩霞羞红了脸。

“瞧你这丫头，思春了？本宫将你赐婚于他，可好？”银铃伸出手抬起彩霞红扑扑的脸蛋道。

两个人顿时笑作一团。枫国人热情奔放，不拘于礼法，对于男欢女爱之事倒是颇为大胆直白。

“两位当真是大胆得很啊！”就在两人打闹之时，背后突然有人在她们耳边轻声说道。两人闻言回头，来者不是别人，正是林晨。

“林公子……”银铃刚想说话，却被林晨打断了：“这里不是说话的地方，两位随我来。”林晨环顾四周，神情严肃。

银铃和彩霞相视了一眼，有些犹疑，但想起对方曾对她们有救命之恩，也就不再推辞，跟着林晨走出了人群。林晨带着她们来到一处僻静的小院，这也是他和洪飞羽目前的住处。院子虽然小，却也费了一番心思布置，素雅整洁，令人舒服。林晨把她们带到书房里，关上了门。

“你就是银铃公主？”林晨看着银铃，开口问道。

银铃闻言，不由得心中一惊，但她故作轻松地否认道：“什么公主？莫名其妙！”

“那晚袭击你们的人，还记得吗？”

“自然记得。”

“那你知道他为什么袭击你们吗？”

“不知道。”

“他说你是枫国的银铃公主……”林晨直视着银铃说道。

“哪有我这样落魄的公主？”银铃笑了起来，只是她自己都不知道她的笑容有多僵硬。

“你这人，我还以为有什么大事呢，带我们来这里说些疯疯癫癫的话，无聊！”彩霞这时拉住银铃的手，“姐姐，我们别理他，走吧。”

“悉听尊便，相府的人已经盯上你们了，无论真假，他们一定会想尽办法把你们抓去。刚才如果不是我出手放倒他们，你们早已是相府的座上宾了。”林晨坐下来，一副爱理不理的样子。银铃和彩霞的脚步不由得一顿。

“如果不是飞羽交代我，我才懒得理你们的事情。”

“洪飞羽是不是就是风羽先生？”银铃转过身来问道。

“不错。”

“久闻风羽先生的大名，既然是他邀请我们，那就恭敬不如从命，我们在此等他回来。”银铃拉住彩霞坐下。

“到你府上，怎么连杯茶都没有，这算待客之道吗？”彩霞问道。

“小爷不伺候人，要吃要喝自己动手。”林晨一抬手，指着一旁的方桌说道。

她们这才看到偏厅的方桌上摆着精致的炭炉、茶具和糕点。

“彩霞，你去泡杯茶给林公子喝吧。”银铃说完，却把目光投向屋外。此时已是深秋，枯黄的梧桐叶随着寒风飘落满园，说不出的萧索与美丽。

按照夏国祖制，皇上需在太极殿召见科举前三甲，也就是状元、榜眼和探花，然后授予官职，以示嘉奖。因“西王之乱”，科举考试已在夏国停办近十年，所以此次重开科举受到了朝野上下的高度关注。新皇李昊煜尤为看重此次科举，对于久负盛名的风羽先生高中状元也是甚感兴趣。

太极殿上，李昊煜端坐于龙椅之上。龙椅后有一道黑色帘幕，太后吕淑怡坐在后面，垂帘听政。按照夏国律法，皇帝十六岁方能亲政，所以当今夏国朝政由吕太后以及四位辅政大臣把持，而夏庆宗李浩存册封的四位辅政大臣是丞相韦不群、太尉吕素、大祭师弥矢亚和大学士苏迟。这四位辅政大臣分坐左右，其他群臣则按文左武右和官职高低立于两旁。

“宣。”李昊煜抬手，轻声说道。在他身旁的小太监闻言，声音高亢地喊道：“宣，状元郎洪飞羽、榜眼穆旭、探花吕千泽进殿面圣！”

不光群臣好奇，甚至太后也不由得将帘子拉开一道缝隙，望着昂首阔步走上殿来的状元郎。

洪飞羽、穆旭和吕千泽三人登上大殿，跪拜在地，齐声高呼：“皇上万岁万万岁，太后千岁千千岁。”

“免礼，三位爱卿起来说话。”李昊煜年纪虽然不大，但言语沉稳，颇有王者之风。

“谢皇上。”三人异口同声道。

群臣看到他们三人，不由得一阵窃窃私语。洪飞羽久负盛名，朝中好些高官都曾见过他，但一直拒绝出仕的他忽然参加科举，确实令人费解。至于那穆旭和吕千泽，一个是韦不群的侄儿，一个是当今太后的侄儿，分列榜眼和探花倒也并不让人意外。唯一让人有些意外的是韦不群竟然会让洪飞羽当了状元。

“洪爱卿，你且上前几步。”李昊煜颇有兴致道。

洪飞羽闻言走上前，在台阶前停下，他微微抬头看着龙椅上年少的李昊煜，心里不由得一阵叹息。如今这夏国的年轻皇帝，上有太后压着，四周权臣环绕，外有强敌虎视眈眈，真是做得不容易。

“洪爱卿，先皇在世之时曾在朕面前提过你，说你是当世奇才……”李昊煜话未说完，帘幕之后就传来几声轻咳。一个太监拿着一张折纸从帘幕后走出来，恭恭敬敬地呈给李昊煜。

李昊煜看过折纸，眉头微微一皱，语气变得低沉，又说道：“洪爱卿高中状元，实至名归，也是社稷之福，望日后能为朕分忧。”

“臣惶恐，必竭尽全力，以报皇恩。”洪飞羽拱手说道。

李昊煜闻言笑着点点头，对于洪飞羽的回答十分满意，接着又说道：“众位卿家，关于三位贤才的去处，你们可有计议？”

大学士苏迟站了起来，先向皇上一拜，而后开口说道：“启禀皇上，按例，新科之人需往书林院修习两年，方可安排实职。”

“苏学士说得……”

“臣以为不然！”韦不群打断了李昊煜的话，站起来说道。

“韦卿家有什么看法？”

“老臣以为如今天下初定，朝廷正是用人之际，不可遵循旧制，理应人尽其才！”

“韦丞相，若是不加以磨砺，又何以知其才，不知其才，谈何人尽其才？”苏迟据理力争。

“磨砺？到书院去整理废书？算是哪门子磨砺？”韦不群冷笑道。

“万般皆下品，唯有读书高。丞相……”

“众位卿家。”帘幕后的太后忽然发声，打断了韦不群和苏迟的争执，“以哀家所见，两位大人说得都有道理。一来祖宗之法不可妄改，二来如今却也正是用人之际，皇上，不如各安排他们一个差事，且看他们是否可堪大用。”

“母后说的极是，朕也有此意。”李昊煜又看了一眼手中的折纸，心中虽然不悦，却也不敢违逆吕太后的旨意，“吕爱卿听旨。”

“臣在。”吕千泽立刻跪倒在地。

“东南防军近日缺粮，朕封你为督粮官，筹三万担粮草运至东南防军营地，不得有误！”

“臣领旨。”吕千泽喜形于色，这可是十足的美差，他已经开始盘算能从中拿到多少好处了。

“穆爱卿听旨。”李昊煜犹如背书般又说道。

“臣在。”穆旭也跪拜在地。

“宫中大殿年久失修，朕命你为修筑官，拨纹银一万七千两，修葺宫殿……”李昊煜念到这里，身体微微一颤。

穆旭倒是淡定，仿佛早就知晓，语气平静地谢了恩。

李昊煜让太监端上一杯茶，喝了口茶，把手中的折纸揉成一团，这才看着洪飞羽继续说道：“洪爱卿听旨。”

洪飞羽跪下听旨。

“枫国公主七日后抵达岩石城，朕封你为礼官前往接驾，兹事体大，不得有误！”李昊煜一口气说完后，把群臣和帘后的太后都吓了一跳。太后连“咳”几声，李昊煜却没有理会。

洪飞羽也一时愣住，忘了领旨谢恩。

此时，韦不群上前一步，急道：“皇上，新科状元洪飞羽资历尚浅，由他担任礼官恐怕不妥。”

“有何不妥？洪爱卿素有美名，又是我夏国状元，才学无人出其左右，由他做礼官正可扬我国威。”李昊煜说到这里，又微微一顿，“不过他的官确实小了一些，这样，朕再赐你‘御前师京’之名，戴三品花翎。”

整个朝堂顿时鸦雀无声，要知道所谓“御前师京”并非实职，可那意思却等同于皇帝老师，无须通传可随意进出内宫，参见皇上。韦不群也愣住了，他出言阻止，本意是想帮洪飞羽，设法让他去泉州，但没想到皇上一反常态，擅作主张，竟派洪飞羽去迎接枫国公主。不过此事对于洪飞羽也并非坏事，自己如果继续反对，反而不妥。

“皇上顾虑周全，臣多虑了。”韦不群退了下去。太后也没再出声——她不能太驳了皇上的面子。最奇怪的是大学士苏迟也没站出来反对，他反而露出让人难以琢磨的冷笑。大祭师弥矢亚从头到尾一言不发，仿佛石像一般。其他臣子更是噤若寒蝉，察言观色，不敢贸然出头。

“臣领旨，谢恩。”洪飞羽已知皇命不可违，便叩拜领旨。他深知今天之后，自己怕是要成为众矢之的了。皇上对自己越是恩宠，自己日后的处境就会越发艰难。古往今来，无数血的教训都在证明一个道理：木秀于林，风必摧之。

不过此时最令洪飞羽忧心的却是另外一件事，就是那两位女扮男装的主，如果五行教的堂主魔衍所说是真，那么这次接亲的任务怕是相当棘手了。

大半天的喧闹，让洪飞羽有些疲惫，他推托了各种应酬，匆忙赶回府邸。他一进门就看见林晨、银铃和彩霞正围着木桌品茶，三个人好像十分熟络，有说有笑，氛围融洽。

“状元郎回来了！”林晨晃悠着茶杯，笑嘻嘻地看着进来的洪飞羽说道。

“好香的茶。”洪飞羽不理林晨的调侃，径自走到桌前，顺手拿起一个空茶杯，倒了一杯刚泡好的茶。

“茶是我们的茶，水是这里的水，泡出的味道却截然不同。”洪飞羽将杯中的茶一饮而尽，“禅茶之道，名不虚传！”

彩霞闻言，莞尔一笑，伸出大拇指：“状元郎就是状元郎，见识不凡！”

“想来茶是这位姑娘泡的了，见笑，还未请教两位姑娘芳名？”

“这个说她叫彩霞，那个叫香儿。”林晨插嘴道。

“香儿姑娘、彩霞姑娘，林晨应该跟你们说过了，上次袭击你们的是五行教的堂主魔衍，他在丞相那里一口咬定香儿姑娘你是公主。”洪飞羽语气平淡，看着银铃慢慢说道。

“那一定是有什么误会。”银铃还是一副打死也不承认的样子。

洪飞羽的表情变得严肃起来，一只手慢慢地转动着空茶杯，陷入了沉思。

“或许是误会，但是我们相信没用，如今消息已经传出，不仅仅是丞相、五行教，还有各方势力都在找你们，天下虽大，恐怕难有你们的容身之处。”良久后，洪飞羽终于开口说道。

银铃和彩霞虽然没经历过什么历练，但也知道如果她们的身份真的暴露于世，必然会引起轩然大波，心里也不由得有些慌张起来。

“不知两位姑娘愿不愿意相信在下？”洪飞羽干脆直接问道。

“飞羽先生名闻天下，又是当朝状元郎，我们岂敢不信？”银铃立刻说道。

“在下略懂一些易容术，两位姑娘要是不嫌弃，我可帮你们乔装打扮一番，然后你们暂时留在我府中，等到风头过去，再走不迟。”

银铃和彩霞彼此对视了一眼，她们心里的想法是一样的，对于洪飞羽和林晨虽然并没有完全信任，却也并不讨厌他们，现在她们也没什么地方可以去，不如留下来看看。

“多谢公子，那我们二人就恭敬不如从命了。”银铃笑嘻嘻地说道。

洪飞羽既得她们首肯，便不再拖延，立刻让林晨拿来工具，施展易容奇术。关于这易容之术，当今天下，他称第二，则没有人敢称第一。银铃和彩霞也没有想到洪飞羽所说的“乔装打扮”简直就是改头换面，当她们看到铜镜里完全陌生的面容时，简直不敢相信自己的眼睛。

洪飞羽并没有让她们女扮男装，虽然她们还是女人，但都变成了中年妇女，换上粗麻布衣后更显相貌平平，与一般府邸里的下人毫无区别。

“这人皮面具乃特制而成，薄如蚕丝，通风透气，也不怕用水洗，只是要委屈两位姑娘暂时住在下人的房间里了。”

“真是太神奇了。”银铃一边说，一边用手捏着自己的脸蛋，完全感觉不到这是一张假脸。彩霞更是夸张，还使劲儿搓了搓脸颊，假脸皮上也立刻泛起红晕，惟妙惟肖。

“林晨，你去雇几个下人，这几日怕是有不少人会登门拜访，我们这府邸也要有些样子。”洪飞羽别有深意地看了一眼林晨。

林晨早已有所安排，他找来的人都是师门精英，要么武艺高强，要么学识渊博，要么有奇技特长……都是他值得信赖的死士心腹。

“师父，无相门的血海深仇，我一定会让他们十倍偿还。”林晨走出房门，在心里默默说道。

第七章 美人恩

鹿一鸣之前虽然大部分时间都住在宫中，但自幼博览群书，外出办事历练时也去过许多地方。可像今日这样诡异的事情，却还是头一次见，让他不由得头皮发麻。从灰茧中被救出的女子神色慌张惊恐，两只手紧紧地抓住他的胳膊，看着一只正在慢慢蠕动的灰茧。鹿一鸣顺着她的目光也看到了那只有些异样的灰茧。此时天色已近黄昏，橘红的光线透过树林的缝隙，星星点点地洒落在灰茧上，那画面甚是奇特。

“咔”的一声，不远处，一只灰茧犹如破壳的鸡蛋爆裂开来，从里面钻出一个刚才围攻鹿一鸣的怪物，只是这个怪物小一些，在地上抖动着身体，发出“呜呜”的叫声。

“蝠狰！转……转化了，快，烧了这里！”鹿一鸣怀里的女人挣扎着站了起来。他虽然还没弄清楚究竟是怎么一回事，但也看出这些灰茧孵化后就变成了女人口中所说的“蝠狰”。

“你别急，先坐这儿休息一下，让我来。”鹿一鸣再次扶住摇摇欲坠的女人，让她坐到树下。他捡来一些枯树枝，用玉尺点燃，然后把火苗抛向身边的灰茧。没想到灰茧遇火即燃，火势瞬间大了起来。鹿一鸣抱起女人，往逆风的方向走去，避开了大火。

“等一下，蝠狰不怕火，杀了它再走！”女人指着在火中的蝠狰说道。

鹿一鸣这时才注意到那个刚刚孵化的蝠狰在火中游来荡去，完全不受影响。他取出腰间的红蛇剑，随手甩出，剑如流星，闪电般地刺中了蝠狰的头颅。蝠狰应声倒地，他再一抬手腕，那红蛇剑仿佛有灵性一般，倒飞回来，落在了他的手中。女人看到这神乎其神的剑术，瞠目结舌，一时竟然说不出话来。

此时，火势越来越大，远处又响起骇人的嘶鸣，其他蝠狰正从四周赶来，一旦合围，那可比大火更让人恐惧。鹿一鸣不敢耽搁，抱着女人急忙逃离。他也不知自己跑了多久，直到看不见火势，听不到蝠狰的鸣叫，才停下脚步。

女人被鹿一鸣抱在怀里，有种说不出的感觉，但她喜欢他强健有力的胳膊，喜欢他身上的味道。这个忽然出现的男人救了她，就像是狼神派下来的使者，实在让人有些不可思议。但更让她难以置信的是，他竟然是一个夏国人……

“你……你叫什么？”女人这时被鹿一鸣放了下来，坐在一块岩石上，夜色深沉，恰好遮住了她羞红的脸。

“在下鹿一鸣，姑娘怎么称呼？”鹿一鸣也坐在一旁，喘了口气问道。

“在……我……安多丽……谢谢你救了我，你怎么会来这里？”安多丽的夏国话并不流利，说起话来有些结巴。

“说来话长，我在夏国犯了事，迫不得已，只好跑到这里来。”鹿一鸣随口胡编，他怕安多丽继续追问，于是转移话题问道：“你怎么会夏国话的？”

“我的拉姆是夏国人。”安多丽的话里夹杂着狼族语，她说完后也发觉了，又连忙解释道，“拉姆就是我的母亲……她教我说的夏国话。”

“那么说你的母亲是夏国人了？”

安多丽点点头：“父亲找来的……”

鹿一鸣知道狼族时常会越过天脊山，劫掠财物和女人，所以有夏国的女人被抓去，也并没不是什么稀奇的事情。

“对了，那怪兽，就是你说的蝠狰究竟是什么鬼东西？为什么你们会被封在灰茧里？”

安多丽听到“蝠狰”两个字，脸色瞬间惨白，身体也跟着瑟瑟发抖。

“卡木西多斯……魔兽，转化……我们的部族被袭击了……”安多丽有些恐惧，又有些着急，说起话来结结巴巴。因为她的许多认知都来自狼族特有的记录和传说，所以她只能混用两种语言来向鹿一鸣讲述。

鹿一鸣一开始听得晕头转向，但是和安多丽沟通几次后，终于大致弄明白了她说的话。

有一种被狼族称之为卡木西多斯的魔兽，它们可以把人转化成蝠狰这样的怪物。而卡木西多斯原本只是狼族口口相传的邪灵，没有人相信它们真的存在。但是在一年前，传说中的邪灵出现了，它们不断偷袭狼族的部落，俘虏部落里的人，并把他们都转化成了蝠狰。更可怕的是这些被转化成蝠狰的人，以人为食，残暴凶狠。那灰茧是从卡木西多斯口中吐出的液体凝结而成，只需要大概七天的时间，灰茧里的人就会被转化。

若非亲眼所见，鹿一鸣一定不会相信安多丽的话，因为听起来实在匪夷所思。

天色已黑，在丛林中他们很难再继续赶路，只得找了个地方过夜。鹿一鸣找来一些食物和水，以帮安多丽恢复体力。

“你若没有去处，可以随我回迦楼城，你救过我的命，父亲大人一定会好好感谢你的。”安多丽心思简单，对鹿一鸣所说的话从未怀疑过。

鹿一鸣本就是来打探军情的，如果能混进狼族的部落那是再好不过，他便道：“承蒙姑娘不弃，在下先谢过了。”

鹿一鸣又从安多丽口中了解了一些狼族的情况，他对这个神秘的部族有了初步的了解。狼族分为八大部族，分别是迦楼部、天一部、龙众部、夜叉部、达婆部、修罗部、那罗部和呼耶部，而安多丽就是迦楼部的人。

八大部族虽各自为政，但相处融洽，少有争端。本来各部都相安无事，可卡木西多斯的突然出现打乱了部族间的平衡，各部为了躲避蝠狰，都往天脊山附近集结，有限的资源越来越匮乏，除了越过天脊山劫掠，部族之间也开始发生冲突，争夺物资。

安多丽和部族中的人正是因为去丛林中采集浆果和寻找水源，才遭到卡木西多斯的袭击，而被裹入灰茧。

“卡木西多斯长什么样？”鹿一鸣只见过被转化的蝠狰，所以好奇地问道。

“我……我也不知道该怎么说，他们好像人，又不是人……”安多丽词汇的匮乏让她无法用夏国话表达出自己的想法。

“也罢，早晚要去见识见识。”鹿一鸣手里握着红蛇剑，把它当作烧火棍，一边说话，一边摆弄着眼前的篝火。

“你的武功很厉害，可以控制剑飞来飞去……”安多丽想起鹿一鸣刚才杀蝠狰的那一幕，充满好奇地看着他手中的剑。鹿一鸣闻言笑了起来，把红蛇剑倒过来拿住，道：“你看这里。”

安多丽这才看见红蛇剑的剑柄处有一根透明的丝线伸出来，丝线的另一头有一个小环，鹿一鸣的手指正套在环上。

“原来如此！”安多丽也笑了。

这是鹿一鸣第一次见安多丽笑，在火光的映衬下，那笑容宛若星辰，熠熠生辉，让他不由得心神一荡。

通天阁位于洛安城后紫金山之巅，这里是皇族祭祀之地，也是大祭师弥矢亚的居所。以地势而言，通天阁雄踞山顶，可以俯览整个洛安城。

以通天阁为中心，在紫金山方圆数十里内修有各类建筑七十二座，住有白衣七百余人、术士九人。普通人别说去通天阁，就算靠近紫金山五里范围内都是不允许的。所谓白衣即是修行之人，他们中极少数有资质之人可以修成术士。

在紫金山旁驻扎有一队禁军，人数约莫两百，一来负责紫金山周围的警戒，二来负责皇室每年一次的祭祀活动。禁军由禁军统领吕子建统率，不受大祭师的调配，而吕子建是当今太后吕淑怡的侄儿，也是太尉吕素的亲儿子。不过吕子建很少会去紫金山，那里的禁军交由一个百人长负责，定期向他汇报。禁军虽然是直属皇家的军队，但是没有大祭师的同意，也不得擅自上紫金山。

此时夜色正浓，紫金山上的通天阁一如往常地灯火通明，由下至上看宛如飘在云中的琼台。弥矢亚一身素衣，闭着眼睛，嘴里念念有词，似乎在诵读经文。他所在的房间是通天阁的顶楼，屋内简雅古朴，焚香袅袅。

如今深秋已至，夜里寒气逼人。一个白衣童子悄然走进来，往铜炉内添着木炭，手上却忽然一滑，一块木炭掉落在地，发出“啪”的一声脆响。弥矢亚睁开眼睛，仿佛从梦境中醒来。他看起来只有三十多岁的样子，但其实实际年龄要大很多。没有人知道他真实的年纪，他侍奉过三位皇帝，这一点倒是和韦不群一样。

韦不群曾跟人说过，自打认识弥矢亚起，他就是现在的容貌，仿佛从没老过。术士一直是超越常人的存在，所以对于弥矢亚容颜不老，也没有多少人觉得不可思议。

“大人……”白衣童子惊恐地跪倒在地。

“你且退下。”弥矢亚疲惫地挥挥手，白衣童子急忙捡起木炭退了下去。

弥矢亚站起身，走到一道门前，推开门，外面就是占星台，也是紫金山的制高点。占星台开阔平坦，呈四方形，每个角落都放着一把玉尺。玉尺发出淡蓝色的光芒，照亮了整个平台。夜空中繁星点点，一眼望去，令人遐想无限。天地浩瀚无边，究竟其中隐藏了多少未知的力量，谁又能真正掌握？弥矢亚的胸口开始隐隐作痛，他能感觉到自己的力量正在一点点消散，留给他的时间不多了，界源之力已经开始吞噬他的身体。

千百年来，术士借助法器驱动金、木、水、火、土五行之力，但自身也会受到法器中界源之力的侵袭，使用的五行之力越多，身体内的界源之力便积累得越多，一旦超出身体可以承受的范围，便会枯竭而死，其过程痛苦不堪，犹如凌迟。所以术士们对于五行之力的使用都会相当谨慎，一旦接近临界点，就会自我封印，从此不再施法，变成和普通人没有两样。

然而让一个曾经掌握过超常力量的人，放弃一切，重归于平凡，却也不是一件容易的事情。

弥矢亚周围的玉尺忽然发出红色的光芒，巨大的热量从这些玉尺中喷薄而出，四周的空气仿佛都被撕裂了。

“大祭师，别来无恙。”半空中出现一个红色的光圈，从圈里飘然走出一人。

弥矢亚见到来人，一动不动，脸上依旧是一副淡漠的神情，淡淡地说道：“侯爷的法力又精进不少。”

“本侯岂敢在大祭师面前卖弄，若非大祭师这里有如此强大的法器，恐怕我也很难施展这破空之法。”来人正是枫国的智渊侯欧阳心。

“侯爷此番来，可是事情已经布置妥当？”

“正是，只待时机一到，大军便可长驱直入。”

“胜负却也难料……”弥矢亚搓着手指，把目光投向漫天星辰。

“你我所要的东西并非胜负，而是天下大乱，破除界源之力，指日可待。”欧阳心握紧拳头道。

“侯爷切莫大意，远的暂且不说，此次去边境迎亲之人乃是风羽先生。”

“风羽先生？此人身份神秘，颇有才学，不过向来不问世事，怎么也会掺和进来？”欧阳心闻言一惊，他曾经慕名拜访过洪飞羽，想招为己用，却被婉拒。

“他入京不过几日便已闹出不少动静，还得到了韦不群的支持。”

“这么说来他是韦不群的人？”

“那倒不好说……”弥矢亚陷入了沉思。

“大祭师放心，我自会小心应对。”欧阳心能走到今天，绝非侥幸，他也从来不会轻敌。

弥矢亚点点头，他相信欧阳心，因为欧阳心甚至比他更渴望打破界源之力的禁锢。

忘忧亭，矗立在大学士府的后山，幽静雅致。苏月盈手握毛笔，看着长桌上的画纸，却不知该如何下笔。她的脑海里不时浮现出洪飞羽骑着骏马，神采飞扬地走在青云道上的样子。她在拥挤的人群中看着他，而他似乎也看见了她，那个微笑、那个不经意的点头，他真的看见她了吗？想到这里，她的手竟然微微颤抖，笔尖的一滴墨水落在了画纸上。

“可惜了，好好一幅秋菊图。”

“父亲……您怎么来了？”苏月盈放下手中的笔，转身微微施礼，撒娇般地说道。

苏迟慈祥地摸摸女儿的头，然后拿起桌子上的笔，抬手在画纸上添了几笔。原本滴在菊花花瓣上的墨汁，变成了一只蝴蝶。苏月盈此时却笑了，指着蝴蝶说道：“父亲的蝴蝶画得虽好，但是这秋日里怎会有蝴蝶呢？”

苏迟笑着点点头，说道：“你明白这个道理就好。”

苏月盈感觉到了父亲投来的目光，仿佛自己的心思已被父亲看透，脸上不由得一红。

“父亲越来越喜欢打哑谜了，小盈听不懂，先去歇息了。”苏月盈说着就转身离开，生怕父亲会说出一些令她难堪的话。苏迟看着女儿离去的背影，叹了口气，又摇了摇头。

“孩儿拜见父亲大人。”此时苏慕走了进来。

“慕儿，不用多礼。”苏迟扶住儿子道。

苏慕刚才在亭外听到父亲和妹妹的对话，此时也望了一眼桌上苏月盈没有画完的画。

“月盈这次怕是要失望了。”苏慕说着咬了咬牙，“洪飞羽既然不识抬举，我们要不要……”

“不可轻举妄动！”苏迟抬手制止了苏慕后面要说的话，说道，“想要他人头的人太多，恐怕用不着我们出手。”

“可洪飞羽明知道魔衍是我们的人，却还帮着韦不群对付他，这不是在向我们公然挑衅吗？”

“小不忍则乱大谋，你就是太心浮气躁了。”苏迟坐下来看着苏慕，语气稍稍重了一些。

“是，孩儿谨记。”苏慕嘴上虽然这么说，但心里还是有些不服气。

“侯爷那边可有消息传来？”苏迟问道。

“父亲放心，一切都已安排妥当。”苏慕压低了声音道。

“那就好。”苏迟露出笑容道。

苏慕又向苏迟汇报了些琐事，而后就匆匆离开，赶往春风苑。

春风苑此时依旧宾客如云，苏慕也是这里的常客，何况来这里的达官贵人实在太多，倒也没有太多人注意他这位公子哥儿。一位青衣姑娘走上前拉住苏慕的手，苏慕微微点头，笑而不语，跟着这位青衣姑娘来到一间僻静的厢房里。

青衣姑娘在门口施礼后就离开了，苏慕独自推门进去。厢房内空无一人，苏慕径自走到衣柜前，转动衣柜门的把手，衣柜内发出“吱呀”的声音。苏慕打开衣柜门，里面露出一个暗道。他走进暗道，虽然漆黑一片，但并没有影响他步行的速度。

左七步，前六步，右三步……只见苏慕几个转身，就走出了暗道，来到一间宽阔的密室。密室里有一位佳人，正笑吟吟地看着走进来的苏慕，她正是天下第一歌姬月兰。

“苏公子深夜造访，所为何事？”月兰站起身来微微一福，动作虽然简单，可她做来却花枝招展，令人炫目。苏慕心神一荡，情不自禁地上前就要抱住月兰。月兰却巧妙闪身，从他身边划过。

“公子要是想春风一度，怕是找错了人，不过奴家倒也认识几个好姑娘，可要奴家帮你安排？”月兰虽然依旧满脸笑容，眼角却有一丝杀气。

苏慕急忙拱手道：“不敢，不敢，适才在下一时忘情，还请姑娘恕罪。”

“公子言重了，还请坐下说话，奴家为您斟酒。”月兰此时又春风带雨般拉着苏慕的手，让他坐下来。

苏慕也收敛了心神，知道月兰并非一般人，她的媚术更是千变万化，令人防不胜防。

“此番来，买人命。”

月兰不动声色，为苏慕倒上酒，才开口问道：“大学士可知道？”

“已禀明父亲大人。”

“公子想要谁的命？”

“风羽先生，洪飞羽！”

纵是城府极深的月兰也不由得脸色一变。

“这里是十万两银票，事成后再付五十万两。”苏慕从怀中掏出一张银票，放在桌子上。

“闻名天下的风羽先生，当今的状元郎，倒也值得起这个价！”月兰收起银票，露出冷冷的笑容。

科举考试结束后的第三天，翰林院邀请所有上榜的学子，设宴款待，一来彰显皇恩浩荡，二来给这些未来的朝中官员一个交流的机会。翰林院院士昭世昌主持宴会，院中大小官员也一并陪同，场面好不热闹。洪飞羽本不喜欢这样的场合，但他也明白要混迹官场，决不能自命清高。所以凡有敬酒者，无论官衔大小、地位高低，他都来者不拒，笑脸相迎，称兄道弟。

众人本以为风羽先生是个清高孤傲之人，没想到他竟如此随和，而且还颇有江湖味，倒是让人生出亲近之感。昭世昌更是拉着洪飞羽不放，他深知洪飞羽如今是丞相和皇上身边的红人，便不顾自己的身份，极尽献媚之能事。

洪飞羽不由得在心里感叹，这里上百文人学子，真有才华者不过一二，剩下大多是官宦世家子弟，或是溜须拍马之辈，夏国朝廷已然沦落至此，如非亲眼所见，他也不敢相信。这位学士大人更是令人瞠目结舌，说起话来，别说文采，别字倒是有几个。

“诸位贤才，蒙皇上圣恩，今日齐聚一堂，正所谓才子佳人，如今少了美人，却大为不妥……”昭世昌已有七分醉意，站起来举着酒杯大声说道。底下顿时笑声一片，纷纷附和。昭世昌把手中的酒一饮而尽，丢下杯子，用力拍了拍手掌，就从两边侧门走出数十乐师和舞姬。

“洪大人，你且看着，如有喜欢的，只管带走！”昭世昌搂住洪飞羽的肩膀，一脸猥琐的笑容。洪飞羽假意应承，也不好驳了他的面子。昭世昌看洪飞羽如此上道，心中大喜，急忙催促舞姬们开始表演。

乐师奏响乐曲，曲声悠扬欢快，舞姬翩翩起舞，婀娜多姿，撩人心神，众人纷纷回座观赏。这时，一声高亢的琵琶音打破欢快的旋律，一个歌姬手持琵琶，从天而降，仿佛天女下凡。歌姬以琵琶领奏，开口唱道：“寒风冷，骤雨初歇。豪庭帐饮无绪，留恋处，轻车催发。你我相看无语，泪眼凝噎。千里烟波，海阔山遥，未知何处是云州？念双燕、难凭远信，指暮天、空识归航黯相望。断鸿声里，立尽斜阳……”

这首歌婉转凄切，悠扬动听，歌者起承转合间更是尽显优雅从容、蕴藉深沉、缠绵悱恻。可谓听者动容，闻者落泪，众人无不被这歌声征服。洪飞羽也沉醉其中，这般词唱俱佳的表演也只有天下第一歌姬月兰能够相媲美。

“洪大人，这个歌舞班可是我专门从泉港请来的，比起春风苑里的月兰，也不遑多让吧？”

“惊为天人。”洪飞羽这话倒没有半点儿吹捧。

昭世昌闻言大喜，连忙向歌姬挥手，喊道：“莹莹，还不过来给状元郎敬酒！”

那叫“莹莹”的歌姬，从下人手中端起一杯酒，步态轻盈地走向洪飞羽。

“今晚你可要好好伺候我们的洪大人。”昭世昌在莹莹经过身边的时候，色眯眯地跟她耳语道。

歌姬毫不介怀，媚态毕生，一双水汪汪的眼睛盯着洪飞羽，仿佛顷刻间就要倒入他的怀里。洪飞羽见佳人来敬酒，也不好意思摆架子，便起身相迎，准备喝了这杯酒。然而就在歌姬递上酒杯时，从她的袖中竟然弹出一把匕首，直刺洪飞羽。

洪飞羽虽然已经看见匕首，但他避无可避，然而他也无须躲避。因为就在这电光石火间，从人群中飞出一块碎石，击中了歌姬手中的匕首。只听“咣”的一声，匕首被击飞，插入一旁的柱子上，燃起一阵青烟。洪飞羽见机不可失，立刻连滚带爬地逃进人群里。

“来人，来人！有刺客……”昭世昌吓得脸色苍白，酒也醒了七分，高声呼救。

歌姬见先机已失，眼睁睁地看着洪飞羽溜走，却也无可奈何，咬牙发出一枚烟雾弹，趁乱逃出。整个宴会厅顷刻间烟雾缭绕，乱作一团，喊叫之声不绝于耳。这时，洪飞羽感觉到自己的手被人握住，他回头一看，竟然是女扮男装的苏月盈：“是你？”

“跟我走！”苏月盈拉着洪飞羽跑出了翰林院。可没走两步，她就发现洪飞羽脚步虚浮，慢如乌龟，她干脆提住他的衣领，施展轻功，把他带到安全僻静的位置，这才放下他。

“你怎么半点儿武功也不会？”

洪飞羽苦笑，正了正衣衫，拱手道：“多谢苏姑娘出手相救，在下不喜舞枪弄棒，未曾学过。”

苏月盈闻言叹了口气，说道：“光靠满腹经纶，你可在这洛安待不下去，至少……至少身边也要有个像样的侍卫。”

“多谢苏姑娘提点，在下日后定当……”

“我劝你还是离开比较好。”苏月盈打断了洪飞羽的话，一双美目看着他，关切之情溢于言表。

“能走的话，在下也不想留下。”洪飞羽淡淡一笑。

“我知你来此并非为了高官厚禄，荣华富贵，但无论为何而来，都莫要大意……我能救你一次，却也救不了你……”苏月盈本想说“一世”，话到嘴边，觉得不妥，又硬生生吞了回去。

“在下谨记。”

“我言尽于此，日后你多加小心……”苏月盈出言告辞，心中却又期盼洪飞羽能留下她。然而洪飞羽却只是拱手相送，一言不发。苏月盈一咬牙，纵身而去，几个闪身便消失在沉沉夜色之中。洪飞羽看着她离去的背影，心中也是一阵萧索。

“还不出来？”洪飞羽轻咳了几声。

“最难消受美人恩啊。”林晨笑嘻嘻地从暗影里走了出来。

“你刚才为什么不出手？”洪飞羽责怪道。

“我出手了可就看不到这出好戏了。”林晨放肆地搂住洪飞羽的肩膀道。

“你倒是非常肯定她能救下我？”洪飞羽推开林晨，没好气地问道。

“她有备而来，自然是非救你不可。”林晨双手抱胸，信心十足。

“恐怕是你想看她出手吧？弹指神通，当年围剿无相门的人里面，就有人用了这门功夫。”洪飞羽神情凝重地看着林晨，“你早就盯上苏月盈了，是不是？”

“不愧是风羽先生，什么都瞒不过你。”林晨的眼睛里露出冷峻的目光，“我第一次看到她和苏慕便发现他们内息异于常人，所学功法正是神通教的法门。”

“我一再嘱咐你，当年那场血案并非你想象中的那么简单，究竟那些蒙面杀手是什么人，绝非单从武功路数就能确定。”

“但凡有一丝线索，我都绝不会放过。”

“答应我，凡事不可冲动，你还记得门主临终前说的话吗？”

林晨深吸了一口气，沉默地点点头。

“晨儿，莫念师仇，助风羽救苍生……”无相门门主天海老人说完这句话就与世长辞了。

苏月盈为避人耳目，翻墙入院，脱了男装，这才往自己的闺房走去，然而苏迟早已在门口等着她回来。

“月盈，你好大的胆子！”苏慕面色冰冷，眼中却怒火中烧。

“胆大的是你，父亲说过不可轻举妄动。”苏月盈看着自己的哥哥，分毫不让。

“此人不除，日后必是我苏家大患！”

“他若真成我苏家大患，我自会亲手取他项上人头。”苏月盈说完，推开挡在她面前的苏迟。苏慕看着妹妹走进房门，气得浑身发抖，却又无可奈何。

“你妹妹的脾气你不是不知道，你又何必与她斗气？”

苏慕心里“咯噔”一下，闻声知道是父亲来了，心中暗叫不好。

“父亲……”

“不用解释，我都知道了。”苏迟面色一寒。

“孩儿请父亲责罚。”苏慕跪倒在地。

“此番在翰林院这一闹，朝中又免不了一场风波，这几日你不可再出府。”苏迟严厉地说道。

“遵命。”苏慕想不通父亲怎么会知道这件事的，唯一的解释就是月兰出卖了他。

“不过这次的刺杀却也并非全无作用，至少可以试探一下洪飞羽的底细，所以我并未阻止你的行动。”苏迟语气稍微缓和了一下。

“父亲的意思是？”苏慕有些不解地问道。

“翰林院大厅之中，除了你妹妹，还有一位高手守在洪飞羽旁边，所以即使月盈不出手，这次刺杀也不可能成功。”

“高手？”苏慕微微一怔，“莫非是洪飞羽的表弟林晨？”

“正是此人，就连你们的师父也说此人功力深不可测，他都未必是对手。”

“师父他老人家也去翰林院了？”

“不错，我安排他去一探究竟，那些收钱卖命的人终究信不过。”苏迟一语双关。

苏慕脸色微微一红，不敢多言。

“月盈这次出手相救，反而让我苏家在这件事上撇清了关系，也算是件好事，洪飞羽的事情以后你再不要管，听明白了吗？”苏迟严厉地说道。

“谨遵父命。”苏慕俯首道。

“下去吧。”苏迟挥手道，苏慕依言退下。

“女大不中留啊……”苏迟转身看着女儿的闺房，摇了摇头，心里已然有了决定。

天还没亮，洪飞羽的府邸四周已经围满了金务卫和禁军，昨晚状元郎被刺杀一事已然惊动天子，龙颜大怒，特调遣一队禁军来守卫御前师京大人。洛安知府更是不敢马虎，虽然有禁军，但他也安排了一队金吾卫在外围巡防。禁军队正和金吾卫队正两人循例登门，向御前师京洪飞羽说明来意，并听候调遣。

洪飞羽虽不愿意这么多不相干的人在府里，但是也不能推辞。他首先感念皇恩浩荡，还有知府大人的深切关怀，并奉上丰厚的银两孝敬两位辛苦的队正大人，又安排了下人好生伺候。

“你倒是挺会收买人心。”银铃笑着对刚刚应付完琐事的洪飞羽说道。如今她的外表虽然像是一个洗衣做饭的妇人，神态间却还是不经意会流露出少女姿态，看起来倒有些不伦不类。

洪飞羽摇摇头，说道：“这几日两位可住得习惯？”

“粗茶淡饭也就罢了，每日困在府里，好生无趣！”银铃忍不住抱怨。

“明日一早我要启程前往岩石城接驾枫国银铃公主，待我回来便设法送二位离开洛安，再帮二位寻个安生的好去处。”洪飞羽不经意地道，暗中却在观察她们的神情。

银铃和彩霞皆是一副似笑非笑的表情，脸上露出几分调皮神态。

“我们也和你一起去，长这么大，还没见过公主长什么样呢？”银铃想着都觉得十分有趣，她倒要看看父君找了谁来冒充她。

“路途遥远，又颠簸，我们……还是别去了吧……”彩霞闻言却心惊肉跳，连忙扯了扯银铃的衣角。

“怕什么，跟着御前师京大人，我们一路上肯定能吃香的喝辣的，还能游山玩水，可比待在这破地方好多了。”银铃坚持己见，只要她觉得好玩儿的事，任性起来，就算是天王老子也拦不住她。彩霞知道她的个性，也只能闭了嘴。

洪飞羽故作犹豫，显出为难的样子。

“如果你不带我们去，我们自己也要去！”银铃任性道。

“去也可以，只是路上要听在下的安排，不可肆意妄为，坏了大事。”

“好，成交！”银铃拍手道。

洪飞羽离开前厅，回到自己的房间，打开窗户。一只黑色的鹊鸟飞到窗台，扑打着翅膀。他用手轻轻抓起鹊鸟，从它脚环上取下一卷纸条。纸条上是一些密密麻麻的小点儿，组成一些让人看不懂的奇怪符号。

“海上又有消息了吗？”林晨不知从哪里又钻了出来。

“我说你在家里能不能不要这么神出鬼没？像正常人一样走路不好吗？”洪飞羽最烦林晨好像幽灵一样跟在自己的身边。

“习惯了，下次注意。”林晨不以为意地敷衍道。

“旭日岛上已经开始大规模造船。”洪飞羽说着，把纸条收进了怀里。

“看来留给你的时间不多了。”

“急也急不来，事情总要一件一件来做。”

“对了，那两个丫头你打算怎么办？”

“我现在非常肯定那个香儿就是银铃公主，彩霞应该是她的贴身丫鬟，只是不明白她们怎么会到这儿来。”

“公主既然都住在府上了，你还去什么岩石城啊？”林晨挖苦道。

“枫国必然已经知道公主不在，可依旧来和亲，这背后必有阴谋，不去是不行了，只能走一步看一步。”洪飞羽苦笑道，“你要安排人看好那两个丫头，切莫节外生枝。”话音未落，那鹊鸟“扑腾”一声，跳出窗口，展翅高飞。

第八章 围城

天刚蒙蒙亮，鹿一鸣和安多丽便动身前往狼族部落。他们走到峡谷边缘，然后攀登出谷，沿着丘陵一路向北走了三天。一路上，鹿一鸣一直在教安多丽夏国话，给她讲天脊山外的夏国是什么样的，那里有肥沃的土地、青山绿水、歌舞戏曲、琴棋书画……令安多丽神往不已。安多丽也给他讲狼族的风土人情、地理风貌、传说故事……路途虽然艰险，两个人却并没有感觉到枯燥劳累。

“以前没有卡木西多斯的时候，峡谷可以给我们提供丰富的食物和水，可现在……”安多丽说到这里不由得黯然神伤。

鹿一鸣如今也明白了何以狼族最近频繁越过天脊山烧杀抢掠，比起和怪兽作战，他们宁愿和同类厮杀。他也对这些突然出现、被狼族人称为“卡木西多斯”的怪物产生了好奇，决定有机会一定要搞清楚这件事，否则狼族和夏国恐怕又要有一场大战。

“我们已经走了三日，此处离你们的迦楼城还有多远？”鹿一鸣感到时间紧迫，不能再耽搁下去了。

“就快到了。”安多丽露出笑容道，她忽然跳到一块巨大的岩石上，对着远方发出犹如狼一样的嚎叫。

“你这是？”鹿一鸣说着警惕起来，环顾四周，生怕安多丽的嚎叫引来蝠狰。

“别担心，这是我迦楼部的信号，此处离迦楼城已经不远，他们听到叫声，一定会来接我们。”

鹿一鸣还是第一次听到人学狼叫，而且还是一个大美人，那狼嚎声听起来也格外悦耳。

安多丽带着鹿一鸣继续前进，走一段路，就叫两声。鹿一鸣也玩性大发，学着安多丽狼嚎，不过他叫起来倒是更像嘶吼。

“他们来了！”又走了一段路后，安多丽忽然用手指着远处，欣喜地说道。鹿一鸣顺着她眺望的方向看去，果然远处扬起了烟尘，数十个小点儿向这边飘来。小点儿渐渐变大，鹿一鸣这才看清楚，几十匹半人高的巨狼驮着狼族士兵呼啸而来。狼骑靠近后，立刻把鹿一鸣团团围住。

鹿一鸣第一次被狼骑围住，不由得心惊胆战，那巨狼远比夏国的狼大，形似马匹，尖牙利齿，眼睛凶光毕露，嘴角流着口水，甚是吓人。狼族士兵骑在狼背之上，手持长矛，威风凛凛。难怪多年来夏国与狼族的战争未曾胜过一场，纵然是枫国铁骑遇到这狼骑也会望风而逃，若非依靠天脊山的天险阻挡，恐怕狼族早已席卷云州大陆。

安多丽急忙用狼族语大声呼喝，狼骑这才安静下来，巨狼伏在地上，狼族士兵们一跃而下。狼族士兵中有一个头系红色布条的高大男子，从狼背上跳下来后，就紧紧抱住了安多丽。安多丽也抱着那男子，喜极而泣。鹿一鸣反而被众人晾在了一边，有些尴尬地看着他们久别重逢。

“沃巴，就是他救了我。”安多丽抹了抹眼泪，从男子的怀里钻出来，指着鹿一鸣说道。那男子迈着坚实的大步走到鹿一鸣面前，两手握拳，交叉在胸口。

“鹿哥，他是我哥哥沃巴。”安多丽抿嘴笑道。

“谢谢……你……救……我妹妹。”沃巴用夏国话结结巴巴地说道。

“举手之劳，不足挂齿。”鹿一鸣谦虚地说道。不过这句话说得太过文绉绉，安多丽和沃巴都没听懂，一脸茫然地看着鹿一鸣。

“不用谢，别客气。”鹿一鸣这才又笑着摆摆手说道。

“不行！我们……恩情……要报答！”沃巴严肃地说道。

“鹿哥，你就听我哥哥的安排吧。”安多丽和鹿一鸣在一起几天后，夏国话已经流利了很多。

“好！”鹿一鸣也不是惺惺作态之人，豪气地拍了拍沃巴的肩膀。

安多丽又拉着鹿一鸣走到一匹巨狼前，道：“这是我的狼，叫哇卡，你和我一起骑它。”她依偎在哇卡的身上，抚摸着它柔顺的皮毛。哇卡此时已没有了方才的凶狠，表现得十分温驯，似乎也很享受安多丽的抚摸。

鹿一鸣看着这只叫哇卡的巨狼，心里有些犹豫，他倒不是害怕，只是不知道这狼该怎么骑。安多丽此时已经一跃而上，然后伸出一只手，看着他。鹿一鸣不再犹豫，拉住安多丽的手也跳上狼背，可他还没坐稳，哇卡就突然拔地而起，一声长啸。鹿一鸣若非武功卓绝，差点儿就被摔下狼背。安多丽回过头调皮一笑，说道：“坐稳了。”

哇卡在安多丽的驾驭下，奔驰如飞。

鹿一鸣也是骑马的好手，但比起骑狼，实在不可同日而语。而他的心情也从一开始的犹疑变得惊喜有趣，感觉自己仿佛在御风而行。

安多丽的秀发随风飘动，轻抚着他的脸，他能闻到她身上散发出的淡淡香味。豪爽直率的安多丽和他以前接触的女子全然不同，而想到自己对她多番欺骗，心里又隐隐觉得过意不去。狼族虽然彪悍勇猛，却也重情重义，并非传说中那样毫无人性、凶残暴虐。

或许……或许夏国和狼族有一天能和平共存呢？鹿一鸣想到这里，不由得心中一动。

“鹿哥，到了，这就是我们迦楼部的迦楼城。”安多大声道。

鹿一鸣收敛心神，目光越过狼头，往前望去，一座宏伟的城池矗立在了他的眼前。整座迦楼城的外围全是用石头堆砌而成，虽然没有天脊城高，但因为建在平地之上，所以面积更大，近乎大半个洛安城。鹿一鸣来这里之前一直以为狼族居无定所，茹毛饮血，未经开化，可如今见到迦楼城，方才知道他们与自己的想象完全不同。

迦楼城城墙之上，狼族士兵戒备森严，城门紧闭，气氛凝重。哨兵见沃巴的狼骑队过来，立刻发出命令，城门被缓缓打开。狼骑队不敢耽搁，呼啸入城，城门随即又被迅速关闭。

狼骑入了外城后，士兵们纷纷跳下狼背，安多丽也带着鹿一鸣跳了下来。那些巨狼训练有素，皆是自行离开，回了狼厮。鹿一鸣被外城修建的奇特狼厮所吸引，忍不住驻足观看。

狼厮围有木栏，里面铺着厚厚的干草，木栏外挂着一种红色的浆果，硕大如瓜，巨狼就以此浆果为食。狼厮中还有一些看似受伤的巨狼，血迹斑斑，呼吸沉重，有狼族之人在一旁照顾，为它们涂抹药物。

“这些狼不吃肉吗？”鹿一鸣吃惊地问道。

“不吃，它们就吃这种呼噜果。”安多丽笑道。

“实在是太不可思议了，这些狼从何而来？”

“山谷里……”安多丽想到山谷，脸色就变得惨白。沃巴走过来，轻轻搂了搂安多丽的肩膀，表示安慰。

“走，我们进去。”

只见内城的城门此时已经打开，沃巴带着众人走进内城。

城内一片萧索，狼族百姓大多面黄肌瘦、嘴唇干裂，家家户户愁容满面。集市上倒是还有少许商贩，不过却看不见什么人。可在广场的一边，却看见人们都在排队，原来有狼族士兵在那里分发水和食物。士兵们小心翼翼，生怕浪费一滴水，每户人家可领取一碗水和小半袋谷子。

狼族人看到沃巴纷纷驻足行礼，沃巴也都一一回礼，偶尔他们之间也会说上几句话。鹿一鸣虽然听不懂，但是看沃巴的神态动作，应该大多是在安慰这些人。

“如今山谷里遍布蝠狰，我们获取水和食物越来越难，再这么下去，恐怕支撑不了多久了。”安多丽说到这里眼圈已经红了。

鹿一鸣沉默不语，他一时之间也很难想到什么办法解除狼族的危机。

沃巴带着他们穿过城区，来到一座宫殿前，这里便是迦楼部酋长和长老所住的地方，也是部族的圣地，有关部族的所有决定都在这里做出。这座宫殿比起夏国的皇宫来实在有些寒酸，不过殿门前两座威严的巨狼雕像却栩栩如生、气势汹汹，让人不由得心生敬畏。

宫殿前的守卫看到沃巴，立刻打开了大门。沃巴吩咐同行的士兵在外守卫，自己带着妹妹和鹿一鸣走进了宫殿。他们穿过守卫森严的庭院，来到议事大厅。酋长和长老们已经坐在大厅里，神情严肃地商议着如何渡过眼下的危机。

“法法。”安多丽一边喊着，一边扑向酋长。酋长抱住安多丽，又是一阵安慰。

鹿一鸣见那酋长虽然已年过半百，体格却比沃巴更高大威武，只见他头戴狼牙冠，身着狼皮，一双眼睛炯炯有神。

安多丽和沃巴都指着鹿一鸣，叽里呱啦说了一大堆。酋长听完后，带着感激的眼神走到鹿一鸣的面前，同样像沃巴那样双手握拳抱在胸前。鹿一鸣已经从安多丽那里知道这是狼族的礼仪，代表尊敬，他也立刻抱拳回礼。

“我女儿说你无家可归，那么以后这里就是你的家。”酋长的夏国话竟然比安多丽还流利。

鹿一鸣愣了一下，他能感受到对方的真挚和诚恳，绝不是随口而言，遂道：“多谢酋长。”

“你救了我女儿，是我们的大恩人，也是无畏的勇士，不用客气，可惜雅儿不在了，否则看到你，她一定会很开心……”酋长难掩眼中的忧伤与怀念。

鹿一鸣听安多丽说过，知道雅儿就是酋长的妻子，也是安多丽和沃巴的母亲，几年前已经过世。

“这里的情况你也都知道了，恕我们现在无法好好招待你……”

“我也希望能出一份力。”鹿一鸣说得诚恳。

“安多丽说你举手投足之间就能诛杀蝠狰，我们正需要你这样的勇士……”

就在这时，门外突然有探子来报。鹿一鸣虽然听不太懂，但也听到“卡木西多斯”和“蝠狰”两个词音，而且探子神情惶恐，说完话之后，大厅中所有人都变得面色惨白。

“发生什么事了？”鹿一鸣走到安多丽旁边小声问道。

“卡木西多斯带着蝠狰袭击了天一部，天一部的莫罗城被攻破，如今卡木西多斯的蝠狰大军正向我们迦楼城奔来。”安多丽用颤抖的声音说道。

大厅里，酋长和几个长老发生了激烈的争执。不过一番争论后，他们似乎做出了最后的决定。酋长发出命令后，大厅里的人开始忙碌起来，几位长老都相继离开，每个人脸上都是沉重和紧张的表情。

“勇士，为了你的安全，请你和安多丽、沃巴他们撤往天脊山，我们的人会在这里阻挡卡木西多斯……”酋长的话还没说完就被一双儿女打断。

“我不走！”沃巴和安多丽异口同声地说道。

酋长看着自己的儿女，既欣慰又难过。

“我也不走。”鹿一鸣双手环抱，语气肯定地说道。他从安多丽那里知道狼族八部已经在天脊山集结，准备强行越过天脊山。那样一来，天脊城的守兵将和狼族发生一场血战，到时候必将两败俱伤。而且狼族口中所说的“卡木西多斯”究竟是何方神圣，它们目的何在？最让他担心的是卡木西多斯一旦彻底摧毁狼族，那么它们会不会带着蝠狰侵袭夏国？一想到这点，他只感到头皮发麻，所以无论如何，他现在都要阻止事态继续恶化下去。

酋长听到鹿一鸣的话，颇为感动。

“勇士，你可能有所不知，那卡木西多斯率领的蝠狰恐有数十万之众，如今他们攻陷莫罗城，怕是数量又会增加不少，留下来怕是……”酋长难掩英雄气短之态。

“酋长大人，我和蝠狰交过手，也见识了狼骑的威势，蝠狰虽然数量上占优势，但我们只要能善用兵法，再借助城池地势，未必不能一战！”鹿一鸣其实心中全然没底，但为了激励士气，也只能先信口雌黄。

酋长听到鹿一鸣的话，先是一阵愕然，接着便豪迈大笑起来。

“好！英雄出少年，我赤莫伦必将誓死守卫迦楼城，不辱先祖！”酋长豪气大增。

“不知道酋长信不信得过在下？”鹿一鸣可没想过死，实在打不过，再跑也不迟。

“鹿兄弟有话直讲，你是我女儿的救命恩人，又愿意留下来助我部对抗卡木西多斯，赤莫伦岂会不信！”酋长赤莫伦已改口称呼鹿一鸣为兄弟，可见态度比之前的感激更进一步，已然把他当作了自己人。

“这场战斗可否交由我来全权指挥？”鹿一鸣单刀直入。

赤莫伦闻言一愣，兹事体大，他倒没敢立刻做出决定。他虽然相信鹿一鸣武功厉害，可是统率军队却是另外一回事情。

“法法，鹿大哥文武双全，他一定能帮我们打败卡木西多斯！”安多丽急了，生怕父亲不答应。

赤莫伦抓着女儿的手，思虑片刻后，这才开口说道：“鹿兄弟，此事非我不答应，只是你身为夏国人，一来语言不通，二来我部士兵恐有不服，不若这样，你有何安排，我必当遵照执行。”

鹿一鸣点点头，他也知道自己一时间难以服众，要统率全军怕是不易，赤莫伦这样的安排再好不过。

根据赤莫伦的介绍，莫罗城距离迦楼城有六天的路程，但是蝠狰可以不眠不休地行进，所以估计三日内便可抵达迦楼城。迦楼部大部分族人和士兵已经迁往天脊山附近，与其他七部的人会合，准备八部联合，强攻天脊城，越过天脊山。因为迦楼城是迦楼部祖灵之所在，赤莫伦为守护祖灵，决定留下来拼死一战。跟随他留下的士兵有一万余人，因为巨狼无法攀登天脊山，所以基本都被留了下来，城中约莫有五千狼骑、两千弓箭手，剩下都是刀兵。除此，城中还有千余名普通百姓，皆是上了年纪的老人，不愿背井离乡，即使死也要死在故土上。

鹿一鸣摸清情况后，心中基本有数了，从兵力上来看，双方比例远超一比十，因为蝠狰的凶猛残暴他是见识过的，普通士兵没有七八个人恐怕都对付不了一个蝠狰。纵然狼骑能够以一当十，实力上还是相差悬殊。最让他头痛的是卡木西多斯，他对它们毫无了解，这恐怕也是战争中最大的变数。

如果双方正面硬杠，我方必败，结局会和莫罗城一样。

鹿一鸣看过无数兵书战略，精通各种奇妙阵法，也曾和师父推演战局，但并没有太多的实战经验，唯一一次实战就是带领数百人以五行阵对抗鬼影者。可是如今时间太短，要教狼族士兵精妙的阵法是不可能了，为今之计也只有出奇制胜。他搜肠刮肚，根据现在的形势拟定了作战计划，不过对于能否击退卡木西多斯所率领的蝠狰，他心中也没底。

赤莫伦听完鹿一鸣的作战计划后，半晌说不出话来，原本仅存的一丝疑虑也荡然无存。

工欲善其事，必先利其器。鹿一鸣和蝠狰交过手，知道它们皮坚如铁，一般的弓箭无法对它们造成伤害。而且蝠狰也不惧火，所以火攻也没用。唯一可能派得上用场的只有滚石，狼族之地最不缺的就是石头，只是单靠士兵用手在城墙上推石头，威力和作用都极其有限。鹿一鸣曾经在皇宫的藏书阁里看过一本《工物志》，上面记载了一种非常奇特的投石车制作之法，那时候他觉得十分有趣，就在皇宫内用半天时间仿制了一台。这种投石车与一般的投石车有所不同，它除了可以向远处投石，在车身下方还有弹射装置，装在城墙上能往城墙下发射滚石，远比人工扔石头效率高、威力大。关键是这种投石车制作简单，所需材料无非木料、绳索等常见的东西。他一人半天尚且可以做出一台，如今上千人有两天的时间，应该不成问题。

赤莫伦也曾见识过天脊城的投石车的威力，能把巨石投向敌营，威力惊人。当他知道鹿一鸣能教他们制作比天脊城的那种投石车更厉害的投石车时，不禁大喜过望，立刻按照鹿一鸣的要求安排了五千人，昼夜不停地按照图纸建造投石车。两天内，必须在外城和内城的城墙之上布满投石车。为了筹集投石车的木材，整个迦楼城除了宫殿，其他所有木制房屋几乎全部被拆完了。

然而只有投石车，还远远不够，鹿一鸣又让赤莫伦安排三千人，在城外挖下深坑陷阱，坑中倒上半人高的淤泥。蝠狰的脚爪虽然尖利，平衡性却十分差，一旦掉入淤泥，加上互相踩踏，必然陷入混乱。

鹿一鸣还教会守城士兵使用旗语，对他们各自的分工和职责进一步明确，可以更高效地传达军令，统一指挥。

整个战略中，最关键的一步是狼骑的使用。在蝠狰大军即将到达的一天前，五千狼骑在沃巴的率领下悄然离开了迦楼城，消失得无影无踪……

夜，风冷如刀，漫天繁星犹如璀璨的宝石，闪烁着耀眼的光芒。

鹿一鸣和安多丽站在迦楼城城楼的最高处，遥望着黑暗中不可获知的深邃。当东方的第一缕霞光掠过这片土地的时候，就是卡木西多斯带着蝠狰倾巢来袭之时。

安多丽侧过身，她的目光落在了鹿一鸣的身上。此时，他的脸上满是灰尘和油污，眼睛有些许水肿，但目光依然坚毅。这两天他几乎不眠不休，一直辗转于城内城外，对每件事的安排都亲自过问，尽心竭力，即使是对他抱有怀疑的几位长老也对他刮目相看。

这个忽然出现的夏国人，不但救了她的命，还正在挽救她的部族。他应该就是狼神派来挽救我们的使者吧？安多丽想着，不由得伸出手，去擦鹿一鸣脸上的脏污。

狼族女孩儿的热情豪爽，让鹿一鸣这个在夏国长大的男人难免尴尬。不过他并没有避开对方，他自己也不明白为什么，安多丽的手是那样柔和、光滑、细腻，拂过他的脸，让他怦然心动。

“如果这次活下来，我就娶你！”安多丽忽然认真地说道。

鹿一鸣闻言一愣，不过他很快就明白过来，安多丽把夏国话里的“嫁”和“娶”的意思弄反了。但如此直接的表白，还是让他手足无措。

“你……为什么不说话？”安多丽紧张地看着鹿一鸣，按照狼族的习俗，如果男方不同意，那么女方就必须杀了对方。

“好，那你是非娶我不可了，无论如何，我都不会让你受到伤害。”鹿一鸣爽朗自信地笑道。安多丽闻言，身体一颤，拔出腰间的佩刀，架在鹿一鸣的脖子上：“你若有违此言，我就……就砍下你的脑袋！”

鹿一鸣毫无惧色，揽住安多丽的腰，轻轻把鼻子凑到她的头上，闻着她长发上淡淡的香味，轻声道：“那你恐怕永远都没有机会砍下我的脑袋了……”

就在这时，远处一缕火光冲天而起，刺破了夜空。那是探子发来的信号，卡木西多斯的大军已经快到了。鹿一鸣和安多丽收敛心神，环顾四周。城墙上的狼鼓响起，节奏由缓到急，各处也陆续点亮灯火，士兵们闻令开始集结。

整个迦楼城被火光照得一片通明，每个人的脸都绷得紧紧的，动作也有些僵硬，神色间不难看出恐惧与不安。他们都与蝠狰交过手，知道那些怪兽的可怕，心中的阴影挥之不去。

赤莫伦一身戎装，手握一把狼牙宝刀，这怕是除了红蛇剑，唯一可以伤蝠狰的兵刃。他屹立在点兵台之上，台下黑压压地站满了狼族士兵，在士兵之后，还有数千百姓竟然也自发聚到一起，手上拿着农具、木棒等简陋的武器，他们大多是年过半百的老人，但脸上的神情比士兵还来得坚毅。

赤莫伦抽出狼牙刀，高举头顶，大声说道："今日一战，不论生死，捍卫家园！"

"捍卫家园！"

"捍卫家园！"

……

数千人跟着赤莫伦齐声高喊。

赤莫伦热血沸腾，跟着发出一声震撼人心的狼嚎。狼族众人随后也跟着一起对天长嚎，声音整齐划一，经久不息，整个天地仿佛都为之震动。

鹿一鸣虽然听不懂他们在说些什么，却也被这份义无反顾的决心所感染，手中的红蛇剑发出低沉的鸣叫。

黑夜终究被霞光刺破，天边的红日犹如四溢的血球，冉冉升起。在血球之下，是奔腾的白色潮水，宛如海洋上翻滚的滔天巨浪，铺天盖地地向迦楼城袭来。鹿一鸣站在城楼之上，看着从四面八方连绵不绝地向迦楼城涌来的蝠狰，一股寒气从脚底升起。虽然他也曾想象过敌人在数量上的绝对优势，但是看到眼前的场面，还是不由得心惊胆跳。

在数量上占绝对优势的蝠狰根本没有任何战略、战术，它们只是一味地向前冲，不停歇。

狼族士兵们本来高昂的气势，如今在蝠狰大军面前，也被吓得荡然无存。几乎每个人的脸色都是一片惨白，身体禁不住地颤抖着。他们甚至怀疑这根本不是一场战斗，而是人力与天灾的抗衡。

“全军戒备！”鹿一鸣高声喊道，此刻蝠狰已经进入了最外围的防线。赤莫伦立刻转述，旗手打出旗语，士兵们全神贯注，准备迎接第一拨敌人。

汹涌的蝠狰浪潮忽然中断了片刻，鹿一鸣设下的第一道陷阱发挥了作用。冲在最前面的蝠狰掉入了泥坑里，后面的蝠狰也都收不住势，纷纷往下掉，它们之间互相踩踏撕咬，一时间，蝠狰大军的先锋陷入了混乱。

城墙上的狼族士兵看到陷阱发挥了作用，精神为之一振，稍稍恢复了点儿信心。但这种高兴并没有持续太久，不过片刻之间，第一道深坑便被蝠狰用身体填满，后面的蝠狰踩着同伴的身体继续往前冲杀过来。

鹿一鸣握紧拳头，但他并没有下达任何命令，他在等待最佳的时机。

蝠狰又冲进了第二道深坑。

“投石齐发！”鹿一鸣这时才用力挥手。

赤莫伦转述的话音一落，城墙上数千投石车同时发动，巨石破空而出，宛如天降流星雨。被两道深坑阻碍前进的蝠狰大军，完全暴露在投石车的攻击范围里。它们头上是滚滚而下的巨石，脚下是完全无法受力的淤泥，即使想要躲避也根本没可能。

巨石雨轰然落地，好似天崩地裂，蝠狰发出凄厉的哀号，无数绿色的液体飞溅而出，把赤红的大地染成草原一般。不过那些蝠狰对死亡全然没有畏惧，同伴的哀号和血液更是刺激了它们的暴虐，后方更多的蝠狰又争先恐后地往迦楼城奔来。

“各阵轮番发射！”鹿一鸣再次下达命令。

城墙上的投石车按照不同方位和次序开始轮番投石，竭尽所能地减缓蝠狰冲击到城下的数量和速度。蝠狰不断陷入新的泥坑，以及遭受巨石的打击，伤亡惨重，但是它们还是冲到了城下，两军短兵相接，不可避免。

迦楼城外城的城墙高约十丈，相当于夏国普通城池城墙高度的一半，更不用和天脊城高耸入云的城墙相提并论了。蝠狰轻巧灵活，动如脱兔，尤其一双利爪可以抓入墙砖之中，爬上城头根本无须云梯之类的攻城工具。

好在鹿一鸣对于这一点也早有防备，他早已安排人在城墙外围的墙体上泼满了豆油。他无意中在狼族百姓的家中发现了这种豆油，狼族人将豆油和蔬果混在一起做成食物，而这种豆油又湿又滑，还十分粘连。

湿滑的墙壁和不断滚下的落石，让冲到城下的蝠狰无法大规模地爬上城墙，但即使如此，还是有不少蝠狰爬了上来。鹿一鸣把守城士兵分成五人一组，以五人之合力来对付一个蝠狰。蝠狰刀枪不入，普通武器根本无法对它们造成伤害，所以每组的主要任务只有一个，就是把蝠狰赶下城楼，而击杀的任务就交给了操作投石车的士兵。

狼族士兵拼尽全力，与爬上城墙的蝠狰战作一团。

五人一组的战法，实则是一个简单的阵法，但由于时间过于短促，士兵们之间的配合还不熟练默契。所以一战之下，许多队伍都被凶悍的蝠狰冲散。鹿一鸣手提红蛇剑也加入战团，他所到之处，犹如割草，蝠狰顷刻间便被斩杀。众士兵见鹿一鸣如此神勇，深受激励，慢慢也稳住了阵脚。一时之间，守城部队占据了上风，无数蝠狰都被击杀，落下的滚石和蝠狰的尸体已经堆满城墙，积了有一人多高。

这时，忽然从远方飘来刺耳的笛声，蝠狰大军开始有序撤退，从高处看去，仿佛就像退去的潮水。守城士兵见敌人退去，信心大增，蝠狰并非无法战胜。

鹿一鸣听到笛声后，跑去了城楼最高处，赤莫伦也在那里。

“卡木西多斯来了。”赤莫伦一边说，一边把手中的单筒望远镜递给鹿一鸣。

只见蝠狰大军的后面，有三个卡木西多斯骑着马缓缓走了出来，他们头上戴着白色的鬼畜面具，黑色长袍从头包到脚，手上拿着一根黑色的玉笛，正在吹奏。蝠狰在笛声的控制下，重新集结在迦楼城防御比较薄弱的西侧，不再分散兵力围攻，而是打算从西侧一鼓作气冲进迦楼城。

鹿一鸣放下望远镜，心里已然有了八分把握，所谓的“卡木西多斯”终究是人，不是神怪，那么他就要冒险一搏了。

“酋长大人，时机已到，这里就靠你了。”鹿一鸣拱手道。

“鹿兄弟对我狼族的大恩，请受赤莫伦一拜。”赤莫伦说着就单膝跪地。鹿一鸣连忙拉住他，将他扶起来，神情肃穆地道：“酋长万万不可，像卡木西多斯这样的妖邪，残害生灵，人人得而诛之，今日见到，我必不会袖手旁观。”

鹿一鸣故意在西侧留下破绽，就是为了让卡木西多斯上钩，让他们的蝠狰大军不遗余力地攻击西侧。而此时，鹿一鸣已经悄然从迦楼城东边溜了出来。

重新集结的蝠狰大军，在卡木西多斯笛音的控制下，更加富有攻击力和策略。而原来的深坑和陷阱已经发挥不了作用了，投石车和狼族士兵的血是对抗蝠狰大军的最后防线。战事越发惨烈起来，无数狼族士兵被蝠狰撕成碎片，发出惨烈的哀号，投石车也不堪重负，损坏严重。从远处看，白色的蝠狰已经布满城墙和城头，仿佛漫过堤防的潮水，即将淹没整座城市。

赤莫伦浑身是血，红的、绿的混在一起，但他没有退后一步。

狼族士兵们杀红了眼睛，全然已经没有了畏惧，哪怕刀枪刺不进蝠狰的身体，他们也悍勇地冲上去，抱住蝠狰的身体，一起坠下城楼。

“砸，往下砸！”坠下城楼的士兵见操纵投石车的战友不忍发射滚石，忍不住大声喊着。石块飞射而下，士兵和蝠狰一起变成了肉泥。

狼族将士们虽然视死如归，但也不过是在延缓时间，如果战局没有新的变化，那么最多还有两炷香的时间，蝠狰必然破城。大多数的狼族士兵，还有卡木西多斯恐怕都认为大局已定，剩下的时间不过是一场血腥屠杀。但就在这个时候，希望来了，五千狼骑宛如狂风，从蝠狰大军的左右两边奔袭而来。左边领头的正是鹿一鸣，他骑着安多丽的坐骑哇卡，一狼当先，呼啸而至。

五千狼骑精锐，被鹿一鸣安排在离迦楼城不远的石林之中，只待时机一到，便倾巢而出。这数千狼骑士兵手中并未拿有武器，也不恋战，只靠巨狼本身的冲击力杀入敌营，撞得蝠狰大军七零八落，乱作一团。蝠狰们纵然想反击，可还不等出手，狼骑已冲杀到前面，它们根本追不上狼骑的速度。

两股狼骑部队好像两把剪刀，来来回回地在蝠狰大军之中冲撞奔跑，不做片刻停留，把连成一片的蝠狰大军撕裂成了碎片。而他们这么做的目的只有一个，制造混乱，让鹿一鸣有机可乘。

鹿一鸣骑着哇卡脱离了狼骑部队，在混乱中，以迅雷不及掩耳之势冲向了三个卡木西多斯所在的地方。卡木西多斯没有想到对方如此强悍大胆，竟然单枪匹马就朝他们冲过来。卡木西多斯的笛声再次响起，簇拥在他们周围的蝠狰仿佛发狂的野兽扑向了鹿一鸣。

哇卡纵然凶悍，但面对聚集在一起的蝠狰也难以突破，身上已然血迹斑斑。卡木西多斯乘机开始掉转马头，准备离开。鹿一鸣知道机不可失，他猛然飞身而起，人如惊鸟，一把红蛇剑，神鬼难敌，在蝠狰构筑的铜墙铁壁之中硬是杀出了一条路来。然而，就在他离卡木西多斯只有一尺之遥的时候，身边景象忽然变换，卡木西多斯、蝠狰、狼骑、迦楼城……都悄然消失，他四周被烈火包围着，身体仿佛也跟着要燃烧起来。

“五行界阵，你们是术士！”鹿一鸣说着冷哼一声，虽惊不惧，普通人见到这等景象或许吓也要吓死了，可他三岁起就跟着师父学习破术士的界阵，如今知道卡木西多斯就是术士，内心反而淡定了许多。

五行界阵，以法器为引，术士为体，借天地之灵气，催五行之力，可呼风唤雨，挪移乾坤，实非常人所能想象。然而天生一物，必有相克，否则这天下怕早就是术士当道了。鹿一鸣脚踏七星，剑走八方，片刻间便找到法器所在，一力拔除，天地顿时重复乾坤。

坐在马上的卡木西多斯不禁目瞪口呆，想不到眼前这人竟然眨眼间就破了自己的五行界阵。

鹿一鸣定睛一看，手中所持的法器正是卡木西多斯操纵蝠狰的玉笛。

“想走，没那么容易！”鹿一鸣眼见三个卡木西多斯掉转马头想要开溜，人未到，剑已至。红蛇剑脱手而出，在半空中滑出一个漂亮的弧线，刺中右侧急奔的一个卡木西多斯。那个卡木西多斯坠落马下，另外两个卡木西多斯侧头看了一眼，却不敢停留，策马加速急奔。

鹿一鸣知道自己再难追上另外两个卡木西多斯，于是急忙纵身上前，抓住那个落下马的。他扯开那个卡木西多斯的面具，一张年轻苍白的男人面孔出现在眼前，不过男人的嘴角已然溢出褐色的血——他已经服毒自尽。

也就在这时，随着这个卡木西多斯的死，原本还在凶悍攻城的一些蝠狰竟然纷纷倒地，犹如一摊烂泥。而剩下的那些蝠狰，也开始往那两个卡木西多斯逃跑的方向退却。

夕阳斜下，喧闹的战场顷刻间变得一片冷清。迦楼城的城墙被红、绿两种颜色的血浸染，在夕阳下显得如此不真实。

大风刮过，鹿一鸣手中提着卡木西多斯，踏着蝠狰的尸体，大步流星地走向迦楼城。狼骑集结在城门两边，骑兵们纷纷翻身下狼，单膝跪地，向鹿一鸣致敬。城门缓缓打开，安多丽冲了出来，抱住鹿一鸣，浑身颤抖，痛哭不已。

城头上，赤莫伦屹立不倒，眼睛瞪得犹如铜铃，却一动不动，他的狼牙刀刺穿了一个蝠狰的咽喉，而蝠狰的利爪则穿过他的胸口。

整个迦楼城再次响起整齐的狼啸，声音凄婉，响彻天地。

第九章 暗流

李昊煜平日在宫中最喜欢的消遣便是斗蟋蟀。先皇还在的时候，时常为这事训斥他，如今再没人干涉，他反而觉得兴味索然。几个小太监正围在他身边陪着他玩儿，极尽奉承，想要哄他开心。

“你们都下去吧！”李昊煜觉得厌恶了，挥挥手，让太监们把大缸和蟋蟀都弄走了，他心里如今惦念着一个人——鹿一鸣。

李昊煜一算日子，鹿一鸣离开洛安有两个多月了，却半点儿消息也没有传回来。离祭天大典还有一个多月，不知道那时鹿一鸣能否从伯牙手里借到兵，报仇雪恨在此一举。

李昊煜靠在柔软的躺椅上，他闭上眼睛，回想起往事，额头上不由得渗出汗来。

“母妃，我不想去皇后娘娘那儿。”三岁的李昊煜拉着生母嫣贵人的手，泪眼蒙眬。

嫣贵人轻柔地帮他擦去脸上的泪水，整了整他的衣衫。

“以后你就只有一个娘亲，那就是吕淑怡吕皇后！”嫣贵人一字一句地告诉他，“知道吗？”

李昊煜摇了摇头，又点了点头，一副不知所措的样子。嫣贵人终于再也忍不住，一把紧紧抱住儿子，在他耳边轻声说道："记住，活下去，活下去就有机会。"

自那以后，李昊煜就再也没有见过生母，等到他稍大一些才知道，在他被送走后的一个月，嫣贵人就因为一场突如其来的大病离世了，他甚至没有见上母亲的最后一面。但是他记住了母亲告诉他的那句话：活下去。

李昊煜的父皇夏庆宗生有三子五女，然而三个皇子都非皇后所生。三子中，李昊煜年纪最小，身份最低微，无论怎样也都轮不到他做太子。而且在夏庆宗以及大多数人的眼中，李昊煜胆小懦弱，不学无术，实在不堪大用。然而李昊煜命大，身体好，一直以来都无病无灾，而且他有个最大的优点——孝顺。特别是对吕皇后，简直是言听计从。吕皇后让他站在那里，他就站在那里，吕皇后没有发话，他绝不离开。有一次吕皇后让他在殿外听候差遣，自己则去午睡了，可醒来后却忘了这件事。当晚膳时宫人来禀报，她才知道李昊煜竟然还站在殿外，等了她一下午。

李昊煜有两个才华出众的哥哥，不过他们都先后过世了。原来的皇太子，也就是李昊煜的大哥，文武全才，又是贵妃所出，早早就被封了太子。可是一次出外狩猎，太子却意外落马，被马踩成重伤，回来后就一命呜呼了。

李昊煜的二哥也是个人才，擅诗词，懂音律，心地善良，体察民情。自他当上太子以后，受到臣民的追捧和喜爱。然而他的身体一直以来都不太好，所以这个太子也就当了两年，一场突如其来的大病，药石罔效，没多久就去世了。

三子之中，唯有李昊煜活了下来，李浩存驾崩之后，他也就顺理成章地继承了皇位。

上至皇亲国戚，下至黎民百姓，都认为是李昊煜运气好，也不乏一些阴谋论，但只有李昊煜自己知道，他之所以命大是因为他顺从，无条件地顺从母后吕淑怡，更重要的是吕太后只有他这么一个过继的儿子。

李昊煜表面上温顺听话，其实一直在暗中调查生母死亡的原因，然而随着调查的深入，他的恐惧感也与日俱增。太后吕淑怡的嫌疑最大，而且大哥、二哥的死都与她脱不了干系。

李昊煜继位这一年多来，一直被太后和一干权臣百般欺压，犹如提线木偶，更让他不安的是，他能隐隐约约地感觉到危险正向他逼近。首先是一直在暗中帮他查案的雪鹰卫穆先河离奇失踪，下落不明，如今只能由他未出师的学生鹿一鸣暂代雪鹰卫之位。而偌大的夏国里，也只有鹿一鸣是他完全信任的人。

他隐忍了十几年，就是为了等一个机会，一个扳倒吕太后的机会，一个把那些乱臣贼子一网打尽的机会。而这个机会就是一个月后的祭天大典，届时吕太后和群臣都会去紫金山，只要鹿一鸣按照计划率领大军围困紫金山，便可扭转乾坤。

“狗蛋啊狗蛋，希望你的运气一如既往地好。”李昊煜望着殿外西北方，忍不住自言自语。

就在李昊煜走神儿的时候，一个通传的小太监跑了进来：“启禀皇上，御前师京洪大人殿外奉召。”

“快传。”李昊煜精神为之一振，他对风羽先生仰慕已久，昔日父皇派人三番四次传诏让他入宫觐见，他都托词不来，没想到如今竟然主动考了科举，中了状元。前几日，朝堂之上耳目众多，说话多有不便，如今李昊煜决定私下再见见风羽先生。

洪飞羽奉召而来，自是知道李昊煜心中所想，也知道这个小皇帝志向高远，却难有作为，他想要掌权怕是不易。若不是如今大难将至，或许他可以出手相助，可眼下有比争权夺位更重要的事情。他也只能与小皇帝虚与委蛇，应付了事。

“臣叩见皇上。”

“爱卿快快起来。”

李昊煜亲自上前扶起了洪飞羽。

“洪卿家几日前受惊了，朕已命刑部办理此案，务必缉拿凶手。”

“此等小事岂敢劳烦皇上，臣万不敢当。”

李昊煜看了一眼洪飞羽，有些话他也不便直说，这暗杀当朝状元的事可不小，背后也不知是谁的势力。虽然他口上说命刑部调查，但他自己也知道，刑部最后只会找来几个替罪羊结案了事。

“爱卿不用拘谨，这里安静得很。”李昊煜意味深长地看着洪飞羽说道。

“臣知道了。”洪飞羽此时也抬起头来看着李昊煜，两个人不免相视一笑。

“朕便知道洪爱卿并非拘礼之人，如此你我君臣说话才显得舒服。”

“皇上抬爱了。”

“爱卿，其实我有一事不明，先帝曾三番四次请你入朝为官，你都严词拒绝，何以今日会不请自来？”李昊煜开门见山地问道。

洪飞羽微微一鞠躬，他早知道皇上一定会问起这个问题，便道：“那时臣学艺未精，不敢贸然出世，如今家师仙游，我当为国为民略尽绵力，以不负所学。”

这番话说得合情合理，让人无法质疑。

“爱卿能有此心，朕甚宽慰。如今夏国大乱初定，北有狼族在侧，南有枫国虎视眈眈，朝中怕也有不少纷纷扰扰，以卿家所见，朕当如何处之？”

“青山原不动，白云任来去。”洪飞羽淡淡一笑，说道。

李昊煜闻言一愣，面露疑惑。

“爱卿所言，朕颇有不解，还请老师为我解惑。”说完，李昊煜微微躬身，行拜师之礼。

洪飞羽见之，心中不由得一叹，李昊煜礼贤下士，心思缜密，又能隐忍，如果是在太平盛世，或可成一代明君，可惜现在狼烟将起，云州大陆怕是要有一场腥风血雨，这个无权无势的小皇帝能够保住性命已是不容易。

“恕微臣直言。”洪飞羽沉吟片刻后才开口说道，“皇上如今要做的只有三个字。”

“愿闻其详。”

“忍、等、藏。”

天数历一一八一年十一月二十一日，夏国皇帝李昊煜宣旨，命御前师京洪飞羽为迎亲使，并加封礼部侍郎，着三品军侯谢名浩领军护卫，迎亲团共计三千余人，浩浩荡荡地由都城洛安出发，前往夏枫两国边境的岩石城迎接枫国银铃公主。

洪飞羽和谢名浩也算打过照面，当日在状元红客栈里他们曾同桌吃饭，议论朝局。谢名浩对洪飞羽十分看重，那时洪飞羽还是一介书生，现如今已是朝中红人、皇帝之师。谢名浩在公事上对洪飞羽客客气气，然而明眼人都看得出来，对于如今的洪飞羽，他并无好感。

洪飞羽自然知道谢名浩心里的想法，像谢名浩这样自诩忠良的人，怎么会和奸臣韦不群的人同流合污？所以他也并不强求，好在谢名浩知道此次迎亲事关重大，所以在公事上还算尽职尽责，不敢懈怠。

迎亲队伍虽然庞大，不过都配有马匹和车，即使是随从也无须步行，每日快马加鞭，可行百里，按照时间来算，他们七日即可抵达边境城市岩石城。

枫国的送亲队伍则行进速度缓慢，据说公主身体不好，不可过于颠簸劳累，所以每日不过行数十里便扎营休息。根据对方使臣来报，预计要晚于洪飞羽他们三天才会抵达。

银铃和彩霞扮作侍女跟在洪飞羽的身侧，林晨则以护卫的身份不离洪飞羽左右。四人坐在同一辆马车内，每日谈文论道，吟诗作乐，倒也不闷。

四人谈笑之中，洪飞羽发现香儿（银铃）见识广博，尤其是对玉石花草这些富贵人家的精巧之物颇有鉴赏。一日，迎亲队伍来到安逸城，城中首富刘士采为讨好洪飞羽，邀请他们到自家宅邸用膳。一路奔波，洪飞羽倒也不拒绝享受一晚，所以带着林晨、银铃和彩霞欣然赴宴。

刘士采家中甚为宽阔，园亭楼阁，摆设奢华，尽显富贵气象。可银铃走在其中，却时不时地摇头叹气。刘士采不明所以，便问道："姑娘走在院中，何以叹气？"

"只是觉得可惜了。"银铃随口说道。

"还请姑娘明言。"

"这园亭楼阁的布置不在地域宽广、石头众多，倘若迷信这些，就是白费了功夫，挥霍了银子，却不见好处。"

刘士采脸上一红，不过他当着洪飞羽的面也不敢发怒，要知道这园子他可花了大把的银子，请了许多有名的工匠，花了五年的时间才建成的。

"还请姑娘赐教。"

"这园林的学问实在一言难尽，有所谓套室回廊、叠石成山、栽花取势，又有大中见小、小中见大、虚中有实、实中有虚、或藏或露、或浅或深，要点也不仅仅在于迂回曲折……"银铃侃侃而谈，只听得刘士采满头大汗。

洪飞羽也不阻止银铃大抒己见，他越听越是肯定心中所推断的事情。她说的这些绝非普通姑娘家所知道的，而她话语中的许多观点正好和枫国宫廷建筑的特点不谋而合。

除此之外，她在诗词歌赋、琴棋书画等方面都有所涉猎，谈吐不凡。

这些学问自然不是生下来就会的，即使是大户人家的女儿也未必能学到这些东西，要请来许多有真才实学的老师也并非有钱就行。而且无论是夏国和枫国，皆是重男轻女，很少有人家让女儿学些“华而不实”的东西。大学士苏迟的女儿苏月盈也算是首屈一指的才女了，但比起她来，涉猎尚且不及。

五行教的魔衍在严刑之下一口咬定这香儿和彩霞其中的一个就是枫国银铃公主，绝非胡言乱语。如果事情属实，那么自己现在要去接的那位“公主”究竟是谁？想到这些，洪飞羽不免头痛。他思量再三，决定还是先接到枫国送来的“公主”后，弄清楚这件事情背后的真相，再做打算。

岩石城地处夏枫两国边境，乃是夏国的军事重镇，扼守要道，地势险要，南有莽岭，东有禁谷，谷北又有夏国的九大连城；北有渭、洛二川会曲河之水而下，西近华岳。周围山连着山，峰连着峰，谷深崖绝，山高路狭，中通一条狭窄的羊肠小道，往来仅容一车一马。过去人们常以“细路险与猿猴争”“人间路止岩石险”来比拟岩石城的险要。有诗人游历此地后留下诗句：窄狭容单车，万古用一夫。

夏枫两国数百年来发生的大小战役难以计数，然而枫国从未攻下过岩石城。两国和平时期，岩石城则成为两国商贸交易的集散地。近年来，因枫国派兵协助夏国平定“西王之乱”，两国关系变得“如漆似胶”，岩石城也一改往日的剑拔弩张，商旅游客往来不绝，一派繁华热闹。

现如今驻守岩石城的太守叫曹莽，原是岩石城里的大商人，家中三代经商，以贩卖两国商品为营生。“西王之乱”的时候，岩石城原来的太守赵志飞随西王叛乱。曹莽受丞相韦不群所托，暗中组织力量，趁赵志飞大意之时打开城门，引枫国大军入城，为平定叛乱立下大功。“西王之乱”结束后，论功行赏，曹莽被封为护国大将军，镇守岩石城，同时为岩石城的太守。

经过七日的急行，迎亲团终于来到了岩石城。岩石城，城如其名，寓意坚不可摧。此城建于天数历六九七年，夏武宗李骥玉远征枫国，兵败后失去林地，退守在此建城。自那以后，夏枫两国的势力基本就以岩石城为分界。

曹莽亲自在城外迎接洪飞羽和谢名浩一行人，管乐歌舞，鲜花礼仗，百姓们也都夹道欢迎，一派喜庆欢乐的场面。洪飞羽第一次看到曹莽，还是不由得一惊，虽说人不可貌相，但是曹莽看起来实在不像武将，圆圆的脑袋、圆圆的眼睛、圆圆的肚子，走起路来一摇三晃，让人生怕他会跌倒。他一说起话来，整张脸都笑开了花，显得和蔼可亲，犹如邻家大哥，让人不经意就放下警惕，心生好感。

“哎呀，两位大人一路颠簸，兄弟我备下酒宴，为二位接风洗尘。”

“岂敢劳烦大将军。”洪飞羽连忙致谢，甚为恭谦。

谢名浩只是拱拱手，态度冷漠。

论官职，曹莽位居二品，洪飞羽和谢名浩都要比他低，然而他却以兄弟相称，言语中多是江湖味道，倒没有做官的架势。

“两位大人，兄弟我最不爱那些繁文缛节，咱们高高兴兴、开开心心地把皇上的差事办了就行。”曹莽一边说，一边亲切地拉着洪飞羽和谢名浩，带着他们去府邸赴宴。

谢名浩纵然不喜欢和韦丞相的人打交道，但是面对曹莽的这番热情，也很难拒绝。

曹莽做事十分心细，除了招待洪飞羽和谢名浩，他还让下属去细心安排一干迎亲团的随从与将士的衣食住行，可谓无微不至。洪飞羽见曹莽八面玲珑，事事都安排得十分妥当，固然他未必是行军打仗的料，但确是混迹官场、玩弄权谋的高手。难怪韦不群对他如此看重，让他镇守国之重地。

酒宴之上，美酒佳肴，歌舞管乐，曹莽频频举杯，尽显地主之谊。

谢名浩虽话不多，却也客客气气，敬酒必喝，场上的面子倒也都顾及到了。洪飞羽则与曹莽打得火热，两人相谈甚欢，简直就像多年好友重逢一般。两人也都在心里佩服对方演戏的功夫实在是一等一。

“曹大人，下官有一事想请教，不知当讲不当讲？”洪飞羽借着酒意说道。

“兄弟这是说的哪里话，只要曹某人知道的，定知无不言，言无不尽。”

“当年枫国数万铁骑由此入关，后来怎么乖乖地就退出去了？”

曹莽闻言大笑道：“那还不是丞相高瞻远瞩，就怕那枫国人狼子野心，虽然请来他们助阵，后勤补给却牢牢地掌握在丞相手中，战事一了，那枫国人就算有什么想法，又怎敢造次。”

“丞相果然神机妙算，我们当敬丞相大人一杯。”洪飞羽大拍韦不群的马屁，更加让周围的人都相信他就是韦不群的人。

“应该，应该！”曹莽端起酒杯，一饮而尽。

谢名浩在一旁听着他二人吹捧韦不群，心中厌恶，不由得皱起眉头。但他也无法否认韦不群确是一代能臣，“西王之乱”若非韦不群运筹帷幄，如今龙椅上坐着的是谁，还真不好说。谢名浩多留，借口长途劳累，就先走了。他一走，他麾下的将领自然也都跟着走了。场面冷清不少，洪飞羽也起身告辞。曹莽知情识趣，也不挽留，却坚持把洪飞羽送到暂住的宅邸，才依依不舍地离开。

“这个曹大人真够肉麻的。”林晨一直护卫在洪飞羽的身侧，此时也忍不住说道。

“可别小看曹莽，他这样的人才是真的可怕。”洪飞羽见四下无人，又对林晨说道，“韦不群可不光会贪污受贿，他手下人才极多，也会笼络人心，如今夏国至少一半的势力都掌握在他的手中，我们与他合作，是能达成目的最快捷径。”

“那夏国剩下的势力在谁的手上？”林晨问道。

“吕太后、大学士苏迟和大祭师。”洪飞羽说着和林晨一起走进了房间，他顺手关上门，接着道，“其他人倒不足为虑，但我们一定要小心那个大祭师弥矢亚。”

“那家伙看起来就像个木偶，不言不语的，为什么要小心他？”

“因为我们对他完全不了解。”洪飞羽说着皱了皱眉头，他和师父曾经收集了许多情报，但是对于弥矢亚了解甚少。

“我看这些等回到洛安再操心不迟，后天枫国使臣和公主就要进城了，你打算怎么做？”

“什么也不做，我们能顺利地把公主带回洛安，就谢天谢地了。”洪飞羽这句话倒不是开玩笑，虽然目前还没证据，但是如果枫国真的弄了个假公主送过来，那怕是不准备完成“和亲之约”了。

“对了，香儿和彩霞她们两个人呢？”洪飞羽想起来问道。

“放心，我已安排心腹跟着她们，两个人在岩石城玩儿了一整天，花了不少银子。”林晨苦笑道。

“她们倒真是不知世道险恶。”洪飞羽也跟着笑道。

两日后，枫国使团三百余人簇拥着公主的马车，在一片花的海洋里走进了岩石城。

岩石城由城门开始，直到公主临时下榻的宅邸，全部用上好的红色羊毛毯铺地，两边再辅以名贵的兰花，城楼上礼炮齐鸣，另有礼乐、仪仗等，全部以夏国最高规格相待。曹莽、洪飞羽和谢名浩等各级官员按照官职大小列成两排，夹道欢迎。

枫国使团由礼部侍郎巴布拓和禁军副统领乌达木率领，但入夏境时，按例士兵不能进入夏国，所以乌木达率士兵在边境驿站等候，而巴布拓则带着公主率领文官和随从入境。入城之时，巴布拓为炫耀枫国国力，把数十辆马车上的箱子全部打开，里面装满了珍贵的书画、金银、绸缎、珠宝等物品共计一百二十余箱。一时间，珠光宝气，熠熠生辉，令岩石城百姓大开眼界。

洪飞羽此时对于金银珠宝实在没有兴趣，他唯一想见的就是马车里的公主殿下，但是这位公主偏偏没有下车，甚至没有露面，一切礼仪应酬全是巴布拓一人担当。不过这在礼节上倒也没有问题，毕竟是公主殿下，抛头露面总是不好。洪飞羽也只有捺下性子，等到接待晚宴的时候再一睹公主的芳容了。

洪飞羽作为皇上亲派的迎亲使，又挂着御前师京的名头，少不了要和巴布拓寒暄一番。那巴布拓虽是枫国人，却对夏国风俗礼仪了如指掌，侃侃而谈，可谓风度翩翩。一个礼部的文官能做到这样的地步，枫国的强盛并非没有道理。

说起来，迎亲的事还真是颇为琐碎，除了交换文书，还要互相清点两国所赠礼物，忙了大半天，这才算交接完毕。

“飞羽，我感觉有些不对劲儿。”林晨见四下无人，悄悄在洪飞羽耳边说道。

“嗯，说来听听。”洪飞羽不动声色，埋着头翻阅清单。

“枫国使团的人一大半以上是武道高手。”

“有多高？”

“我全力施为，可对付七个。”

“一大半？那他们至少有一百多个这样的高手。”洪飞羽皱眉说道。

“所以我觉得不对劲儿，就算是要保护公主，也用不着这么夸张吧？”林晨捏捏鼻子道。

“他们不是想保护公主，是想夺岩石城。”洪飞羽合上清单道。

“不会吧？”林晨有些吃惊道。

“我刚才特意把皇上御赐的礼品漏了两箱，对方竟然没有清点出来，可见他们根本不在意，或者压根儿没打算要这些东西。”洪飞羽一边说，一边往大将军府的方向走去。

“那我们现在去通知曹莽？”

“不急，曹莽究竟是哪边的人，还不好说……”洪飞羽知道自己碰到了比真假公主更棘手的事情，“我先去找谢名浩，让他做好准备。”

“那家伙对你可没好脸色。”林晨提醒快步离去的洪飞羽道。

洪飞羽摆摆手，他一直都认为对他横眉冷对的人更可靠。

谢名浩听完洪飞羽的话，心里也不由得一惊。但是他的三千护卫军按照惯例也不能进城，所以驻扎在岩石城外，以备调用。

“兹事体大，我们应该立刻上奏朝廷。”谢名浩半信半疑，但谨慎之中，他觉得还是应该上报。

“即使飞鸽传书，一来一回也要三天，到时候怕是来不及了。”洪飞羽直言道。

“纵然枫国不怀好意，但是岩石城内守军可有一万余人，就算他们再来几百个武道高手，也不可能拿下岩石城。”谢名浩想到这里还是颇为安心。

洪飞羽此时无凭无据，也不能说怀疑曹莽有不臣之心，但是枫国如果真敢动手，所凭借的绝不仅仅只是几百个武道高手。

“谢侯爷所言甚是，不过为了安全起见，我建议让城外的护卫军乔装入城，一旦枫国使团作乱，我们一来可自保，二来也可助曹大人一臂之力。”

“这……怕是不合规矩……”谢名浩有些犹疑。

“谢侯爷但请放心，如有差池，洪某一力承担。”

“洪大人言重了，大家都是为皇上劳心出力，既然大人认为有这个必要，谢某自当安排。”谢名浩终于松了口，答应了洪飞羽。

洪飞羽心下稍宽，知道谢名浩为人耿直，一旦答应的事情必定会做。

华灯初上，岩石城今晚显得格外热闹，大街小巷上喜气洋洋。曹莽还专门请来戏班、杂耍在城中表演，百姓们纷纷上街观看，欢声笑语不绝于耳。

洪飞羽、林晨、银铃和彩霞，四个人各怀心事，沿着拥挤的街道往大将军府走去。银铃坚持要一睹公主风采，所以不依不饶地要让洪飞羽带她去赴宴。洪飞羽只能答应，不过他也想看看银铃见到“公主”后的反应。为了不惹事端，洪飞羽帮银铃和彩霞易了容，装扮成自己的贴身侍卫，和林晨一起，四人去大将军府赴宴。

洪飞羽这几日天天都在大将军府里混吃混喝，又和曹莽称兄道弟，府外的士兵和下人都与他非常熟络，所以看见他来了，招待得极为殷勤。正所谓“一人得道，鸡犬升天”，林晨、银铃和彩霞也都沾了洪飞羽的光，大将军府的人为他们安排了不错的位置用膳。

大厅中，灯火辉煌，大小官员也都陆续就位。曹莽、巴布拓、洪飞羽和谢名浩四人依次入座，整个大厅立刻安静了下来。

“巴布拓大人，请让公主入席。”曹莽笑道。巴布拓点点头，一旁的下人立刻去请公主。

“公主到！”门外礼宾一声高呼，众人无不站起来，屏息以待。公主在两个侍女的搀扶下，脚踏莲花，仪态万方地走了出来。

洪飞羽看清公主的样子后，手中的圣旨差点儿掉到地上，若不是他定力够强，怕真是要失态于众人面前。这位公主，长得和香儿（银铃）一模一样，没有半分差别。

林晨、银铃和彩霞也是瞪大了眼睛，银铃更是差点儿笑出声来，她做梦也没想到父君竟弄出了一个与自己长得一样的女孩儿。

众人看着公主坐下，方才缓缓而坐。

“咳，咳，洪大人。”曹莽见洪飞羽有些失神，不由得拉了拉他的袖子，“还请宣读圣旨。”

“正是……正是。”洪飞羽回过神儿来，现在他确定香儿百分之百就是真正的银铃公主。

“奉天承运，皇帝诏曰。”洪飞羽念道，除了枫国的人，其他人闻言无不跪拜，洪飞羽这才继续读道，“两国已和亲约，两主欢悦，寝兵休卒养马，世世昌乐，翕然更始，朕甚嘉之。圣者日新，改作更始，使老者得息，幼者得长，各保其首领而终其天年。朕与枫王，俱由此道，顺天恤民，世世相传，施之无穷，天下莫不咸嘉。”

“吾皇圣明，万岁，万岁，万万岁。”跪拜的夏国人齐声高呼，声音回荡不息。

洪飞羽收起圣旨，也三呼万岁。

“夏枫两国逢此盛世，永结兄弟之邦，我们当痛饮三杯！”曹莽举起酒杯道，大厅中夏枫两国的人都端起酒杯，共祝和亲之约。三杯过后，管乐响起，舞姬登台，酒宴的气氛顿时变得活跃起来。不过公主殿下浅酌几口酒后，便在侍女的搀扶下离开了。待公主离开后，大厅里觥筹交错，众人饮酒作乐，把气氛推向了高潮。

洪飞羽趁着混乱，走到林晨、银铃和彩霞那一桌。

“银铃公主，你可真是好大的胆子啊！”洪飞羽一把抓住银铃的手，小声地在她耳边说道。

银铃知道自己再也隐瞒不下去，索性耍无赖。

“反正打死我也不承认，洪大人又何必多生事端？”银铃笑着端起酒杯道，“来，下官敬风羽先生一杯。”

“好一个多生事端，你可知欺君之罪是要杀头的？”洪飞羽喝了这杯敬酒道。

“呸，我这个枫国公主还轮不到你们夏国的皇帝来砍……”银铃喝了酒，情不自禁地脱口而出。

“好啊，终于承认了。”林晨在一旁笑道。

“那又如何？”银铃一副无所谓的样子。

“你说你好好的公主不当，偏要流落街头，何苦来哉？”洪飞羽摇了摇手中的扇子道，“现在后悔还来得及，我帮你换回去？”

“你敢！”银铃瞪着眼睛道，“公主有什么好的，这也不行，那也不行，我就喜欢现在这样，无拘无束！”

“洪大人，你可别把香……公主送回去，那……那我怎么办？”彩霞当了真，一听也急了。

洪飞羽摇摇头，他也就是随口说说，眼下最让人不安的是枫国使团要在岩石城做什么。

正在这时，巴布拓往洪飞羽这边走了过来。

“洪大人，你在这儿呢。”巴布拓一边说，一边看了看洪飞羽身边的林晨、银铃和彩霞。他的目光在银铃身上停留了片刻。银铃自然认得这位礼部侍郎，巴布拓曾入宫教授她有关礼节的课程。此刻，她做贼心虚，连忙低下头吃肉，装作没看见。

“巴布拓大人，我这几个侍卫一路辛苦护卫，我特来敬他们两杯酒。”洪飞羽随口说道。

巴布拓这才从银铃身上移开目光，笑着说道：“我看洪大人这几位侍卫器宇不凡，必是当世英豪，我敬诸位一杯。”

林晨迈步而出，挡在银铃和彩霞的身前，举杯道：“他们不胜酒力，我陪大人喝一杯。”

巴布拓的眼睛里闪过一丝惊讶，他举杯之时，已施暗劲，想试试洪飞羽身边侍卫的斤两，却被对方化于无形。

“好，好，好……”巴布拓知道自己与对方的功力相去甚远，于是连说了三个“好”，以掩饰尴尬。

“巴布拓大人，我陪你去找曹大人饮酒。”洪飞羽拉住巴布拓去找曹莽。

“不必了。”巴布拓冷笑道。

洪飞羽只感觉一股寒气从脚底升起，他知道巴布拓是要动手了，他也做好了防备，可还是对枫国如此狠辣的作风感到吃惊。

果然，一个满身是血的枫国侍卫冲进大厅，惊慌失措地说道：“巴布拓大人，巴布拓大人，夏国人杀了公主！”

曹莽闻言一惊，刚想问清楚情况，却被巴布拓的怒吼打断了：“夏国背信弃义，为公主报仇，杀！”

大厅中的枫国人似乎早有准备，从怀里掏出匕首，下手快、准、狠，瞬息之间，数十人已经死在了他们刀下。然而，就在这突变之时，谢名浩早已在门口安排的士兵也一拥而入，与枫国人战成一团，救下曹莽等城中高官。

“此地不宜久留，谢侯爷，带他们走。”洪飞羽在林晨的护卫下拉着银铃和彩霞退出了宴会大厅。

曹莽毕竟是见过世面的人，虽然事出突然，但他现在也大致明白了是怎么一回事。

“来人，速调护城军……”曹莽向身边的侍卫下令道，可他话还没说完，就看见城中四处燃起了大火。其岩石城偏将军于炽虎这时带着几个士兵慌慌张张地跑进了大将军府。于炽虎一看到曹莽立刻禀报道：“大将军，莫旭东叛变了，他打开了南门，枫国军队杀进来了！”

“什……什么？！”曹莽大惊。

“曹大人，枫国根本不是来和亲的，他们要的是夏国。”洪飞羽看着曹莽，他现在必须要确定曹莽究竟是站在哪一边的。

“狼子野心，想要吞并夏国，那枫国铁骑需先踏过我的身体！”曹莽冷哼一声，恢复了镇定，向属下下令道，“偏将军于炽虎听令，速去点燃烽火台，召集将士在中庭集合，夺回南门……”

“不可！”洪飞羽明知失礼，但还是急忙打断曹莽道，“曹大人，请恕下官多言，此时再去南门，已失先机。还请曹大人集结兵力于北门，那里已有迎亲团护卫军三千士甲。”

曹莽闻言一愣，洪飞羽竟是早有准备。

“洪大人言之有理。”曹莽又对于炽虎说道，“速按洪大人所言去办。”

洪飞羽和谢名浩对视一眼，两人此时总算放下半颗心，至少曹莽没有叛变，否则他们就只能落荒而逃，把岩石城拱手相让。

而此时，巴布拓的惊讶并不比曹莽少，他们此番筹谋之事，可谓小心翼翼，天衣无缝，本想借着酒宴把岩石城内的所有夏国官员一网打尽，整个岩石城则唾手可得。但他万万没有想到对方竟然会有防备，这些突然冲进来的护卫训练有素，甚至还有几个是难得一见的武道高手。如今不但没杀死一个有价值的夏国官员，自己反而被困在这大厅之中。

岩石城外十五里，枫国大军早已安营扎寨。一眼望去，山谷之中，灯火通明，帐篷不计其数，战马遍布山坡，枫神旗迎风招展，撼人心魄。在营寨中间有一顶黄色的大帐篷，枫国君主风颜亮稳坐帐中，帐下诸臣分列两排，左边为首的正是智渊侯欧阳心，右边为首的则是枫国上将军完颜冰。

“如今岩石城内情况如何？”风颜亮一身金色铠甲，头戴雕花龙冠，手扶腰间星云刀，威风凛凛，气霸寰宇。

“启禀君上，探子回报，岩石城南门已破，我先锋军已入城，先锋将军耶屠虎也已与巴布拓会合，不过……”欧阳心出列拱手回道。

“不过什么？”

“斩首计划失败，夏国新科状元洪飞羽似乎有所察觉，早有防备，如今他和曹莽重整守军约七千余人，聚于北门，负隅顽抗。”

“洪飞羽？就是那个所谓的风羽先生吗？”风颜亮皱眉道。

“夏国人人都言‘风羽一动云雨落’，此人不可小觑。”

“好一个风羽先生，好大的口气，我倒要看看他怎么挡得住我数十万铁骑！”风颜亮冷笑几声后，厉声道，“完颜将军，立刻增派五千兵马去岩石城，务必天亮前拿下！”

“臣领旨。”上将军完颜冰拱手而出，眉宇间却带着一丝不易察觉的忧虑。

洪飞羽和谢名浩虽然有所防备，但枫国处心积虑已久，以公主和亲为名，强夺岩石城，准备大举进攻夏国。洪飞羽他们仓促之间组织起来的反抗终究效果有限，不过几个时辰，大半个岩石城已经落入敌手。比起守住岩石城，更让人棘手的是城中惊慌失措的民众，他们为避战火，蜂拥涌向北门，希望逃出岩石城。枫国军队也借机混入逃难的民众之中，趁机偷袭，给守军造成不小的麻烦。曹莽勃然大怒，下令敢闯北门者，一律射杀。

一对逃难的母子从南门逃出，沿着背街小巷绕到了北门，未曾听闻禁令。北门弓箭手见前面有人影晃动，连发数箭。

“不要！”一直站在北城楼上的银铃看得分明，连忙出声阻止。然而箭如流星，为时已晚。母子俩身中数十箭倒地，银铃跃下城楼，急忙查看二人伤势，但他们气息已全无。银铃潸然泪下，怒火焚心。她又跃上城楼，手中长剑愤然砍向那些弓箭手。可她的手刚刚抬起，就被一旁的彩霞死死抱住。

“你拦着我干什么，我要杀了这群浑蛋！”

“你要真杀了他们，那可就麻烦了。”彩霞极力劝阻她。

弓箭手们一脸错愕，但他们此时也知道射错了人，可军令在身，他们不能不发。

洪飞羽正在和曹莽、谢名浩商量御敌之策，忽然听到争吵，赶忙走了过来。弓箭手们拱手施礼，面带愧色。

“大人，刚才……”弓箭手的队正出言解释。

当洪飞羽看到城楼下的母子，还有怒火冲天的银铃，心里已经明白发生了什么事情。

“无须多言，你们继续坚守岗位。”洪飞羽抬手没让队正继续说下去，然后一脸严肃地看着银铃和彩霞，说道，“你们跟我来。”

银铃却还僵在那儿不动，洪飞羽只好上前拉住她的手腕，把她拖下了城楼。

“彩霞，你去找林晨，让他安排人把那对母子俩安葬了。”洪飞羽说道。

彩霞闻言点点头，不放心地看了看银铃，又安慰了她两句，这才离去。

洪飞羽这时又对银铃说道：“你跟我来。”

银铃甩开洪飞羽的手道：“你想说什么就在这儿说！”

“我想让你看一些东西。”洪飞羽说着就迈开了腿。

银铃跺了跺脚，还是跟了上去。洪飞羽带着她穿过防线和障碍物，爬上了一座高塔。

两个人站在塔上，大半个岩石城展现在眼前，城中各处燃烧着大火。在火光的映衬下，他们可以看到城中破败的房屋、街道上堆满的尸体。那些躺在地上的死人，那些流淌的鲜血，有夏枫两国的士兵，有城中百姓，老的少的、男的女的……不计其数。他们死状各异，有的身首异处，有的被开肠破肚，还有的被利箭穿心……死状惨不忍睹。银铃只感觉胃里一阵翻腾，终于忍不住吐了出来。

“战争就是如此残酷。”洪飞羽从怀里掏出一条布巾，递给了银铃。

“为什么，为什么父君要这么做？”银铃嘶声问道。

“野心，统一云州的野心！”洪飞羽紧锁眉头道，“千百年来，多少帝王将相用累累白骨完成了他们所谓的大业。”

“洪飞羽，我要去见我父君，我一定要阻止这场战争！”银铃斩钉截铁地说道。

“恐怕没那么容易。”洪飞羽摇摇头道，“先不说如今战事在即，你父君处心积虑，不惜以和亲之名抢夺岩石城，为的就是吞并夏国，岂是三言两语就会退兵的？”

“那……那……”银铃知道洪飞羽所言不虚，“他以公主被杀的名义开战，可我还活着，我要让所有人都知道我还活着，那么他就没理由了，对不对？”

洪飞羽没有点头，也没有摇头，只一言不发地看着南门的烽火。

“你倒是说话啊！”银铃着急得直跺脚。

“仅仅如此，也很难让你父君退兵。”洪飞羽轻轻摇了摇头，“但是如果我们能让他在岩石城大败一场，或许他会知难而退。”

银铃闻言，心里不由得一阵抽痛。

第十章 城战

整个岩石城被群山峻岭所包裹，只有两个进出口，一个是南门，通往枫国边境；一个是北门，通往夏国内陆。如今枫国占据了南门，以此为驻点，集结兵力往北门推进。岩石城守军则以北门为最后防线，与枫国在城中逐街厮杀。

夏国守军虽然人少，却熟悉城中街道地形，而且在城中作战，枫国的骑兵毫无用武之地，也很难集中兵力进行大规模作战。于是，双方在城中展开了熬人的游击战，你来我往，一屋一街反复争夺。在洪飞羽的坚持下，曹莽派出一支近千人的部队，尽可能地帮助城中居民往北门疏散，逃出岩石城。

夜幕下，两军的厮杀此起彼伏，然而谁都占不到便宜，处于胶着状态。然而，没过多久，这种局势就开始发生微妙的改变。枫国的增援部队入城了，夏国方面却看不见援军。

“援军呢？人呢？”曹莽急问道。

“启禀大将军，伍……伍督统说整顿好士兵后，即刻来援。”前去请援兵的偏将吞吞吐吐地回道。

“放屁！等他整顿好士兵，岩石城还守得住吗？”曹莽怒火攻心，直接把面前的桌子踢翻在地。

“大将军莫急，那伍天鸣伍督统与我有些交情，我亲自去，必带援兵来。”谢名浩这时走出来道，“只是这一来一去又要四五个时辰……”

“谢侯爷放心，这边我与曹大人必可守住。”洪飞羽信誓旦旦地说道。

曹莽闻言一愣，他心里全然没底，士兵们大多已经鏖战一夜，如今如何还能抵挡住数倍于己的敌人？最可气的是那河间城的伍天鸣，在这种关键时候还在搞派系之争，岩石城一破，下一个就是他的河间城。枫国军队可不会管你是丞相的人，还是大学士的人。

“有劳谢侯爷，还望速去速回！”曹莽叹口气，拱手说道。

谢名浩不再多说，带了两个侍卫骑马赶赴河间城。

“洪大人，你可有御敌良策？”曹莽见洪飞羽刚才夸下海口，来不及多等，他急忙问道。

“在下确有一策。”洪飞羽说着从怀中拿出一幅古旧的地图，“这是岩石城建城时的图纸，根据这张图纸上所标，当初在建城之时，城下建有暗道，不知道曹大人是否知晓？”

“这……”曹莽看着图纸，在脑海中搜索了一番，但他似乎并没有听说过什么暗道，“或许年代过于久远，我找人来问问。”

“不用问了，我已安排人依图查看，确认无误。”洪飞羽一边说，一边指着地图道，“在粮库这里有一条暗道通往南门的哨所，我们可以安排一支精锐部队突袭，夺回南门，切断枫国军队城内外的联系，到时候他们必定军心大乱，我们便可关门打狗。只要重新掌控岩石城，加上谢名浩带来的援军，就算枫国举国来犯，想要踏过岩石城，怕也不容易！”

曹莽闻言目瞪口呆，他原以为洪飞羽只是一介书生，没想到竟然有如此手段，这次若非他和谢名浩有所防备，策略得当，岩石城怕早就被枫国拿下了。

“风羽先生，当真是名不虚传！”曹莽忍不住脱口赞道。

“过奖，还请曹大人当机立断，重夺岩石城！”洪飞羽绝不争功，为官之道他早已了然于胸。

林晨从外面回来的时候，洪飞羽正躺在一块木板上睡觉，鼾声如雷。

“洪大人，你可真是好福气啊！”林晨不管三七二十一就把洪飞羽拍醒了。

“啊，你回来了。”洪飞羽伸伸懒腰，用袖子擦了把脸，“南门夺下来没有？”

林晨点点头，他满身是血，灰头土脸的。

“南门夺下来了，谢名浩的援军也到了，枫国在城中的军队大部分被剿灭，俘虏三千余人……”林晨拍了拍身上的灰尘道，“不过枫国的实力超乎想象，这一仗若真打起来，恐怕要耗费许多时日……不等冥牙族来，云州怕是已尸横遍野。”

“不能打，这场战争必须止于岩石城。”洪飞羽站起来道，“我们去一趟枫国大营，见见风颜亮。”

“说得好轻松。”林晨非常认真地看着洪飞羽道，“你指望我带着你一路杀进风颜亮的大营，还是神不知鬼不觉地潜进去？不好意思，这两种方法都不可行。”

洪飞羽闻言却笑了，拍拍林晨的肩膀，说道：“子晨兄多虑了，我们大大方方地走进去。”

林晨瞪大眼睛看着洪飞羽，他是不是疯了？

不但林晨觉得他太疯狂，就连曹莽听到洪飞羽说他要去枫国大营，也同样难以理解。

“和……和谈？”曹莽看着洪飞羽，半晌才说出这几个字。

“不错，如今两国交战，事出蹊跷，洪某愿往枫国大营，面见风颜亮，消除误会，以免战乱之祸！”

“洪大人心系苍生，曹某佩服，但是如今银铃公主死得不明不白，枫国此次根本没有和亲之意，不惜牺牲公主，也要强夺岩石城，可见蓄谋已久！”曹莽说到这里，拉住洪飞羽的手低声说道，“洪兄弟，万不可以身犯险啊！”

洪飞羽为了避免多生事端，并没有把银铃公主的事情告诉曹莽。

“曹大人的情谊，在下心领了，不过正所谓两国交战，不斩来使，我自有手段全身而退。”洪飞羽笑道。

“洪大人既然心意已决，曹某在此恭候洪大人凯旋。”曹莽真心实意地说道。

“我还有一事相求。”洪飞羽拱手道。

“洪大人别客气，曹某定当竭尽全力。”

“我想让曹大人把关押的俘虏交给我处置。”

“没问题，此事就交由洪大人做主。”

“多谢曹大人。”

洪飞羽辞别曹莽，打算去找银铃和彩霞，在门口却被谢名浩拦住了。谢名浩开门见山地问道：“洪大人要去枫国军大营？”

“正是。”

“我可安排一队精锐人马与洪大人同行，以保周全。”

“多谢侯爷好意，不过此次和谈如果带有太多士兵反而不利。”

谢名浩闻言一愣，他实在看不透这个洪飞羽，一方面攀附韦不群，看起来好像是利欲熏心之徒，另一方面却又义薄云天，视死如归。

“等洪兄归来，谢某当与君痛饮三杯。”

“三杯怕是不够，三十杯方可尽兴。”

洪飞羽说完，两人大笑，一扫前嫌。

银铃推开窗户，冷风扑面而来，屋外此时竟然飘起了雪花。白色的雪覆盖了岩石城，覆盖了满目疮痍，覆盖了死去的人，覆盖了红色的血。

明晃晃的刀，一声声的哀号，飞溅的血，还有那些悲痛绝望的眼神……仿佛从未曾有过，宛如一场噩梦。关于战争，她只在书里读到过，然而当她置身其中，才真正感受到了那份残酷。

“公主，风大。”彩霞走上前，为银铃披上一件厚实的风衣。

“去年这个时候，我们在花园里喝着热蜜酒，堆着雪人……还有萍儿做的紫薯糕……”银铃叹口气，回过头看着彩霞问道，“你后悔跟着我出来吗？”

“公主，奴婢愿意伺候你一辈子。”彩霞急忙跪下道。

银铃扶起她，勉强笑道：“瞧你，我们都出来这么久了，怎么还这样！”

“公主，我知道你在想些什么，可这事你又阻止不了，何苦自责呢？”

“他终究是我的父君……”银铃不由得黯然神伤。

不过两人的谈话以及短暂的宁静，很快就被震耳的爆炸声打断。枫国军队失去南门后，又在城外集结了大量兵力，同时利用黑火药和人力，开凿道路两边的山体，拓宽路面，准备大举进攻岩石城。

这时门外响起敲门声，彩霞打开门，洪飞羽正站在门外。

“洪大人，请。”彩霞把洪飞羽迎进门，然后自己知趣地离开了房间。

“想清楚了吗？”洪飞羽看着银铃，语气平淡。

银铃眼神坚定，点点头：“只要能阻止这场战争，我愿意。”

“好，那刻不容缓，走吧。”洪飞羽也不再多说什么。

两个人走出房间，彩霞守在门外，她对银铃道：“公主，我要和你去。”

“不行，此行吉凶难料，你在这里等着，一旦事态平息，我就安排人来接你。”银铃语气坚决，不容置疑。彩霞还想争取，但看着银铃和洪飞羽的眼神，知道自己再说什么也无济于事，只能眼泪汪汪地退下。

林晨早已在暗道口那里等着他们了，从暗道可以通往城外，避开如今正在南门外攻城的枫国军队。三个人穿过漫长的暗道，然后从山崖下的一个隐秘洞口出来。根据探子的回报，从这里往枫国大营大约还有四十里路，步行两三个时辰便可到。

他们借助树林隐蔽行踪，躲开连绵不绝地往岩石城进发的枫国军队。洪飞羽看到这些纪律严明、装备精良的枫国士兵，不由得暗暗心惊，一旦岩石城南门的山体被移除，仅凭岩石城现在的兵力根本无法抵抗这支强大的军队。

“难怪夺取南门之时，凭借着偷袭的优势，枫国军队却还是把你弄得那么狼狈不堪。”洪飞羽安慰地拍拍林晨的肩膀道。

林晨苦笑，他倒是不否认这一点，自出道以来，那是他唯一一次受伤。

“武功再高，也抵不过千军万马，所以洪大人，这次你可要有十足把握，不然进了枫国大营，万一风颜亮翻脸，我可不敢保证能带你出来。”

“难得子晨兄如此谦虚……”

“我拼死也会保护两位的安全！”银铃在一旁插嘴道。

“在下先谢过公主殿下的大恩。”洪飞羽连忙拱手致谢，他知道在枫国大营里如果银铃出手救他，绝对比林晨管用。

林晨素来孤傲，只是冷哼了一声，他宁愿战死，也不想让个女流之辈来救自己。

三人边说边走，攀爬到山丘高处，遥望前方，此时已能看到遍布山野的枫国大营。战旗飘飘，鼓声隆隆，枫国大营四周墙壁高筑，戒备森严。

“看这阵势，枫国大军至少在三十万以上。”林晨咋舌道。

“风颜亮御驾亲征，他是势在必得。”洪飞羽皱紧了眉头。

银铃的脸色更是苍白，她不知道自己是否能说服野心勃勃的父君。

只要翻下山丘，再穿过一片丛林，他们就可抵达枫国大营。洪飞羽环顾四周，确认这条路线不会撞上枫国的巡逻兵，正准备迈步，却被林晨拉住。

“有杀气！”林晨脸色骤变，手中长剑出鞘，气劲遍布全身。洪飞羽和银铃瞬间也感到一股寒意从四面八方袭来，原本四周景致清晰可辨的山丘上忽然大雾弥漫。雾气中，隐隐约约浮现出十二个戴着獠牙面具的黑衣人。

“你带着银铃用五行幻术先跑，我脱身后再去找你们。”林晨神色凝重、声音急切地说道。

洪飞羽知道对方一定实力强劲，否则林晨绝不会让他先逃。他毫不迟疑，一手抓住银铃，另一只手轻摇折扇，口中念念有词。他虽然不会武功，他师父却教了他保命的法门，这五行幻术正是其中之一，可以在一段时间内让敌人看不到自己，从而逃脱险境。

十二个黑衣人发现洪飞羽和银铃想跑，忽然就发动攻势，从不同方向同时出手，宛如道道闪电击向了他们。

“来得好！”林晨大呼一声，人如旋风，手中长剑荡出无数光圈，犹如四散开来的涟漪，为洪飞羽他们挡住了这一道道攻势。那些黑衣人没有想到对方竟然如此强悍，以一人之力挡住了他们的雷霆一击。

林晨手中的剑发出阵阵嗡鸣，多番受力之下，竟然碎裂。不过洪飞羽此时终于发动了五行幻术，他与银铃化作一团雾气，消失在众人的面前。林晨没有了后顾之忧，干脆抛下残剑。如今生死关头，他再不避讳，无相神功运至十成，使出无相乾坤指，以指代剑，与黑衣人厮杀开来。无相乾坤指，以气为剑，以无形胜有形，指影划过之处，碎石断金，威力惊人。

“你是无相门的人！”其中一个黑衣人被气剑穿透胸膛，临死前惊呼道。其他黑衣人闻言大惊，手下更是全力施为，绝不给林晨任何喘息的机会。

就在黑衣人和林晨打得不可开交的时候，浓雾中忽然又出现一人，正是枫国的智渊侯欧阳心。

“这里交给我，你们速去追踪那二人下落，绝不能让他们进大营。”欧阳心目光冷峻，一边说，一边犹如鬼魅般飘到林晨身前，竟以一掌之力就挡住了无相乾坤指。

黑衣人听到欧阳心的命令，立刻散开，消失在雾中，毫不恋战。林晨有心无力，知道真正的强敌已然出现，想要再阻止黑衣人根本不可能，只能期望洪飞羽他们吉人天相。

“想不到无相门还有人活着。”欧阳心上上下下地打量着林晨，眼神中颇有一些不屑。

“你是什么人？”林晨此时已将无相乾坤指的功力提升到八成，竟然依旧无法突破对方的掌劲。

“去地下问阎罗王吧！”欧阳心狞笑着，手掌中涌出一团寒冰气流，产生出巨大的冲击力。林晨只觉胸口一热，对方的气劲犹如排山倒海般涌来，他瞬间好似大海中的小舟，在巨浪中翻滚。这种感觉……这种冰冷的感觉和三年前的那一幕竟然如此相似……

三年前，无相门如日中天，乃是云州大陆第一门派。门中弟子锄强扶弱，扶危济困，深受两国民众爱戴。然而，不久，夏枫两国的数位高官和家眷惨遭杀害，而凶徒所使用的武功正是无相门的无相神功。两国君主震怒，下令围剿无相门。

无相门门主天海老人为洗脱无相门的嫌疑，亲自前去查案，却在半路遭遇高手围剿，身负重伤而亡。

林晨本是去接应师父，但来晚一步，他到的时候，天海老人已经身负重伤。林晨当时拼命护卫，可突然从他背后袭来一掌，那一掌就和面前这个人的掌力一模一样，透着寒气，透着杀意……那一次，幸亏洪飞羽和其师父及时赶到，救下了他，但是这一次没有人能帮他了，他必须靠自己。

三年来，他没有一刻不在勤练武功，为的就是当那些仇人再出现在自己面前的时候，他可以手刃他们。现在，这个突然出现的暗杀者，极有可能就是当年围攻天海老人的凶徒之一。

林晨长啸一声，摆脱对方的强劲气流，再次催动无相神功。欧阳心心中一惊，此人在无相门中身份绝非一般，无相神功已有六七成，假以时日怕是大患，今日定要一并除之。

两人都倾尽全力，想置对方于死地。一时间，山林中气浪翻滚，树倒石裂。林晨抱着必死的决心，勇而无畏，招招都是不死不休。欧阳心虽然实力强过对方，但并没有打算以死相拼，所以气势上输了一筹。一来一往，两人竟势均力敌，短时间内分出胜负几乎不可能。

不过两人的打斗实在太过激烈，巨大的气劲引起山下枫国巡逻兵的注意。欧阳心不愿暴露身份，一旦让人知道自己在这里截杀公主，那会给自己的计划惹来无限麻烦。他见有巡逻兵往山丘这里走来，急忙向林晨虚拍一掌，然后整个人犹如弹射的离弦之箭，消失在雾中。

林晨也察觉到有大批人马过来，以他的能力别说留住对方，相信再过半个时辰，自己能否活命都是问题。眼见对方溜走，他也迅速逃离，眼下最重要的是确保洪飞羽和银铃的安全。

洪飞羽以五行幻术带着银铃逃过追杀，在山间溪谷之中找到了一个隐蔽的山洞，两个人躲了进去。他们都清楚林晨的武功究竟有多高，如果林晨让他们先跑，那么对方的实力可以说是超乎想象。

“他们走了吗？”银铃透过洞口茂密的灌木往外看去，却什么也看不到。

“别动，他们还在附近，这些人都是高手，我在洞口设个界阵，隐匿我们的行迹。”洪飞羽把手中的折扇插在洞口的泥土里，设下五行幻阵，隐匿洞口。做完这些后，他已是满头大汗。

“你也是术士？”银铃好奇地问道。

洪飞羽连忙摆手，说道：“非也，非也，不过学了点儿皮毛，用以逃生保命的雕虫小技罢了。”

“在枫国，我曾见过术士，那些人看起来都很阴沉、可怕……”银铃对术士没有好感。

“他们确实有超出常人的力量，但是他们也承受着常人难以承受的痛苦。”洪飞羽有感而发。

“哦，为什么？”银铃睁大了眼睛，在她看来术士简直是无所不能，就连一向傲气的父君也对他们礼敬有加。

“这么说吧，他们就好像油灯，每一次施法就相当于点燃了灯芯，一旦油尽，也就是灯枯之时……”

“那你刚才……”

洪飞羽笑了起来，解释道：“我那不过是借法器耍点儿小把戏，根本算不得真正的五行之术，所以公主大可放心。”

“洪大哥，有一事不知当问不当问？”

“但说无妨。”

“林晨的武功那么高，为什么你……你好像完全不会武功……”

“不是好像，是真的一点儿都不会，我自幼体弱，师父说我不宜学武。”

“原来如此，你们的师父一定很了不起，一个文状元，一个武冠天下，不知我有没有机会拜见他老人家？”银铃以为洪飞羽和林晨是同一个师父。

“可惜师父早已仙游，否则他见到你一定会很开心。”洪飞羽淡淡一笑，也不多作解释。

银铃闻言却是脸上一红，女儿家的心思让人捉摸不透。

洞中不过方寸之地，两人相对而立，动作稍微大一点儿都会相互触碰，气息流动，暗香潜伏，别有一番滋味在心头。

“如今我们如何才能见到父君？”银铃低着头伸手扯下洞口的一片叶子，在手中揉捏着。

“当然是浑水摸鱼。”洪飞羽信心十足道。

银铃一愣，然后忍不住笑了：“这天下仿佛没有什么事情能难倒你。”

“要真是这样，我们现在也不用躲在这里了。”洪飞羽长叹了一口气。

“这也没什么不好……”银铃的声音犹如虫鸣，连她自己都听不清。

夏国兵部接到岩石城的飞鸽传，已是两天后的深夜，兵部尚书沈三复听到汇报后大惊失色，连滚带爬地从几个姨太太白花花的身体上翻下床，提着裤子就往宫里跑去。

一时间，枫国公主横死，枫国大举进攻岩石城的消息震惊朝野。

太后吕淑怡立刻召开御前会议，丞相、太尉、大学士、大祭师和各部尚书齐聚太和殿，商议对策。皇上李昊煜坐在太后的身侧，一脸凝重之色，也知事态严重。

“诸位卿家，可有良策？”太后忧心忡忡地问道。

“老臣以为，宜和不宜战。”韦不群出列道，“臣以为应尽快派人前去枫国议和，然后彻查枫国公主遇害一事。”

“臣不以为然。”大学士苏迟反对道，“曹莽将军的书函说得一清二楚，枫国大军在岩石城与叛将莫旭东里应外合，分明蓄谋已久，有备而来，依臣看，如今应速调大军前去岩石城，与枫国决一死战。”

“好一个决一死战，敢问苏大人，两国开战，你有几成把握能赢？”

韦不群问道。

“臣愿鞠躬尽瘁，死而后已！”苏迟大义凛然道。

韦不群冷哼一声，不屑地道：“苏大人这副老骨头怕是上不了战场了，死的怕都是我夏国残存不多的精兵。”

“韦大人，你未免太长他人威风，灭……”

“苏大人，我们不必做口舌之争，且听兵部、户部两位尚书大人说说，再做计议。”韦不群打断了苏迟的慷慨陈词。

兵部尚书沈三复拱手出列，他颤颤巍巍地从怀里掏出一个本子，小心翼翼地说道：“据曹将军来报，此次枫国君主风颜亮亲征，率领枫国大军三十余万，其中铁骑十余万，步足、弓手、火炮等二十余万。如今岩石城已被我方完全夺回，但目前岩石城守兵共计八千余人，而且粮草紧缺，急需增援……据微臣估计，如果枫国大军突破岩石城，而我军要与敌正面交战，至少也要三四十万人马……”说到这里，他已是大汗淋漓。

“如今能马上调动的府兵有多少？”李昊煜忍不住催问道。

“启禀皇上，约……约莫八万余众……”

“荒唐，我大夏幅员千里，怎么可能才有八万府兵？”李昊煜怒斥道，“那边防军、各地民团呢？”

“回皇上，边防军相距甚远，要集中调动，需几个月的时间，而民团如今都是各地富绅的私兵，恐难调动。”沈三复据实回答，不敢隐瞒。

户部尚书颜芩震这时也出列了，一脸苦大仇深的样子，直言道：“‘西王之乱’初平，国库空虚，百废待兴，莫说兵部没有三十万的府兵，就算有，光是粮草，国库怕是都负担不起。”

李昊煜也知道他们说的都是实情，但终究难掩怒火，拍案而起：“如今大兵压境，你们还在这儿推三阻四……”

“煜儿。”吕太后轻声唤道。

李昊煜看了太后一眼，硬逼着自己坐了下来。

此时无论是座上之人，还是座下之人，都已经心知肚明，这场仗是没法儿打的。

太后这时又把目光投向韦不群，柔声道：“韦大人，这枫国摆明是以和亲为借口想要吞并我夏国，纵然我们想和谈，该如何谈？”

“启禀太后，老臣来之前收到洪大人密报，他已找到公主下落，目前正携公主前往敌营谈判，老臣相信他能扭转乾坤。”韦不群心里其实没有一点儿谱儿，但他还是信誓旦旦地说道。

“洪大人？你说的可是那风羽先生洪飞羽？”太后惊问道。

“正是新科状元、御前师京、礼部侍郎洪飞羽。”韦不群正色道。

众人闻言，神色不尽相同，有欣喜、有忧心、有期待、有震惊……但谁都没有注意到大学士苏迟的眼中闪过一缕凶光。

大学士府远离洛阳城区，而苏迟下朝后天已蒙蒙亮，他急匆匆上了宫外候着的马车。车夫似是知道主人的焦急，所以快马加鞭，一路狂奔赶回了学士府。马车到了大学士府，苏迟不等下人来搀扶就跳下马车，直奔府中。

若论府邸奢华，当属丞相府，但若论府邸神秘则非大学士府莫属。府中暗道、机关一应俱全，护卫、下人各分等级，各守一方，不可逾越。苏迟通过几道暗门，来到了自己的书房。

书房内布置简单，精致素雅，书香扑鼻。这个书房乃是府中禁地，除了他，不允许任何人进来，即使是他的一双儿女。不过他来这里并非为了读书，他摸到书柜后，拉动机关，墙上出现一道暗门，缓缓打开。苏迟进入暗道后，暗门又悄然关上。

暗道中的灯火亮了起来，在道路两旁每隔几尺便站有侍卫。侍卫一身黑色盔甲，手持巨斧，威武骇人，只是面色僵硬，神态漠然，犹如雕像。

苏迟走过笔直的暗道，眼前豁然开朗，这是一个可以容纳数千人的巨大广场。广场一侧整齐地站立着密密麻麻的黑甲巨斧兵，而在另一侧却是一番诡异的景象。无数裸体的男子躺在冰冷潮湿的石板地上，犹如死尸。一些身着灰色长袍的人手里皆拿着一个透明玻璃瓶，瓶子里装满了无数蠕动的白色小虫。灰袍者把玻璃瓶盖小心翼翼地打开，然后把白色蠕虫倒在那些裸体男子的脸上。

密密麻麻的蠕虫一接触到人的脸，立刻四散开来，从嘴、鼻孔和耳朵进入到那些裸体男人的身体里。紧接着，他们的身体开始剧烈抽搐，跟着就直挺挺地立起来，简直让人匪夷所思。这时又有一些灰袍者过来，为裸体男检查身体，确认无误后便会给他穿上盔甲。这些穿了盔甲的士兵在灰袍者的指挥下，走到广场的另一侧，依序排列，动作敏捷。

苏迟见怪不怪，走过广场的时候，和一个灰袍者低语了几句，然后还拍了拍身边一个黑甲巨斧兵，脸上露出笑容。

走过广场，空间又逐渐变小，穿过门廊，苏迟看见假山、钟乳石和一汪池水……这是一个地下花园，布置得精致巧妙。花园尽头有一座石屋，上下三层，建造雅致。石屋门口有龙虎雕像，凶恶威严，气势迫人。

苏迟在石门外轻叩两声，一位灰袍老者打开了石门。灰袍老者看到他后鞠了一躬，把他迎进了门。他跟着灰袍老者沿着环形楼梯上到顶，灰袍老者打开一扇石门，然后就恭敬地退了下去。苏迟快步走进门，跪倒在地，叩头拜道：“微臣参见西王殿下，恭祝西王千岁千岁千千岁。”

苏迟跪拜之人正是起兵谋反，最后功败垂成的西王李铭基。在最后的白水之战中，所有人都以为西王李铭基葬身大火，没想到他竟然金蝉脱壳，如今藏身在大学士府中。

“苏大人起来说话。”李铭基年约四十岁，鼻梁高挺，浓眉俊目，皮肤白皙，一派温文尔雅的模样，“风颜亮已经动手了吗？”

“正是，风颜亮率军亲征，三十万大军已在岩石城附近集结。”

“唉，国难当头，本王那侄儿也不知要如何应对？”

“殿下，李昊煜不过是太后和韦不群手中的傀儡，挽救夏国于危难非殿下莫属，此时振臂一呼，必然应者云集！”苏迟神情亢奋道。

“唉，本王也不想操这份闲心，奈何天命难为。”李铭基说话时的神态，仿佛帝位在手一般。

“恭祝殿下大业得成！”苏迟连忙奉承道。

“苏大人请起，若非你的匡扶，本王也难成大事。”李铭基说着从怀里掏出一瓶药，“这是下个月的仙气丹，记得一家人按时服用，必定神清气爽，延年益寿。”

苏迟小心翼翼地接过这瓶仙气丹，生怕一不小心就掉落在地，不服仙气丹的痛楚，他永生不想再体验第二次。

“如今最重要的是尽快完成神兵集结，可现在神体已快用完，大人要多找些精壮男子回来。”李铭基语气平淡地说道。

苏迟闻言，额头直冒冷汗，西王李铭基交给他的差事并非易事，要神不知鬼不觉地弄来如此多的男丁，他已用尽手段。

“殿下请放心，微臣必定竭尽全力，不辱使命。”苏迟硬着头皮说道。

“如此甚好。”西王满意地点点头，喝了一口茶道，“我还听说那个新科状元想去和风颜亮议和？”

苏迟心中一惊，此事他也是刚刚在朝堂上才得知，本来打算禀报，但没想到西王已经知道了。由此可见，西王在朝中的眼线可不止他一人。想到这些，苏迟心里不由得又是一阵抽搐。

“回禀殿下，微臣也是在今日朝堂之上才得知此事，那新科状元乃是久负盛名的风羽先生，写得一手好文章，倒不见得能做事。”

“你太小看他了，如今曹莽能暂时守住岩石城，全靠此人运筹帷幄。”李铭基放下茶杯，眼神不怒自威。

苏迟吓得急忙跪在地上：“微臣失察，请殿下降罪。”

“苏大人言重了，起来说话。”李铭基摆摆手，然后话题一转又说道，“岩石城终究太小，打来打去也难分胜负，不若放枫国大军进来，也好让我夏国精兵好好教训一下他们，不知苏大人以为如何？”

苏迟跪在地上哪里敢起来，他一听西王之言，犹如五雷轰顶，西王这是要他放枫国大军入境。

“本王听说那谢名浩对苏大人情深义重，此事怕是不难吧？”李铭基说着用手指敲了敲桌子。

“殿下放心，此事微臣一定办妥。”苏迟急忙回道。

“那就好，本王也累了，你退下吧。”李铭基站了起来，这时从屋内走出一个妖艳女子，搀扶住他。李铭基一把搂住女子，嬉笑着把她推入房中，再也不理会跪在地上的苏迟。

苏迟看着他们离去的背影，耳闻男欢女爱的呻吟，终于再也忍不住，打了个寒战。

韦不群喜欢钓鱼，每当他心中有事的时候，就喜欢一个人坐在府中的湖边悠然垂钓。

今天他从皇宫出来后，便回到家中钓鱼，只是无论鱼有没有咬钩，他都没有提一下鱼竿。

如今的他已年过七十，辅佐过三代帝王，权倾朝野，富甲天下，子女成群。但即便如此，他仍旧不安心，因为他看得清楚，甚至闻得到硝烟的味道，这天下要大乱了。

有人说乱世出英雄，但是韦不群不喜欢英雄，也不喜欢乱世。这几十年来，天下人只看到他拿走的东西，却看不到他的付出。

天数历一一三二年，韦不群初任县官，时年大旱，他找来富商，花钱修河渠，引水入田，县中无一人饿死。作为回报，大旱过后，他帮富商圈地百亩，以作回报。

天数历一一四一年，平川水患，韦不群任户部侍郎，前往赈灾。他组织人力、物力、财力，疏通河道，大兴水利，不但治标而且治本。此番差事，他把朝廷三分之一的拨款纳入囊中，可从此以后，平川也再未发生过水患。

天数历一一五〇年，鹿疃百姓不堪当地官员苛捐杂税，发生暴动。韦不群临危受命，作为钦差大臣前去平定暴乱。他了解情况后，未用一兵一卒便平息事态。首先他开粮仓赈灾，然后公开处决贪污的官员，以平民怒。另一方面，其他官员担心受到牵连，纷纷想方设法向钦差大臣行贿，韦不群照单全收。

天数历一一六二年，韦不群主导“田赋变法”，清丈田地，改革赋税，使得朝廷收入大增。民间亦有学人评价这次变法改变了极端混乱、严重不均的赋役制度。“田赋变法”减轻了农民的不合理赋役负担，限制了胥吏的舞弊，特别是取消了苛重的力差，使百姓有较多时间从事农业生产。但韦不群在变法中没有征收总额的规定，给胥吏横征暴敛留下了可乘之机，也为自己敛财大开方便之门。

天数历一一七一年，西王起兵叛乱，叛军准备充足，多地并举，气势如虹！不过一个月的时间，已攻下夏国大半个疆土。危急关头，韦不群一方面大胆起用年轻将领，另一方面向枫国借援兵，历经八年苦战，终于击败西王的叛军。

……

韦不群的志向绝不止于一代名臣，他窥视着朝堂上那把金碧辉煌的龙椅，他想把天下握在手中。也只有这样，他才能最大限度地实现自己的政治抱负。

他对于权力有着极度的渴望，即使在古稀之年，心中的那把火也还在熊熊燃烧。可对于财富，他却从来没真的当成一回事。但他明白，一个既能干却又不贪财的臣子是不会受欢迎的，所以他必须把自己伪装成贪财的能臣，不，更准确地说是一个奸臣。

可是如今形势大变，皇权被架空，太后干政。大学士苏迟和大祭师弥矢亚都非善类，依韦不群观察，这些人皆有不臣之心。再者，外部形势也急剧恶化，西北狼族并不太平，南边枫国已经大军压境，而最令人担忧的则是洪飞羽所说的来自东边的冥牙族。

内忧外患，可他想做的事但是他想做任何事却又处处受限，如果他能把这庞大的帝国全部掌握在手中手心，那么或许才可以力挽狂澜，青史留名吧。

想到这里，韦不群竟然少有的叹了口气，他暗暗下定决心，只待枫国大军一退，就立刻发动政变，夺取皇位。

第十一章 霸业

洪飞羽和银铃两个人确定追杀他们的黑衣人已经离开，这才从藏身的洞穴中出来。

“你说要浑水摸鱼，到底要怎么摸？”银铃打趣地问道。

“看那边。”洪飞羽指着山下来来回回奔走的枫国士兵道，“以公主殿下的武功抓两个士兵上来，应该不成问题吧？”

“手到擒来！”银铃拍了拍腰间的刀，她心领神会，原来洪飞羽想扮成枫国士兵混进大营。她可见识过洪飞羽的易容术，足以以假乱真。

“在下在此恭候公主殿下凯旋。”洪飞羽拱拱手，催促她尽快动手。银铃也不含糊，几个起落便消失在林中，去山下寻找落单的士兵了。洪飞羽也没闲着，开始准备易容的工具，他随身就带着药泥和人皮面具。

银铃果然不负众望，不过一个时辰的工夫，就从山下弄上来两个士兵。这两个士兵已被打晕，洪飞羽也不客气，先用水把他们浇醒，然后让银铃询问他们的名字、职位，以及出营来干什么等问题。问完之后，洪飞羽又让银铃把这两个士兵打晕，接着扒了他们的外衣和配饰，然后用绳子捆起来，丢进先前用来藏身的洞穴。这样，即使他们醒过来，也要费番功夫才能解开绳子。

洪飞羽和银铃穿上士兵的衣服，跟着洪飞羽又用药泥和人皮面具为他们自己易容。两个人经过一番打扮，完全变成了那两个被抓士兵的样子，惟妙惟肖，只要不开口说话，简直真假难辨。

“呼伦兄，你我已巡查完毕，不如回营复命吧？”洪飞羽有模有样地说道，语气与那士兵倒有七分相似。

“摩达兄所言极是。”银铃憋着嗓子，说话的声音却显得不伦不类，说完，她自己都忍不住笑了起来。

“这……说话的事情，还是我来应付好了。”洪飞羽苦笑道。

两个人说笑着便下了山，一路上倒也遇见不少枫国士兵，不过他们装作行色匆匆的样子，迎面遇上同僚也只是点头示意，并未说话。洪飞羽和银铃一路“过关斩将”，终于混入大营。但即使他们进了大营，可想要靠近中心的大帐却不容易。大帐四周戒备森严，除了有重兵把守，还有暗哨，进出人员需持有令牌。

“干脆我以公主的身份硬闯进去！”银铃急着见父君。

“就怕公主你还没见着你的父君，就先被人……”洪飞羽做了个杀头的动作。

“他们敢！”

“以前我不敢说，只是现在半路突然冒出杀手，显然有人不想让我们见到你的父君，而背后指使之人难保不是枫国的人……”

银铃愕然，贸然冲进去绝不是好主意。

“可如今近在咫尺，总要想想办法。”

“少安毋躁，等到天黑，我有声东击西一策，保管可以让你见到你父君。”洪飞羽微微一笑道。

银铃闻言，毫无疑虑，她这一个多月，和洪飞羽可谓朝夕相处。此人虽然手无缚鸡之力，但处事井井有条，奇计百出，总能化险为夷。她自己在无形之中早已将诸事都依赖于洪飞羽，既然他说有办法，她便不再多想多问。

好在天色已近黄昏，两个人在营地里找了个空帐篷，从伙房偷来酒肉，吃饱喝足，只待明月高悬。

“公主殿下，放心吃，我已布下幻阵，寻常人进不来。”洪飞羽得意扬扬地倒了杯酒，又夹了一块肉。

“洪大哥，你这幻阵可比什么盖世神功管用，等以后有空了，可不可以教教我？”银铃一边吃一边开心地问道。

“小菜一碟，公主殿下若是想学，在下自当倾囊相授。”

“别叫我公主殿下，听着好别扭，你还是叫我……铃儿吧……”

“铃儿，挺好听，比起香儿那个名字，倒是脱俗不少。”洪飞羽笑道。

银铃微红着脸埋头喝酒吃肉，掩饰住那一分不易察觉的羞涩。

夜凉如水，明月高悬。

风颜亮走出大帐，遥望东方，眉头深锁。他没有想到大军第一战就遇到如此顽强的抵抗，而事先智取岩石城的计划也惨遭失败。如今唯有强攻，而枫国引以为傲的骑兵根本无用武之力，士兵损失惨重。他苦心经营十五年，枫国如今政治清明，粮草丰足，国库充盈，人才济济，兵强马壮。而所有的这些，都是为了这一天，助他完成统一云州的霸业。他绝不会让一颗小石头挡住他前进的步伐，出征前，他曾吐出豪言壮语，开春之时，必将在洛安犒赏三军。可如今，一个小小的岩石城，一个不知所谓的风羽先生，竟然挡住了他的三十万大军。

想到这里，风颜亮一拳打在身边的岩石之上，“轰”的一声，岩石顿时四分五裂。在这时，护卫来报：“启禀君上，欧阳大人求见。”

“传。”

欧阳心缓步走来，看到了风颜亮身旁的碎石，远远就能感受到君主的怒火。

“微臣参见君上，万岁万岁万万岁。”欧阳心跪拜道。

“起来说话，如今战事焦灼，你这个智渊侯可有良策？”风颜亮的语气里带着怒火和不满。

“君上，恕臣直言，岩石城无论如何抵抗，都不过是螳臂当车，最多拖延几天时间。决定战争输赢的在于势，大势在我枫国，又岂是区区一座城、区区一个人，可以阻挡的？”欧阳心语气坚定，信心十足。

风颜亮闻言怒火顿时消了大半，不过还是不放心地问道：“如今岩石城方面可有新的动向？”

欧阳心环顾四周，欲言又止。

“你们先退下！”风颜亮喝退了四周的守卫。欧阳心这才压低声音说道：“据微臣所知，那风羽先生似乎找到了真正的银铃公主，如今正在来见君上的路上。”

风颜亮眼角抽动，竟然叹了一口气。

欧阳心半路伏击银铃公主不成，如今干脆做个顺水人情，把消息告诉风颜亮，看他如何决断。不过欧阳心心里十分清楚，风颜亮虽然疼爱公主，但绝不会为私情而废大业。他唯一担心的是洪飞羽，这个风羽先生敢来这里，必定另有所依。

“当真吗？”风颜亮的眼睛里露出少有的柔情。

“据密探回报，风羽先生与他的一名护卫已带着公主出城，他们希望面见君上。”

“好，好，好，务必带他们来见本君，本君倒要看看那个风羽先生有什么三头六臂！”风颜亮说到“风羽先生”四个字的时候，眼中露出了杀气。

“如果微臣所料不差，他们已在营中，只是大帐守卫森严，无法靠近……此时夜色正浓，天干物燥，怕是要起火了。”欧阳心笑道，他虽然不知道洪飞羽和银铃究竟藏身何处，但他能大概推断出他们想做什么。

“那我们就等等吧。”风颜亮饶有兴致地道。

不过半炷香的时间，果然在大帐周围七八个地方同时燃起大火，大营中顿时喊声震天，乱成一片，士兵们纷纷涌向不同的起火处去扑灭大火。

“智渊侯果然料事如神，让人都撤走，点燃大帐前的营火，本君要会会这个风羽先生。”

“臣遵旨。”欧阳心躬身退出，他已然决定，无论如何，都要设法把洪飞羽的人头留下。

洪飞羽和银铃放完火后，就潜伏在大帐的周围，准备择机潜入。不过他们都没想到守卫既不去救火，也不站岗，竟然行动有序地撤离到大帐的后面。而大帐前也燃起营火，升起旗帜，仿佛在邀请他们入内。

“看来有人知道我们要来，素闻枫国有一位智渊侯，才智过人，料事如神……”

“欧阳叔叔在就太好了，他最疼我，一定会帮我劝诫父君收兵。”银铃不禁喜笑颜开。

洪飞羽沉默不语，他可没有银铃这么乐观。他推断，他们半路上遭遇的伏击，十有八九就是这个智渊侯搞的鬼。

“既然行踪已经暴露，我们大大方方地进去吧。”洪飞羽说着撕下了人皮面具。银铃也跟着撕下人皮面具，两人并肩而行，走进大帐。

大帐内，风颜亮高坐台上，怒目蹙眉，威严霸气。智渊侯欧阳心低头含胸，站在一侧，仿佛一阵风就能把他吹走。台下两排威武的护卫，手持长戟、刀斧，不怒自威。银铃一看见父君，顿时泪流满面，刚想张嘴却被风颜亮一声怒吼震退：“哪来的妖人，胆敢冒充银铃公主，给我拿下，好生关押！”

两边护卫立刻上前，一左一右夹住了银铃。

“父君，是我，银铃！”银铃想要推开护卫，却发现自己一动不能动——她早已被护卫制住了穴位。风颜亮身边的亲卫都是一等一的高手，以银铃那些花拳绣腿根本不堪一击。

“欧阳叔叔，是我，你也认不出我了吗？”银铃看着欧阳心，希望他能出言相助。

欧阳心却避开银铃的目光，只是轻轻地摇了摇头。

“带下去！”风颜亮面无表情地沉声说道。

银铃知道父君是有意为之，一双秀目只是盯着父君，说不尽的委屈哀怨。风颜亮铁青着脸，再不理会她，直到她被带走，才把目光投向了洪飞羽。

洪飞羽看着银铃被带走，一直沉默未语，他早就料到风颜亮会这么做，光靠银铃想让风颜亮退兵，根本不可能。

“夏国御前师京、礼部侍郎洪飞羽参见君上。”洪飞羽以使臣之礼拜道。

“本君劝你免开其口，纵使你巧舌如簧，今日为祭奠枫国战死的勇士，本君也要借你项上人头一用。”风颜亮话音一落，台下护卫立刻围上前，几把刀戟就架在了洪飞羽的脖子上。

欧阳心窃喜，眼神凌厉地看着洪飞羽，恨不得生吞了他一般。洪飞羽面无惧色，反而大笑道：“洪某一届使臣，手无缚鸡之力，要取在下项上人头，易如反掌，又何须如此阵仗。在下来此，尚未说明来意，君上就急着动手，这般雅量、胆量，纵然枫国铁骑横行云州，又如何能服万民之心？”

风颜亮闻言脸色一变，如此一言不合便斩杀使臣确实于理不合。

“好，本君让你把话说完，再取你项上人头。”

“君上，此人狡诈善言，当立斩！”欧阳心谏道。风颜亮挥挥手，示意欧阳心少安毋躁。

“在下到此，一来送银铃公主回国，二来是替君上的故人问君上一件事。”

“故人？”

“他让我问君上还记不记得白陀山之约？”

风颜亮闻言大惊，从椅子上一跃而起。

“退下！”风颜亮斥退护卫，径自走到洪飞羽的面前，盯着他问道，“他在何处？”

“家师已仙游。”

“他是你师父？”

“正是。”

“有何为凭？”

“白玉扇在此。”洪飞羽说着掏出自己那把从不离手的扇子。

风颜亮拿过白玉扇，端详良久，脸上神色变幻莫测。

“君上，莫被此人所蛊惑……”

“所有人都退出大帐，没有本君通传不得入内。”风颜亮打断欧阳心的话道。

欧阳心没想到风颜亮会突然间态度大变，一时间也不知所为何事。国君之令无法违抗，他心中虽有万般不愿，但也只能暂时退下。顷刻间，大帐内只剩下风颜亮和洪飞羽两人。

“白陀山，白陀山……”风颜亮的脑海里浮现出那漫山遍野的尸体，还有那被血染红的山泉、衣衫和双手。

还有一个人，一个助他登上帝位，传他一身武艺，让他永难相忘的人。可是风颜亮却连他的名字都不知道，只称呼他为“白扇先生”，因为他有一把从不离手的白玉扇。

“白先生的恩德，我永生难忘，请先生随我回朝，我愿拜先生为国师……”

“风王的心意老夫心领了。”白扇先生的一身白袍被血染红，他头发散乱，面色苍白，但目光依旧炯炯有神，“如今能助你逃此劫难，七分在天，三分在人，但终究杀孽太重，你我缘尽于此。”

风颜亮闻言，一脸的失望，而后问道：“先生欲往何处去？”

“四海为家，何处不能去？”白扇先生微微一笑道。

“先生恩德，我必要回报，他日先生若有任何需要，我自当倾力相助。”

“风王雄才大略，日后必定振兴枫国，威霸云州，在下确有一事，希望风王能应承老夫。”

“先生请说。”

“二十年后，云州大陆或有一场浩劫，如不幸被老夫言中，还希望届时风王能助老夫一臂之力，为天下苍生求一条活路。”白扇先生眉头紧锁，目光茫然，眼睛里满是悲观无助。

风颜亮与白扇先生相交多年，亦师亦友，从未见过他有如此神态，不由得也是心中一紧，问道：“先生何出此言，二十年后会有何浩劫？”

“时机未到，老夫不敢妄语。”白扇先生叹口气道。

“既然如此，我答应先生，它日若有此劫，我当以天下苍生为念，倾尽全力助先生一臂之力。”

……

“君上，如今浩劫将至，在下斗胆以家师之名请君上撤兵。”洪飞羽躬身请求道。

风颜亮面色一寒，冷声道：“难道白扇先生所说的浩劫就是本君统一云州的大业吗？”

“非也，非也。”洪飞羽连忙摇头道，“君上统一云州，虽然挑起战事，但无论功成与否，所害者不过以万计之，况且若真能完成一统，行以仁政，必将造福苍生，何来浩劫之说。”

风颜亮闻言点点头，对洪飞羽的这番言辞算是满意，又继续追问道：“那你所说浩劫究竟为何？”

“亡族灭种，生灵涂炭，云州再无一活人！”洪飞羽一字一句地答道。

风颜亮大笑道：“危言耸听，若真有此事，也是天崩地裂，实乃无稽之谈！”

“君上可曾听过一句话，‘东海漫天冥牙旗，云州遍地尸骸骨’？”

“这不是夏国古书里的神话故事吗？云州的小孩儿怕是都听过。”风颜亮笑道。

“君上，这绝非故事，冥牙族已在东海出现，这把冥牙刀就是家师亲自带回来的。”说着，洪飞羽从身上拿出冥牙刀，双手奉上。

风颜亮接过这把看起来古古怪怪的刀，仔细打量了一番，问道：“冥牙刀？传说中伯尤所用的兵器？”

“正是，请君上试刀。”

风颜亮身边就有一个上好的铜鼎，可谓坚如磐石，寻常兵刃砍上去不但不能损其分毫，反而自伤。风颜亮想也没想，顺手轻轻用刀划过铜鼎。只听“啪”的一声脆响，铜鼎一分为二，切口平滑如镜。

风颜亮见过不少神兵利器，他腰间的佩刀就可谓是极品中的极品，但与手中的这把冥牙刀相比，简直就是孩童的玩具。

“冥牙族，人人皆是伯尤之徒，手中皆有冥牙刀！”洪飞羽说道。

风颜亮半晌说不出话来，如果真如洪飞羽所说，冥牙族人人手中都有这样的武器，又有斩尽杀绝之心，那么对云州来说，无异于一场难以想象的可怕浩劫。

“如今箭在弦上，本君岂能凭你三言两语和一把刀就退兵……”风颜亮神色间却已经有了动摇之态。

“君上以公主受辱为由开战，如今公主安然无恙，本就是误会一场，夏枫两国只需各找台阶，即可收场。”洪飞羽说到这里，语气微微一顿，神情肃然道，“冥牙族会从东海登陆，首当其冲便是夏国，莫说现在夏国早已风雨飘摇，不堪一击，就算鼎盛之时，也难以抵挡冥牙族的进攻。如果君上坚持挥军直上，纵然能统一云州，也必定元气大伤，到时候冥牙族倾巢而来，云州再无力量可以抵挡，那可是关系到两国数以千万人的性命啊！”

风颜亮听到此处，虎躯一震，额头上也早已冒出冷汗。

“家师曾告诉我，昔日君上义薄云天，爱民如子，纵岁月变迁，但初心不改。如今，天下之人的福祸，皆在君上一念之间，望君上三思。”洪飞羽言辞切切。

“兹事体大，本君需些时日考虑，也要再做求证，如果本君发现你故弄玄虚，欺骗本君，他日必将你扒皮拆骨！”风颜亮声色俱厉道。

“在下句句属实，如有半句虚言，愿遭五雷轰顶之刑。”

“好，本君姑且信你，你可先回岩石城，三日内本君自有定夺。”风颜亮朗声说道。

“洪某告辞。”洪飞羽躬身退下，该说的他已经都说了，剩下的事情便不是他能左右的了。

“等一下……”风颜亮忽然又叫住即将退出大帐的洪飞羽，“白扇先生因何仙游？”

“家师冒死找到冥牙岛，调查冥牙族的动向，回来后身负重伤，不治而亡……”洪飞羽轻叹道。

“嗯。”风颜亮难掩悲伤之情，他知道白扇先生武功超凡、医术精湛，如此这般都未能保住性命，由此可见冥牙族是何等厉害。

“本君见你步态轻浮，气息混乱，你既是白扇先生的高徒，何以未学武功？”

“在下自幼患有重疾，难以习武，亏家师救治，方能活到今日。”

洪飞羽苦笑道。

风颜亮闻言既失望又疑惑，不明白白扇先生何以把如此重担托付给一个手无缚鸡之力的书生。

“也罢，这里有本君令牌一枚，你且拿去，路上遇到枫国士兵，他们见此令牌，自不会为难与你。”风颜亮走上前，把一枚令牌递给了洪飞羽。

洪飞羽再次躬身谢过，这才退出大帐。

欧阳心虽然料事如神，但做梦也没想到风颜亮不但放了洪飞羽，还赐给他随身令牌，更警告他不可暗中加害洪飞羽。洪飞羽究竟和风颜亮说了什么，何以风颜亮会态度大变？欧阳心始终参不透其中缘由，这也让他对洪飞羽更加恨之入骨，此人不除，实在是心腹大患。

不过欧阳心此时却无暇再去与洪飞羽周旋，他还有一件更重要的事情要去做，而现在就是最好的时机。

“枫神之叶……”欧阳心望着无尽的星空，轻声念出这四个字。他从怀中取出一把玉尺，插入地里，然后轻念咒语，四周狂风骤起，空间仿佛凝结了一般，一个红色的光圈出现在他的面前。但与此同时，一阵剧痛从他的胸口传来，他的嘴角溢出一丝血迹。他深吸一口气，压住胸口的疼痛，迈步走进光圈。

当他走进光圈的一刹那，眼前顿时斗转星移，不过眨眼间，就回到了枫国皇宫。

这里是皇宫禁地，除了枫国在任的国君，任何人不得入内。

欧阳心掏出手绢，擦干嘴角的血迹，露出诡异的微笑。他沿着禁地的石道一直前行，来到一间密室里。密室的四周点着长明不熄的灯火，在密室的正中，有一片金黄的枫叶飘浮在空中。这片枫叶仿佛有生命一般，如果走近一点儿，甚至能感觉到它的呼吸和脉动。在它的外面有一个犹如气泡般的透明屏障，发出淡淡的白光。

欧阳心伸出手想要抓住半空中的枫叶，却被那层白色透明的气泡所阻挡。但他并没有就此放弃，而是把功力运到极致，试着突破屏障。气泡充满弹性，在强大力量的压迫下开始收缩，在接近枫叶的时候却爆发出强大的反弹力，纵然强如欧阳心，也被这股力量震开。

欧阳心又尝试了各种不同的方法，但始终无法突破这道屏障。他愤然收手，他知道一旦风颜亮回宫，他再想进来这里就难如登天了。

“既然如此，就不要怪本侯心狠手辣了。”欧阳心冷笑着转过身，迈步离开了禁地。

林晨脱身之后，便暗暗躲在离枫国大营不远的林中，他确信洪飞羽和银铃一定会设法进入大营，所以在此守株待兔。但是他没有看见洪飞羽和银铃是怎么进去的，却清清楚楚地看到洪飞羽手持令牌大摇大摆地从大营里走了出来。最让他惊诧不已的是枫国军营内无论大小军官，只要看见洪飞羽，都是毕恭毕敬。直到洪飞羽走到僻静处，林晨才现身。

“洪大人，好气派，真是枉我担心一场。”

“你总算是现身了，来，让为兄看看，有没有受伤？”洪飞羽看见林晨不禁喜笑颜开，急忙上前为他检查伤势。

“放开你的爪子，死不了，还没到让你这神医出场的程度。”林晨推开洪飞羽的手，他只是内息有所损耗，并无大碍。

“那就好，此行总算功德圆满，剩下的就看天意如何了。”洪飞羽长呼一口气道。

“银铃呢？怎么就你出来了？”林晨问道。

“人家是公主殿下，见到父君，自然父女团聚，就不用我们操心了。”洪飞羽笑道。

“那倒也是。”林晨点点头道，“对了，你是怎么说服风颜亮的？”

“这个嘛……说来话长，而且枫国愿不愿意退兵还是未知之数。”洪飞羽挥扇摇头道。

“既然他肯放你走，我想十有八九没问题了。”林晨说到这里，忽然想起一件事，怒道，“我们此次来枫国大营，显然是泄露了消息，才让对方有机可乘，回去一定要把这个奸细揪出来！”

“这个我已心中有数，你回去不可再节外生枝。”

“你知道是谁？”

洪飞羽点点头，说道：“不过时机未到，还不能说。”

“故弄玄虚，你和你那个师父简直一模一样！”

洪飞羽只是摇头，却不解释，反而叮嘱林晨道：“你这番遇到高手，怕是已泄露身份，日后要多加小心。”

林晨默然，这次交手让他知道那些仇家的武功之高超乎想象。他道：“对方幕后之人武功卓绝，我确实并非其对手，不过他应该是枫国的人，在枫国谁有那么大的胆子，连公主都不放过？”

“如果我没猜错，伏击我们的人应该就是枫国的智渊侯欧阳心。”

“原来是他……难怪他明明可以击杀我，却因为枫国巡逻兵而溜走。”林晨跟着向洪飞羽描述了对方的样子、身手和武学。洪飞羽更加确认此人就是欧阳心。

“欧阳心心思缜密，阴险狡猾，而且背着风颜亮做了不少事，必定另有所图……”洪飞羽想到欧阳心，隐隐约约中总有一种不安的感觉。

“他用的寒冰掌也是当年围攻我师父的那些人所用的武功之一。当年无相门被人陷害，背后主谋是谁，多年来我一直在暗中查访，但毫无头绪，不过我相信终有一天这件事会真相大白。真相大白之日，便是血债血偿之时！”林晨咬牙切齿道。

谢名浩把手中的密函捏成一团，然后灌以气劲，纸团瞬间变成粉末。

密函来自洛安，乃是大学士苏迟手书。苏迟言称丞相韦不群与枫国内外勾结，意图不轨，护国大将军曹莽和礼部侍郎洪飞羽俱是同党，让谢名浩设法控制他们，夺取兵权，护卫城池。

谢名浩眉头深锁，苏迟对他有知遇之恩，且救过他全家性命。十年前，韦不群的党羽陷害他入狱，家中也被查抄，关键时刻，正是苏迟找到铁证，证明了他的清白，并痛斥奸党，保他出狱。

如果单说韦不群通敌，他坚信不疑，但是说洪飞羽和曹莽也是同党，就让他有些犹豫了。这几日来，若非洪飞羽料事如神，计谋百出，曹莽奋力抗敌，恐怕岩石城早已陷落。如今强敌未退，自己贸然行动，又无圣旨，也无证据，怕是会影响军心。

想来想去，他左右为难，不知该如何复命。正在这时，他暗中派出的密探进来回报。

“启禀侯爷，洪大人已安然走出枫国大营。”探子叩首后说道。

“哦，枫国那边可有追兵，可曾发生冲突？”

“洪大人出来时手持枫国国君令牌，枫国上下未敢不敬。”

“事关重大，你可看清了？”谢名浩厉声问道。

“卑职亲眼所见。”

谢名浩浑身一颤，原本的那一丝疑虑也荡然无存。

银铃被关进了一个帐篷里，她心里清楚，无论是父君，还是欧阳叔叔，他们都认得自己，却不肯相认。这恐怕就是国家大事胜过儿女亲情，想到这里，一阵心酸袭来，让她的眼泪又夺眶而出。不过她现在最担心的还是孤身一人在父君大帐中的洪飞羽。

“放我出去！放我出去！我是公主殿下！让我见父君！”银铃焦急万分，她担心洪飞羽的安危，忍不住大喊大叫起来。可无论她如何叫喊，却始终无人理会。她又试着挣脱锁链，但依旧徒劳无功。正当她无计可施的时候，帐篷的门帘被掀开，风颜亮走了进来。银铃看见父君进来，本想撒娇，可想起刚才他的冷漠无情，不由得泪目道：“我要见母后，她一定知道我就是银铃。”

风颜亮想起纳兰苏，心中不由得一软，蹲下身子，看着这个被锁链锁着的女儿，长叹了一口气。

“铃儿，你好大的胆子……”风颜亮虽是指责，语气却很柔和。

银铃听到父君叫她的小名，再也忍不住，一下扑进风颜亮的怀里，放声呜咽，把所有的委屈一股脑儿地全都发泄了出来。风颜亮抱住女儿，轻抚她的长发。

“父君，我想回去，我想母后了。”

“傻孩子，枫国永远是你的家，想什么时候回去都行，你母后也甚为挂念你。”

“父君，您把洪大哥……洪大人怎么了？”银铃想起洪飞羽急忙问道。

风颜亮面色一冷，反问道：“敌国臣属，何以关心？”

“洪大哥救过我的性命，您可千万不要……”银铃面色惨白。

风颜亮见状，忍不住露出慈爱的笑容，叹道：“真是女大不中留。”

枫国人性情豪爽，对于男女之事多不避讳。只见银铃满面羞红，奈何手脚都被锁链锁住，不知往哪里走才好。

“刚才委屈你了，父君帮你解开。”风颜亮打开银铃手脚上的锁链。

银铃嘟起嘴，一脸气呼呼的样子。

“此人是我昔年一个恩人的徒弟，所以我让他走了。”

“真的？走了？”银铃转怒为喜，却又有一丝失望。

“君无戏言！”风颜亮故作怒态道。

“怎么从来没听他提起过……他的师父竟然会是父君的恩人？”银铃一脸好奇地看着父君。风颜亮点点头，说道：“此事说来话长。”

“父君，这仗是不是也能不打了？我看见死了好多人……”银铃小心翼翼地看着威严的父君。

如果是往常，风颜亮闻言一定会大发雷霆，可是洪飞羽所说的话如今一字一句都清清楚楚地印在他的脑海里，这场仗究竟还要不要继续？他自己也有些茫然了。

“此事，父君确实要从长计议，你也累了，我安排人带你去沐浴更衣，你先好生休息，待明日我安排护卫送你回枫叶城。”

“父君，我不走……”

“银铃，不可造次，再敢任性妄为，父君就让人押你回去。”风颜亮黑着脸说道，之后便拂袖而去。

洪飞羽和林晨由暗道返回岩石城，可刚到城内出口时，林晨却忽然拉住了洪飞羽。

“怎么了？”

“感觉有些不对劲儿，出口处极其隐蔽，可如今外面有不少人。”

“或许是防务调动，增派了守军。”

“嗯，你跟在我身后。”林晨为了安全起见，还是让洪飞羽跟在自己身后。

林晨和洪飞羽两人一前一后走出暗道，正当他们准备离开之时，从四面八方飞来无数利箭，犹如漫天雨点。林晨早有防备，他抽剑而出，挡住箭雨。两人抬头一看，不由得大吃一惊，攻击他们的竟然是城中守卫，而领头之人竟然是谢名浩。

“谢名浩，你意欲何为？”林晨大怒，高声质问道。

“本侯接到密报，护国大将军曹莽、礼部侍郎洪飞羽两人通敌卖国，洪大人请立刻命令侍卫放下武器，随我回洛安受审。”

洪飞羽虽惊不惧，如今枫国大军未退，城中却又突生变故。他知谢名浩虽然鲁莽，但绝非叛国之将，现在掉转枪头对付自己，必是夏国有人在背后搞鬼。而谢名浩素来以大学生苏迟马首是瞻，不用多想，这事一定是苏迟暗中操控。

“谢侯爷，曹将军何在？”洪飞羽开口问道。

“曹莽已束手就擒，不日本侯将派人押解上京。”谢名浩严声道。

曹莽确实是束手就擒，他在睡梦中被谢名浩带着亲兵突然袭击，还没弄清楚是怎么一回事就被囚禁了。

洪飞羽知道曹莽还活着，心里总算松了口气。

“谢侯爷，你说在下和曹大人通敌卖国，可有证据？”

“叛将莫旭东已经招认，主使他的人正是曹莽。至于你，洪大人，你身上可是有一块枫国君主的令牌？”

“莫旭东被曹大人派人捉拿，他反咬一口又有何奇怪，岂能作为通敌的证据？至于令牌，在下确实有一块，不过那也是枫国君主为表示和谈之意而赠送，谢侯爷怎能不问清楚，就派兵射杀在下？”

谢名浩闻言，眉头一皱，但如今开弓没有回头箭，他必须先把人拿下，押送到京城洛安，再由大学士苏迟发落。他朗声道：“洪大人有如此强悍的侍卫保护，本侯如果不施展手段，怎能威慑？大人既然叫冤，何不到洛安面圣，倘若真是清清白白，自然不会损伤分毫……”

“面圣？谢侯爷还记得皇上，真是难得啊！在下问一句，你胆敢擅自拘禁太守，并意图射杀御前师京，你可有圣旨？又是奉谁的命？”洪飞羽义正词严，连番质问道。

谢名浩自知理亏，但他深信苏迟让他这么做必有原因，自然不会理会洪飞羽的狡辩和质问。

“洪大人，你休要在本侯面前逞口舌之利，既然你不配合本侯，就休怪本侯无情。”谢名浩面色一寒，下令道，“抓捕叛徒洪飞羽，若敢反抗，杀无赦！”

埋伏在四周的数千将士皆是谢名浩的嫡系，他们手持长矛，把洪飞羽和林晨团团围住，以御敌阵法，步步逼近。而在高处又有数百神箭手待命，可谓天罗地网，插翅难飞。林晨纵然武功超绝，但也不可能以一人之力对抗军队。

“逃！”洪飞羽自然也知道这个道理，不过好在他们的身后就是暗道，城外有枫国士兵，城内守兵绝不敢追出来。两人迅速钻入暗道，往城外奔去。

谢名浩大怒，但他也有所准备，急忙让人往暗道中倒油，然后点燃大火。按照他的想法，其实能不能抓住洪飞羽无关紧要。如今洪飞羽逃走，若被大火烧死，当然是一了百了，若侥幸逃脱，那也会背上畏罪潜逃的罪名。

谢名浩安排好善后事宜，便匆匆回房，他立刻写了曹莽和洪飞羽通敌卖国的奏折，用飞鸽传书传给苏迟。跟着，他又命亲卫数人，秘密押送曹莽回洛安，交由苏迟发落做完这些后，谢名浩不由得长叹一口气，如今虽然已按苏迟的命令掌握了岩石城，可是城外枫国三十万大军攻城在即，自己能守得住吗？

第十二章 奇袭

迦楼城外，寒风冷冽，一场大雪忽然而至，大地变成白茫茫的一片，那些鲜血和尸骨都被大雪掩埋，仿佛在这里从未发生过你死我活的血战。

雪夜，在城中广场上，人们里里外外围了几十圈，中间是用木材搭建的祭台，台上则是已安详“入睡”的迦楼部酋长赤莫伦。

赤莫伦的战甲已被擦拭干净，在火光的映衬下反射出金色的光芒。他的脸上戴着狼族尊崇的狼王面具，双手交叉放在胸前，右手握着狼牙刀。

祭台之下，安多丽和沃巴各拿一个火把，两人神情无比悲伤。

一位迦楼部的长老走出来，轻声哼起了简单而充满磁性的曲调：“呜……哼……哈……莫哟！”

长老的声音渐渐大起来，安多丽和沃巴也开始跟着唱起来，然后，四周的人一个个也跟着唱起来，仿佛被巨石激起的涟漪，合唱的人越来越多，厚重的旋律随之弥漫，歌声在整个迦楼城里飘荡着。鹿一鸣深受感动，他也跟着节奏轻声哼起来。安多丽对他说过，狼族的祭歌能够把死者的灵魂送到天堂。那么他也希望能尽一份心力，让逝去的勇士安息。

歌声最终沉寂下来，安多丽和沃巴走到祭台下，用手中的火把点燃了祭台。大火熊熊燃烧着，发出“噼噼啪啪”的声音，转眼间一切都归于烟尘。

族人们抹着眼泪，缓缓离去。安多丽眼眶湿润，伫立在青烟寥寥的祭台前，久久不愿离去。鹿一鸣和沃巴一左一右地站在她的身后。沃巴抱了抱妹妹，然后拍了拍鹿一鸣的肩膀，一言不发地默默离去，他把空间留给了鹿一鸣和安多丽。鹿一鸣轻轻搂住安多丽的肩膀，却发现她的身体在微微颤抖。

“我一定要让卡木西多斯付出代价，沃巴已经联络其他部族，如今是反攻的时候了，你愿意继续帮我们吗？”安多丽抹干眼泪，满怀期待地问道。

鹿一鸣沉默不语，他有皇命在身，如今时间紧迫，他不可能继续留在这里帮狼族打一场旷日持久的反攻战。

“我是夏国皇帝身边的雪鹰卫，这次来，是探察狼族在边境异动的原因……”鹿一鸣放开了安多丽，说出了真相。

安多丽却没有一点儿吃惊的表情。

“我知道你一定不是普通人。”

“我宁愿自己是个普通人。”

“那么，你是要走了，对吗？”安多丽的声音在发抖。

鹿一鸣默默地点点头。一阵寒风灌入广场，卷起漫天雪花，平添一分惆怅。安多丽忽然抽出腰间的弯刀，架在了鹿一鸣的脖子上。

“在狼族，女子如果被男方拒绝，只有两个选择，要么杀了男方，要么自杀！”安多丽目露凶光，声色俱厉。

鹿一鸣看着安多丽，眼中尽是柔情，面对刀锋，他一动不动。

“我杀不了你，所以……”安多丽说着就把手中的刀往自己的脖子抹去。鹿一鸣快若闪电，瞬间抓住了她的手腕：“你干什么？”

“你能永远抓住我的手吗？”

鹿一鸣感觉一股热血直从胸口涌上大脑，他脱口而出：“为什么不可以？”

“可你明明要走……”安多丽闻言一愣。

“我走之前可以先嫁给你。”鹿一鸣做事从来不循规蹈矩，更不理会世俗之法，何况这是在异域他乡。

安多丽看着他坚毅的眼神和认真的样子，手中的刀掉落在地上，然后毫不迟疑地钻入他的怀里，紧紧抱住了他。

“可是你父亲刚刚去世，我们能成婚吗？”在夏国，如果家里有丧事，一年之内不可办喜事，所以鹿一鸣有此一问。

“成婚是什么意思？只需有族中长老和亲人见证，你就是我的人了。”安多丽把头埋在鹿一鸣的怀里说道。

鹿一鸣的脸红了，他紧紧地把安多丽抱住。

沃巴听完安多丽的话，刚开始是惊讶，然后就是惊喜，最后一把抱住了鹿一鸣。他热情地说道：“以后你就是我们迦楼部的人！”

鹿一鸣笑而不语，这种事怕是不成，要是皇上知道自己变成了异族人，不知会不会砍了他的脑袋。

“我这就去请长老。”沃巴放开鹿一鸣，满脸笑容地迈步离开。

在长老和沃巴的见证下，鹿一鸣和安多丽割开手腕，放出鲜血，而后互相吸食了对方的血，才算完成狼族结合的仪式。此时，房间里只剩下鹿一鸣和安多丽两个人。壁炉里的火焰燃烧着，温暖着房间。鹿一鸣和安多丽四目相视，柔情万种。鹿一鸣有些尴尬，对于男女之事，他只在书里看过，如今面对美人，竟有些手足无措。他刚想开口说话，却被安多丽用手按住了嘴唇。

安多丽先解开自己的衣衫，跟着上前一步，慢慢地解开鹿一鸣的衣扣，然后一件件地脱下他的衣服。她虽满面羞红，动作却毫不迟疑。

鹿一鸣只感觉头晕目眩，整个身体微微颤抖着，他僵直地挺立在那儿，无所适从，任由安多丽把自己扒光，却毫无反抗之力。安多丽脱完他的衣服后，微微一顿，然后就抱住了他，踮起脚尖，吻上了他的唇。鹿一鸣感觉自己的整个身体都在燃烧，血液沸腾，他也一把抱住安多丽，以更加热烈的吻回应着……

两个炙热的、毫无保留的身体终于纠缠在一起，宛如藤蔓，再也难以分开。

良宵苦短终离别，君问归期未有期。

迦楼城外，白雪千里，两人一狼，缓步而行。

“大雪难行，你回城吧。”鹿一鸣握住安多丽的手疼惜地说道。

“无论多久，我都等你回来。”安多丽止住脚步，露出微笑，然而泪水却流进了心里。

“待我办完皇上的差事，就立刻来接你……照顾好自己。”鹿一鸣说完就翻身骑上巨狼哇卡。

哇卡伸出头，与安多丽亲热一番，看着主人，依依不舍。

“哇卡，你要好好照顾我的男人。”安多丽摸了摸哇卡的头，也同样露出不舍的神情。

哇卡一声长啸，带着鹿一鸣飞驰而去，不一会儿就消失在茫茫白雪中。安多丽痴痴地站在雪地上，望着眼前飘舞的雪花，终于流下了热泪。

鹿一鸣骑着哇卡却并没有朝着天脊城的方向去，而是在迦楼城外兜了个圈，然后往黄昏之地的深处急奔而去。他心里早有打算，在离开之前要先铲除卡木西多斯，绝不让安多丽的安危再受到威胁。如今他已经十分清楚，狼族口中所说的卡木西多斯就是术士。

这几个术士何以会出现在“黄昏之地”，并且用这种邪术制造了蝠狰，引起狼族的大混乱？他们目的何在？鹿一鸣隐约中总觉得深深不安。倘若狼族真的集结八部之力强攻，纵然能胜，也必定牺牲巨大。而解决蝠狰最有效的办法其实是直接消灭卡木西多斯，没有了操控蝠狰的宿主，它们自然也就瓦解了。但是这样的刺杀行动，鹿一鸣知道绝不是靠人多，而在于行动的快、准、狠！如果让安多丽和沃巴知道自己的计划，他们必定要跟来，到时候未必能帮上忙，反而会让他们深陷险境。

蝠狰聚集的地方，必然是卡木西多斯所在的位置。

“哇卡，为了安多丽，这次就看我们俩的了。”鹿一鸣趴在哇卡的背上，轻抚它柔软的皮毛。

寻找卡木西多斯并不难，蝠狰都是集体行动，留下了大量可以追踪的线索。对于恐怖的蝠狰，人人唯恐避之不及，卡木西多斯又何曾想到竟然有人大胆到孤身一人前来挑衅。

奔走了大半天后，鹿一鸣终于在雪地上发现了大量蝠狰的足迹，这些足迹还没被大雪覆盖，说明蝠狰刚刚离开不久。他急忙从哇卡身上跳下来，并让它伏下身子，隐藏在树林中。鹿一鸣自己则跟着蝠狰留下的足迹，小心翼翼地往前探寻。没走多远，他就发现了一个环形的山谷，山谷的中央有一座凸起的山峰，地形奇特，让人叹为观止。

山谷里挤满了密密麻麻的蝠狰，发出嘈杂的嘶鸣声，令人望而生畏。而唯独谷中央的山峰上却没有一只蝠狰。鹿一鸣胆大心细，围着环形山谷转了一圈，发现在谷中山峰上有一个洞穴，恐怕剩下的那两个卡木西多斯就藏在其中。

不过就算鹿一鸣没有猜错，他想去那山峰也十分不易。他所在的位置与山峰间隔着山谷，相距约有数百尺，山谷下全是蝠狰，要一路杀上去，就算十个鹿一鸣也不管用。

“除非……除非我能飞……”鹿一鸣咬着嘴唇自言自语。他的脑海里忽然闪现出小时候在宫廷里玩儿的玩具——纸鸢。他伸出手，张开五指，感受着呼啸而来的风。风由北而来，只要他移动到山峰的南边，借助纸鸢或许真的能飞到山峰上。可这荒山野岭的，何来纸鸢？就算真有纸鸢，也难找到像他人这么大的。为今之计，只有自己动手，仿造纸鸢，做一个能带着自己乘风飞翔的工具。

想到这里，鹿一鸣竟然心潮起伏，激动不已。他打小就爱做些古怪玩意儿，喜欢读《天工造物》之类的书，虽然常被师父责骂，却也乐此不疲。再说投石车他都能仿造出来，何况一个不起眼儿的纸鸢。

鹿一鸣说干就干，他找来结实的树枝作为骨架，用四季常青的大阔树叶当纸，然后用绳子固定树枝和阔叶，整个纸鸢的造型好似一个反转的三角形船。他用力抖了抖这个特殊的“纸鸢”，非常结实，遇风大有腾空而起之势。

一切准备就绪，鹿一鸣测好风向，调整好角度，再次检查了一番“纸鸢”，这才深吸了一口气。成败在此一举，倘若他掉入山谷，纵然不摔死，也会被成千上万的蝠狰吞食。鹿一鸣运足十成功力，借助风势纵身一跃，在“纸鸢”的带动下，整个人宛如大鸟，盘旋升空。

鹿一鸣欣喜若狂，没想到自己的主意竟奏效了，如果不是怕惊动卡木西多斯和蝠狰，他恨不能放声长啸。他在空中尝试着操控“纸鸢”，刚开始有些手忙脚乱，但很快就掌握了诀窍，飞行自如。

鹿一鸣在山峰的背面落下，把“纸鸢”藏在林中，而后小心翼翼地摸到洞口，运起功力，侧耳倾听。果然他在洞中听到了有人说话的声音。

“狼族……怎么……可能会有人破解五行阵法？”

“那人绝不是狼族之人……夏国人……”

鹿一鸣竟然断断续续听到里面有人在说夏国话，不免心中一惊，连忙专注地听他们说话。

“不但是夏国人，恐怕还是难得一见的高手。”

“如今黑影死了，迦楼城一战失利，我们驱赶狼族的计划怕是要延后了。”

“驱赶狼族倒还是小事，迦楼城里可有狼族的秘宝……上峰若是怪罪下来，你我可担待不起。”

“那人不除，想要攻下迦楼城恐怕不易。”

“明日清晨你我再集结蝠狰强攻一次，他们绝对想不到我们这么快就去而复返，或许还有机会……”

“那倒也是……反正拿不下迦楼城，我们怕也活……”

那两个人说话的声音越来越小，似乎在往洞穴深处走去。

鹿一鸣不敢耽搁，急忙冲进洞穴，想要生擒这二人。然而，当他刚一踏进洞穴就知道自己实在太大意了，他们竟然在洞口设置了界阵。虽然他并不害怕界阵，但是这么一来一定会惊动他们。

刹那，时空变幻，无数冰刀从四面八方射向鹿一鸣，他急忙从腰间抽出红蛇剑，击碎冰刀。匆忙间，他移动身形，希望找到界阵的阵眼，然而这一次却大大出乎他的意料，他完全看不破阵眼所在。而此时界阵里寒气更甚，碎裂的冰刀在地上与积雪重新凝聚，竟然融合成七个浑身带刺的雪人。

这七个怪异的雪人围住了鹿一鸣，它们身形灵活，进退有据，仿佛依着某种阵法在行动。鹿一鸣的剑打在它们的身上，无非溅起朵朵冰花，它们既不会痛，亦不会死。但是它们浑身上下的冰刀只要有一把刺中鹿一鸣，那么他身上一定会见血。

鹿一鸣暂时只能依靠灵活的身法在它们中间游走，寻找破绽。他也十分清楚，界阵之中他不可能击败任何敌人，唯一的生路只有一条——找到阵眼，破除界阵。

“你竟然来自寻死路，倒也省了我们多费功夫。”其中一个雪人竟然开口说话。

鹿一鸣自然知道这是术士在一旁搞鬼，所以对于雪人开口说话并不感到吃惊。

“你们在此残害生灵，小爷要是不剐了你们，枉称雪鹰卫！”鹿一鸣一声长啸，腾空而起，手中红蛇剑脱手而出，直刺远处一块平淡无奇的冰块。

术士自以为凭借奇门阵法就能困住鹿一鸣，但他们过于自信，千不该万不该借雪人出声，却露出了破绽。“砰”的一声，红蛇剑击中冰块，七个雪人瞬间破碎，冰天雪地的景象随即也消失不见，鹿一鸣又回到了洞穴之中。

一个术士身中红蛇剑，倒在了血泊中，另一个术士惊惧万分，将手中玉尺抛出，直袭鹿一鸣，自己则慌忙往洞外逃窜。

“想走，没门儿！”鹿一鸣大喝一声，避开玉尺的同时，身形一闪，便抢到术士的身前。有了上次的经验，鹿一鸣这次伸手就掐住了术士的脖子，按住了他的穴道，让他无法服毒自尽。

“说，你们究竟是什么人？有什么目的？”鹿一鸣开始往术士身体里灌注气劲，气劲游走于他的奇经八脉，这种感觉可以让人痛不欲生。术士的脸上露出痛苦的神情，却始终一言不发。

正当鹿一鸣准备再施手段的时候，术士竟然自燃起来，大火瞬间遍布全身。为避免火苗沾身，鹿一鸣不得不放开手。不过片刻工夫，这个术士便只剩下一副漆黑的骸骨。

鹿一鸣从未见过这般诡异的事情，一时间也是目瞪口呆，原本想要从他们的口中找寻有关卡木西多斯和蝠狰的真相，最终却只得到两具沉默不语的尸体。不过他仍是不死心，又在洞穴里搜索了一番，可除了找到一些食物、饮用水和杂物，再没任何发现。唯一的线索就是术士手中的玉尺。

夏枫两国都有管理术士的机构，在夏国叫作通天司，在枫国叫作混元阁。夏国境内术士的培养、管理以及法器的分配等都由通天司负责。枫国也大抵如此，只是称呼不同而已。简而言之，由官方认可的术士，他们身上的法器都有铭文，夏国的法器上铭有“通天”二字，枫国的法器上则铭有“混元”二字。而鹿一鸣手中拿着的这把玉尺却没有任何铭文，整个玉尺通体透亮，不含一丝杂色，实在是法器中难得一见的上品。鹿一鸣曾经看到过大祭师弥矢亚所用的玉尺，作为通天司的负责人，他手中的玉尺比起这把来也稍有逊色。

鹿一鸣见识过无数界阵，通过刻苦的学习，他自认为对于五行界阵的破绽已经了如指掌，可刚才这三个术士在洞口所布的界阵却大相径庭。如果不是其中一个术士太过轻敌，利用雪人发声说话，估计他早已葬身其中了。

如果说这三个术士来自异域，可他们又精通夏国话。还有他们口中所说的“狼族的秘宝”是什么呢？他们为什么要残害如此之多的狼族人，并驱使他们离开“黄昏之地”，逼迫他们向夏国进攻？他们口中所说的上峰又是谁？种种疑问犹如迷雾般笼罩着鹿一鸣，让他无从解答。

“罢了，罢了，在这里想破脑袋也没用。”鹿一鸣收起玉尺，只能待日后有机会再来细细调查。他走出洞穴，只见原本嘈杂的山谷变得一片寂静，他走到悬崖边，低头看去，不由得倒抽一口凉气。只见成千上万的蝠狰倒在山谷之中，身体迅速腐烂，发出阵阵恶臭。

“这些妖人也不知用的什么邪法，竟然把人变成这样。”鹿一鸣恨声道。他忽然想起了什么，又返回洞中，用红蛇剑在墙壁上刻下一行字：鹿一鸣到此，尽诛邪魔！

他这么做一来是给安多丽留下信息，二来是震慑这些术士的同党，望他们知难而退。做完这些，他心中稍安，再次乘着“纸鸢”越过山谷。落地后，他吹响哨子，哇卡闻声长啸而出。此时风雪更大了，他跳上哇卡，再无顾虑，骑着巨狼朝天脊城的方向奔去。

巍峨的天脊城在暴风雪中几乎看不见，这样的天气，即使是城内急于离开的商贩也不敢轻易出城，年关将近，大家都盼着大雪早日过去，好谋个营生。然而城里的大多数人都不知道，他们的大将军伯牙此时也忧心忡忡，却并非因为暴风雪，而是天脊山下聚集的数十万狼族士兵。

鹿一鸣离开天脊城没多久，天脊军的探子就发现有大量的狼族人在天脊山下一处集结，那其中不但有士兵，甚至还有老人、妇女和孩子。伯牙得知消息后，简直难以相信，这可谓是近百年来的头一遭。狼族和夏国已经很久没有大规模地作战了，如今狼族简直是倾巢而出，甚至老弱妇孺也聚集到了天脊山下。

“黄昏之地”究竟发生了什么？伯牙站在天脊城之巅，遥望北方，但风雪遮挡了他的视线。十几天过去了，鹿一鸣没有丝毫消息传回来。而山下的狼族却在日夜不停地准备绳索、攀登工具和攻城梯，恐怕暴风雪一过，他们就会采取行动。伯牙一边不断派出探子，密切监视狼族大军的动向，一边积极准备城防，各处加派人手，以备不测。

军中将领面对危机却是争论不休，以左将军黄宗琪为首的将领主张坚守城池，以不变应万变。而以右将军岳猛为首的将领认为不可坐以待毙，应该主动出击，趁狼族立足未稳，攻其不备。不过一场突如其来的大风雪，让所有争论都暂时平息。

在伯牙看来，如果狼族只是集结士兵，倒还容易对付。即使有部分狼族士兵越过天脊山，但终究难以立足，用不了多久，他们多半会自行回去。可现在狼族的行动不是简单的越境袭掠，而是举族迁徙。天脊山防线过长，如果狼族从不同地方大举越境，以天脊城的守军力量很难做到滴水不漏。一旦大量的狼族人进入夏国腹地，必然引起骚乱，到时候，朝廷怪罪下来，他可担当不起。所以伯牙思量再三，原本主张防守的他也动了主动出击的心思。他要趁狼族聚集的时候，让天脊军发动突然袭击，让狼族知难而退。而且探子回报狼族的大军全是轻装步兵，甚至没见到几头巨狼，让他更加坚定了突袭的计划。因为没有狼，意味着他们根本没打算回去！而没有狼的狼族，天脊军未必不能一战！

张大山深夜接到右将军岳猛的命令，命他带领手下三千士兵，轻装简行，作为中路先锋突袭天脊山下的狼族聚集地。他接到命令，虽然满腹疑问，但也不敢抗令，点兵后立刻启程。

张大山从未在如此大的暴雪里行过军，他手下近三千士兵要搭肩挽手才能不至于走散。铁牛和莫留情则护卫在张大山的身侧，如今他们也投了军，做了军中的七品校尉，成了张大山的副手。

暴雪中，视线极差，虽然有利于偷袭，但是友军间也难以互相照应，甚至军令传达都成了大问题。岳猛在军事会议上确实安排了三路军队从不同方向发起攻击和包抄，但是三军之间如何呼应配合却成问题。张大山也提出了自己的疑问，但是岳猛坚持己见，要三路军只需拼命厮杀，让敌人陷入混乱，届时他自会率领主力一举歼灭狼族。

张大山一直认为夏国凭借天险，理应以防守为最佳，如今主动出击实在过于冒险，而且突袭的计划和准备都极为仓促，更是让人心中不安。不过他倒是能理解伯牙的苦衷，一旦狼族漫山遍野地翻越天脊山，纵然再多十万的天脊军，也难以驱赶。只是负责执行的右将军岳猛似乎把这次作战想得过于简单了。

为了保持和友军的联系，以及对狼族聚集地的侦察，张大山唯有不断派出探子，以避免蒙着眼睛打仗。可许多探子在暴风雪中迷失了方向，去而未返。还有探子虽然回来了，但都没有和友军取得联系。不过仍旧有一些探子从狼族聚集地回来禀报，狼族并无异动，而且防卫也很散乱，还有大量平民。狼族人数虽然众多，但是似乎没有统一的指挥和调度。

张大山获知这些消息后，心里才算稍稍安定，至少他们要面对的不是有组织、有计划的狼族大军。这些狼族人看起来更像是受到了什么惊吓，而盲目逃窜到此。

“这个‘王八蛋’可真是够狠的啊，大风大雪地让我们去偷袭。”莫留情一只手用力压着皮帽，另一只手捂住胸口的衣领。自打昨晚从被窝里出来，他就给岳猛取了个外号——“王八蛋”。

“前两天我还看见你非常热情地岳大人前、岳大人后的，现在怎么改口了？”张大山笑问道，他知道莫留情的嘴巴没有遮掩，不过好在这风雪里也只有他和铁牛听得见。

“对啊，本以为我们热情一点儿，他就会把咱们当成自己人，结果却把我们当成了傻子，这先锋摆明了不是去送死的吗？等我们打完了，他再带着大部队来捡便宜。”莫留情气呼呼地说道。

“呸，说什么呢，不吉利！有我铁牛在，手起刀落，送那些狼崽子去死！”

“离狼族的聚集地已经不远了，我们大家还是悠着点儿，这场仗我总觉得有些蹊跷，也不知鹿大人去了哪里，怎么一直都没有消息？”张大山忧心忡忡地道。

“我看正好，咱们干脆杀完狼崽子，再去找鹿兄弟！”铁牛大大咧咧地说道。

“鹿兄弟的本领，我们是见识过的，他不去找别人麻烦就不错了，谁能伤得了他？”莫留情想到鹿一鸣，也不由得动了情。他如今武艺大进，学了阵法，还当上了军官，如果没有鹿一鸣，他做梦也不敢想这些。

鹿一鸣骑在哇卡身上，一路狂奔。走了大约几个时辰，他忽然感觉浑身灼热、头晕目眩。此时，哇卡一个纵身跃起，跳过一块岩石，而鹿一鸣竟然坐立不稳，从上面摔了下来。

鹿一鸣倒在地上，喘息间伸出手，发现右手掌心有一红色斑块。

这红色斑块仿佛有生命一般，在他的掌心缓缓扩散，不过片刻工夫，他的整个手都变成了红色。而一阵又一阵灼热感从右手手心向全身扩散，让他痛苦不堪。他想起刚才抓住那术士之时，那术士身上燃起的火星曾溅到他的手心上。那时他并未在意，没想到这火星竟然有如此毒性。

鹿一鸣急忙运功抵挡掌心上传来的热流，试图用真气压制毒性。但是他不运气还好，一运气，犹如火上浇油，掌心的热毒加速在他体内流窜，失去了控制。他只觉一阵倦意袭来，竟昏沉沉地晕了过去。哇卡见他忽然躺着不动，凑上前用头推他，又用舌头舔他，但他始终没有任何反应。哇卡急得不停地在他周围打转，发出声声嚎叫。但他们所在之地，荒寂无人，狂风肆虐，大雪纷飞，哪里会有人听得到哇卡的嚎叫。

哇卡虽通人性，但看着昏倒在雪地上的鹿一鸣也毫无办法。它围着鹿一鸣转了几圈后，用嘴把他叼了起来。暴雪肆虐，如果任由他躺在这里，他很快就会被暴风雪掩埋。哇卡叼着鹿一鸣找到一处避风雪的岩洞，它放下他，调头就往迦楼城的方向跑去。

鹿一鸣躺在冰冷的岩石上，一会儿醒来，一会儿昏迷，迷迷糊糊中，他感觉有人抱起了他。他勉强睁开眼睛，恍惚间仿佛看见了安多丽，但热毒很快又让他沉睡过去。也不知道过了多久，他又从昏睡中醒来。他发现自己身处一间石屋内，躺在温暖的毛毯里，热毒似乎也消退了不少，虽然仍旧浑身乏力，人却清醒了许多。他往身旁打量，看到了一个女人的背影，他本能地喊道：“安多丽……”

女人转过身来，却不是安多丽，只见她五官精致，细眉秀目，皮肤白里透红，身着锦衣华服，完全是夏国人的打扮。在她的身旁还站着两个身着连体黑衣的人，只露出一双透亮的眼睛。

“鬼隐者……”鹿一鸣一眼便认出这两个黑衣人乃是鬼隐者的装扮。

“你们两人先回洛安复命。”女人面无表情地吩咐两个鬼隐者。

两个鬼隐者领命后便闪出屋外，动作飘逸，宛如鬼魅。

“这是哪里？你是什么人？”鹿一鸣想运真气，却发现丹田内空若虚谷，反而引起胸口一阵剧痛。他抬起右手，手上的红斑已经消退，但体内的热毒似乎并未除尽。

“你现在与废人无异，我劝你还是别枉费心机了。”女人语气冰冷道。

“你是韦丞相的人吗？”鹿一鸣继续追问道。

“这里不是你问问题的地方。”女人走上前，在床头的椅子上坐下，以居高临下的姿态看着鹿一鸣。

“既然你不否认，那便是了。”鹿一鸣知道自己现在是别人砧板上的肉，不过自己身上的热毒是被对方所解，所以至少现在自己还能活下去，只要活着，自然就有翻身的机会。

“你身上的麒麟毒从何而来？”女人看着鹿一鸣问道。

麒麟毒？鹿一鸣以前从未听说过这种毒，他也是第一次知道自己所中之毒的名字。

“一个术士。”鹿一鸣老实回答，诚实与配合是活命的不二法门。

“在‘黄昏之地’，术士？”女人露出了阴森的笑容，显然她并不相信鹿一鸣所说的话，她伸手抓住了鹿一鸣的手腕道，“我能帮你完全解去此毒，也能让你继续痛不欲生。”

女人的手柔软细滑，掌心并不像她的脸那般冷，如果不是从她的手心传来的气劲让他浑身打战，他倒是不排斥这样的手。

“我没有必要说谎。”鹿一鸣咬着牙忍住剧痛说道。

女人收回手，虽然她仍旧有所疑惑，但鹿一鸣确实在这件事上没理由骗自己。

“他们是哪边的术士？”

“以我所见，都不是，至少不是两国官方所掌控的术士。”鹿一鸣一边说，一边抬起头，他看到女人腰间吊着一把精致小巧的玉尺，上面同样没有官方的印记，“你也是术士……”

“你想活得久一点儿，就最好不要知道得太多。”女人瞪了鹿一鸣一眼。

“你都不问我是谁，看来对我甚是了解。”鹿一鸣从脸上挤出讨好的笑容。

“哼，雪鹰卫的大名，自然是人人都知道的。”女人冷哼一声。

“虚名，虚名，若非遇到姑娘，在下早就横尸荒野了。”敌强我弱的形势下，鹿一鸣立刻就变成了“狗蛋”。

“你那可不是虚名，一剑就杀了本宗主的鬼隐者！”女人面色一寒，大有说翻脸就翻脸的架势。鹿一鸣心中暗暗叫苦，果然是遇到了韦不群的人，这下想要脱身怕是不容易，他忙道：“误会，怕都是误会……”

“行了，本宗主要杀你早就动手了。”女人挥手阻止了鹿一鸣继续胡说。

“那姑娘……这般……又是要如何？”鹿一鸣知道自己性命无忧，其他就不算个事了。

“本宗主费尽心思在这鬼地方找到你，自然是要带你回去见丞相。”女人恨声道。

“那就好，那就好，在下和丞相大人也算故交，我们之间虽有小小误会，但总算同朝为臣……”

“丞相没说一定要带个会说话的雪鹰卫回去。”女人抽出刀来道。鹿一鸣连忙知趣地闭紧上嘴，再不敢动弹半分。

“贪生怕死之辈，夏国雪鹰卫竟也沦落至此。”女人冷哼一声，拂袖而出。

鹿一鸣虽然还有许多问题想问，却不敢问，正所谓好汉不吃眼前亏，万一这疯女人真割了自己的舌头，那可是哭诉无门。

如今屋内只剩下他一人，他开始仔细检查自身的状况。衣服全被换了，只剩下一身单薄的布衣，红蛇剑也不知去哪儿了。不过即使有宝剑在手，他也用不了了。他感觉胸口空荡荡的，用手摸了摸，这才发现雪鹰令牌已然从胸前脱落。那雪鹰令牌并非一般之物，雪鹰卫借助它的功效可以修习一种特殊的功法。而之所以雪鹰令牌看起来是被镶嵌在胸口，并非借用外力，而是雪鹰卫用功法把它吸入胸口。如今鹿一鸣功力全失，雪鹰令牌自然就从胸口脱落下来。

这麒麟毒好生厉害，自己平生所学竟然难以抵挡分毫，也不知道那女人用了什么法子帮他除去了此毒？但为何他的内力也全都消失不见了？他又试着调息数次，却也都徒劳无功，现今他与普通人毫无二致。还有哇卡去了哪里？是否平安？如果它逃走了，应该会去迦楼城找安多丽，而安多丽一定会来找自己。不过他希望安多丽不要找到自己，因为这疯女人和她的鬼隐者实力超绝，即使是自己功力全在的时候，也恐怕敌不过他们三人。他实在担心安多丽如果贸然过来，会陷入险境。

想到这里，鹿一鸣不由得叹了口气，自己本已是身负重任之人，可此时心中却又多了一份难以割舍的牵挂。人力或许终究有穷，又岂能妄想凭借自己一人之力去改天换地?

“师父啊师父，你在天有灵，这事可不怪徒儿了，我如今武功全失，雪鹰卫是当不下去了……”鹿一鸣小声念道，说着说着，他竟然忍不住笑了起来。武功没了也好，等见了韦不群，服个软，他也不能真杀了雪鹰卫，何况自己武功尽失，对他已无威胁。然后再去给皇上递个辞呈，没有武功的雪鹰卫可担不了这个天大的重任。这些事情一了，他就回迦楼城，和安多丽过神仙眷侣的日子……

想到这些，他顿时如释重负，伸伸懒腰，跟着窝进温暖的毛毯里，享受这难得的清净。

迦楼城内纵然大雪纷飞，却也阻挡不了族人们重建家园的热情，人们纷纷走上街头、广场、城墙……打扫战场，重新运来木头、石块，在原址搭建房屋和公共设施。沃巴也在族中长老的见证下，成为迦楼部新的酋长，他领着一队狼骑出城，打算去天脊山下召回逃难的族人，以及与其他七部商议反攻卡木西多斯，夺回家园的计划。安多丽在城门口为沃巴送行，两个人都沉默不语，心情沉重。

“大哥，路途艰险，多加小心。”安多丽抱了抱沃巴。

沃巴安抚地拍了拍她的背，柔声说道：“放心，我速去速回。”说着，沃巴跳上狼背，他又回过头看着安多丽说道，“鹿兄弟乃人中之狼，一定会平安归来！”

安多丽默默点头，脸上露出羞涩的笑容，想到鹿一鸣，她内心既甜蜜又惶恐，每一分的等待都是煎熬。沃巴很少见安多丽有如此女儿态，不由得放声大笑，策狼而去。其他狼骑也纷纷跟随，数百狼蹄溅起地上的雪花，煞是壮观。

安多丽目送沃巴离开，正准备转身回城，却看到哇卡从远处向自己奔来，她欣喜万分，以为鹿一鸣回来了，急忙也跑向哇卡。当安多丽跑近时才发现哇卡背上并没有驼人，她以为鹿一鸣已经回到夏国，难掩失望之情，抱住哇卡，轻轻抚摸着。可是哇卡却烦躁不安，它用嘴扯住安多丽的袖子，把她往来的方向拖。

“哇卡，干什么？我们回去了。”安多丽拍拍哇卡的头。哇卡却还是不松口，反而拖得更用力。她从来没见哇卡这样，忽然，她脑子里仿佛被电击了一下。

“我男人出事了？”安多丽抱着哇卡问道。

哇卡长啸一声。

安多丽想也不想，就跳到了哇卡背上：“走，快带我去。”

哇卡一跃而起，带着安多丽风驰电掣般地往鹿一鸣所待的洞穴而去。

“快啊，快啊！”安多丽伏在哇卡身上，不停地催促，心急如焚。哇卡来回奔波，体力已有不支，但还是在奋力奔跑。几个时辰后，哇卡终于带着安多丽来到洞口，自己却累瘫在地，不停地喘息着。安多丽急忙冲进洞穴，却没看到鹿一鸣。

“鹿大哥，鹿大哥！”安多丽四处呼喊，却没有任何回应。

“哇卡，鹿大哥呢？他在哪里？”安多丽抱着哇卡的头焦急地问道。哇卡发出委屈的呻吟声，无力地把目光投向洞穴。安多丽放开哇卡，又在四处搜索良久，却依旧找不到鹿一鸣，也没看到有其他人出没。

“难道鹿大哥自己走了？”安多丽安慰自己道，但如果不找到鹿一鸣，她是无法安心的。哇卡虽然是狼，不通言语，却极有灵性，如果不是碰到什么事情，它绝不会带着自己来到此处。她找来浆果，先喂饱哇卡，让它尽快恢复体力，她也趁着这个时候让自己先冷静下来。

哇卡带她来的地方根本就不是去往天脊山的方向，如果鹿一鸣来过这里，说明他离开迦楼城后并没有直接去天脊山，那么他是去了哪里？

“鹿大哥带着你去了哪里？”安多丽轻轻抚摸着哇卡柔软的毛，这个答案只有它才能告诉她了。

哇卡吃饱喝足后，休息片刻就恢复了体力。安多丽拍着它的脑袋，说道：“哇卡，你和鹿大哥离开迦楼城去了哪里？带我去！”

哇卡嚎叫了两声，然后抖抖身上的毛站了起来，用嘴扯了扯安多丽的衣袖。她心领神会，翻身跳上哇卡。哇卡带着她去了卡木西多斯的山谷。山谷内蝠狰的尸体依然还在，即使是漫天的大雪也无法完全将它们覆盖。

安多丽简直不敢相信自己的眼睛，她问道：“这么多蝠狰都是鹿大哥杀的吗？”

哇卡不能回答问题，但是它冲着山谷中的山峰嚎叫着。安多丽往谷中凸起的山峰望去，山峰并没有什么特别的地方，不过在山峰上有一个并不起眼儿的洞穴。她让哇卡在原地等自己，然后她下到山谷，踏过蝠狰的尸体，来到山峰脚下。

山峰十分陡峭，为了爬上去，安多丽的手掌都被石头划破了，几次险些摔下来，她费了九牛二虎之力才爬进洞穴里。洞穴里有两具尸体，一具被大火烧成焦炭般，另一具胸口有剑伤。洞穴内光线暗淡，安多丽从怀中掏出火折，点燃后，抬头便看到洞穴壁上有一行字：鹿一鸣到此，尽诛邪魔！

安多丽瞬间明白了鹿一鸣为何瞒着自己来此，两行热泪禁不住从眼中滑落。她决定去天脊城、去夏国、去洛安……只要不找到鹿一鸣，绝不罢休！

张大山带着军队来到了狼族聚集地的外围一处，他们隐匿于一旁的石堆中，此时的风雪已经小了不少，视线也渐渐清晰起来。狼族外围的警戒十分稀疏，加上大风雪，大多数人都躲进了帐篷里，除了有几个零星的守卫，再看不到人。

“动手吗？”铁牛伏着身子在张大山耳边问道。

“再等等。”张大山久经沙场，为人谨慎，绝不贪功，他倒是希望另外两路人马先动手。

就在这个时候，从狼族的寨子里跑出来两个小孩儿，一个小男孩儿和一个小女孩儿，大约六七岁的样子，他们手里拿着木铲，在营寨口玩儿起了堆雪人。男孩儿似乎比女孩儿大一点儿，两个人铲一会儿雪，男孩儿就会疼惜地把女孩儿的手握在手中，帮她搓揉一会儿。

两个孩子有说有笑，堆出了雪人的身体后又找来树枝做雪人的手。两个孩子围着雪人看了看，发现还少了眼睛，就四处张望，看到远处有一个乱石堆，便打算过去捡两块石头回来做雪人的眼睛。

两个孩子往张大山他们埋伏的石堆跑了过来。张大山皱了皱眉头，额头竟然冒出汗来。前面负责警戒的士兵们已经握紧了刀，拉紧了弓弦。一旦孩子靠近，他们就会暴露身形，那么只能发起进攻了。

虽然将士们都见惯了血腥，对方又是异族，传说中吃人不眨眼的狼人，但突然间要杀两个手无寸铁的孩子，却也下不去手。好在这个时候一个中年妇女从营寨中跑了出来，看到两个孩子，大声喊了几句，似乎是要他们回去。两个孩不情愿地瘪瘪嘴，停下脚步，往回走了。张大山、莫留情和铁牛都不禁长舒了一口气。

“张大哥，这里有不少妇孺小孩儿，一旦发起进攻，恐怕……”莫留情虽然恶迹斑斑，却也从来没杀过女人和孩子，他倒宁愿对手凶悍一点儿。

张大山点点头，微微沉吟后，说道：“传我令下去，不得滥杀无辜……”他话音未落，忽然从天空中落下数支利箭，那母子三人立刻中箭倒地。

“谁放的箭？”张大山大怒，站起身来怒道。

“大人，不是我们……”一旁的士兵还未说完话，只见从东南方向又有无数利箭射向狼族营寨。这时，那倒地的母子三人中，小女孩儿发出了哭声，从母亲的怀里钻了出来。可眼见那漫天箭雨就要落下，小女孩儿危在旦夕。莫留情手疾眼快，仗着自己的绝世轻功，如飞鸟般飞了出去，一把抱住小女孩儿，然后另一只手舞起剑网，挡住纷纷落下的利箭。

狼族营寨响起啸声，狼族士兵们这时也纷纷杀了出来。张大山知道是友军发起了进攻，他也只能站起来，振臂一呼，带领士兵杀进敌营。

铁牛冲上前，搂住莫留情的肩膀说道：“好样的，兄弟，日后我铁牛再说你半个‘坏’字，你就割了我的舌头。”

莫留情苦笑，他把怀中的孩子递给身旁一个校尉，吩咐道：“先把孩子带去安全的地方。”

校尉带着孩子领命而去。

几个狼族士兵冲上来，挥刀砍向莫留情和铁牛，张大山挥剑上前，挡住了敌人。莫留情和铁牛站起来，大吼一声，砍翻来敌，又护住了张大山。

三人一同率部杀敌，冲进了狼族营寨。

天脊军三路先锋先后从狼族营寨的东南面、西面和北面发动了进攻，虽然兵力只有不到一万人，但因为狼族营寨毫无防备、组织混乱，确实收到了奇效。一时间，狼族营寨乱作一团，各个部族间的抵抗毫无协同配合，士兵们还要保护没有抵抗能力的族人，战斗力被大大削弱。天脊军三路先锋中，除了张大山极力约束麾下士兵不得滥杀无辜，其他两路先锋则不分男女老幼，一路斩杀死者无数，惨不忍睹。

天脊军的火油箭威力惊人，一旦射中帐篷，顷刻间便爆裂开来，火苗四溅，点燃四周物品。营寨中狼族各部火光连天，冰雪消融，哀号不断。

狼族士兵也算骁勇，个个拼死抵抗，但大多数都陷入单兵作战，被撒长结阵的天脊军分散绞杀。尤其是张大山这一路先锋，以兵神宋阳的五行阵法御敌，简直所向披靡，杀敌无数，极大地缓解了其他两路先锋军的压力。

不过狼族的混乱并没有持续太长的时间，在部分狼骑的协助下，各部士兵开始向中心地带聚集，重整军列，开始反击。张大山、莫留情和铁牛也终于第一次看到了狼骑，虽然早有耳闻，但一见之下，仍然惊惧。那狼如马般高大，眼如铜铃，龇牙露齿，浑身皮肉几乎刀剑不入，俯冲过来，根本无人可挡，连五行阵法都被冲乱了。

好在整个狼族营寨中不过数十狼骑，四处救援，疲于奔命。但即便如此，也给天脊军带来不小的麻烦。三路先锋军的冲击势头被大大减缓，而狼族也开始站稳脚跟。

“难怪多年来我军在平原上未曾胜过狼族，他们如果有五百狼骑在这里，我们恐怕一个都别想活着回去。”张大山面色凝重道。

“大人，别说如果了，‘王八蛋’再不带主力来，我们怕是也扛不住了。”莫留情一边挥剑杀敌，一边气喘吁吁地对身旁的张大山叫道。

“我干你祖宗！杀啊！”铁牛浑身是血，也分不清这些血有多少是敌人的，又有多少是他自己的。他手持双刀，带着自己的士兵，用了十七条人命才勉强以五行阵杀了一头狼骑。

张大山居于中央指挥，不断调动各部，以小阵带动大阵，浑然一体。虽然如今压力大增，但短时间内仍旧可以立于不败之地。

其他两路先锋军却已经开始溃败，狼族士兵也最恨这两路士兵，所以大多往他们的方向涌去，下手也格外凶狠。

张大山知道形势已经开始逆转，他开始指挥部队一边抵抗，一边撤退，否则一旦另外两路先锋军完全溃败，那么所有狼族兵力就会集中攻击他们。两边人数相差悬殊，刚开始占了突袭的便宜，一旦对方稳住阵脚，到时别说进攻，就是撤退都没机会了。

正当狼族全力反击天脊军三路先锋军的时候，岳猛率领的八万主力部队已趁机神不知鬼不觉地迅速绕到狼族营寨的后面，发动了全面进攻。

第十三章 杀！杀！杀！

再大的风雪也有停的时候，此时天色大亮，晴空万里，茫茫白雪覆盖着大地。伯牙从夜里开始就一直站在城头，而幕僚朱博文站在他的身侧。两个人遥望着远处山下的烽火，心里都捏着一把汗。伯牙为了避免狼族涌入夏国境内，孤注一掷，几乎倾尽全城兵力突袭狼族营寨，胜败在此一举。倘若偷袭失败，那么天脊城则变成几乎没有守军的空城，再无力防御狼族的入侵。

此时，伯牙和朱博文只能望见远处山下徐徐燃起的大火和缕缕黑烟，却看不见猩红的血，也听不见妇孺的哀号。

“大人，属下始终不明白，您这次何以用岳猛将军，而不是其他将军……”朱博文说到这里欲言又止，他的意思很清楚，相比其他几位天脊军的将领，岳猛无论是才干、人缘，还是战斗能力都难以让人放心。

“只有他够狠！”伯牙面色冷然地道。

“大将军的意思是？”朱博文心里一惊，他虽然已经明白了三分，但还是脱口而出地问道。

“狼族这次有一半以上是平民，如果换作其他将军去打，他们会怎么做？”

朱博文闻言不禁打了一个冷战，岳猛心狠手辣，必定不分男女老少，屠尽狼族，而其他几位将军怕是难以做到。

“就没有其他办法了吗？要不要再等等鹿大人，或许他会查到这次狼族异动的原因……”狼族虽是异族，但终究也是血肉之躯，朱博文于心不忍。

“大丈夫做事，岂能有妇人之仁！不管是什么原因造成狼族举族逃窜，只要此役成功，夏国西北从此就再无威胁，这乃是千秋之功！”伯牙的声调不禁提高了几分，语气中带着几分责备。

“大人深谋远虑，属下惭愧。”朱博文说完还是轻轻叹了口气。

八万精锐步兵，铁甲银盔，长枪皮盾，五人一小队，二十五人一方，百人一阵，千人如流！八万步兵犹如滔天海浪，滚滚而入，杀入狼族营寨。枫国有纵横云州的铁骑，那么夏国能与之媲美的就只有天脊军的步兵列阵。

天脊军与夏国的其他军队完全不一样，他们长年累月在天脊山附近与狼族鏖战，所以时刻处于高度戒备之中，训练从未中断。而特殊的位置以及艰苦的条件，也让大多数纨绔子弟唯恐避之不及。也正因为这样，天脊军几乎成为夏国最为精锐的军队。

如今狼族的士兵基本上全在前面与天脊军三路先锋军作战，眼看就要击败来犯之敌，战意甚浓。然而在他们的后方，几乎全是逃窜而来的老弱妇孺。天脊军主力此时犹如狼入羊圈，狼族百姓根本毫无还手之力，惨遭杀害者众，投降以及被俘虏者更是不计其数。八万步兵却并不停留，继续向前掩杀，直扑狼族主力部队。

好不容易重整军容的狼族士兵，做梦也想不到在他们后面还有一支主力部队，以潮水般的强大声势奔袭而来。本来还在苦战的三路先锋军忽然发现压力大减，狼族士兵大部分又转身离去，而且他们很快就听见主力部队的战鼓以及军号声。三路先锋立刻按照原定计划，开始疯狂反攻。

十几万狼族士兵顿时陷入腹背受敌的境地，一场史无前例的厮杀就此展开，任何一方都没有退路，要么生，要么死！长枪刺穿这方的身体，狼刀则砍断对方的脖子，你来我往，谁能坚持到最后？

两军从清晨杀到黄昏，白雪被染红、融化，变成滚滚血水沿着高地流淌而下，蜿蜒成溪，令人惊惧。嘶吼声、哭泣声、惊叫声、兵刃的撞击声、激昂的战鼓声、嘹亮的号角声……它们统统汇集在一起，化作炼狱悲歌。最终，这场战事以天脊军的胜利而告终，不过他们也付出了惨重代价。天脊军九万人仅剩五万不到，除了统帅岳猛，未有不伤者。

狼族八部共计士兵十七万，平民二十余万。大战过后，仅剩两万士兵或俘或降，平民被俘者则近十几万，还有大约两三万人逃出，不知所终。整个营寨则被付之一炬，大火烧了整夜未熄。

岳猛命令所有部队就地扎营，暂不返回天脊城，并命令士兵在营寨附近挖数百个约莫一人高的深坑，每个坑可容纳百余人。所有俘虏不分士兵贫民，皆丢入这些坑中。大坑四周安排士兵驻守，倘若有俘虏胆敢往上爬，杀无赦！

几日以来，天寒地冻，这些俘虏既没有篝火取暖，也没有水和食物，在坑中哀号不断，甚至有些体弱多病和受伤的人已经在坑中被冻死、饿死。有些狼族人试图从坑里爬出来，立刻便被守卫的士兵以长矛刺死。

张大山、莫留情和铁牛经过这些大坑，看到坑中还有母亲抱着刚出生不久的婴儿。婴儿依偎在母亲的怀中，又冷又饿，啼哭不已。此情此景，真尤胜炼狱。莫留情甚至看到自己救下的那个小女孩儿也在坑中。

小女孩儿也看到了莫留情，她能感觉到这个叔叔是可以信赖的人，他救过自己。小女孩儿伸出手，使劲儿踮起脚，朝着莫留情大声喊着。莫留情听不懂她在说什么，但是他知道小女孩儿是想让他救她。他走上前，想去把小女孩儿从坑中带出来，却被士兵拦住。

“未有岳将军令，任何人不得靠近！”士兵乃是岳猛的亲兵，所以即使莫留情的级别比他高，他也全然不放在眼里。

“这王八蛋想干什么？那些狼族士兵杀了也就罢了，这些妇孺又何罪之有？”铁牛心中不岔，骂出声来。

张大山急忙把莫留情和铁牛拉到僻静处，小声道：“兄弟，这里可都是那‘王八蛋’的亲兵，让他们听见，我们怕是要惹上麻烦。”

铁牛一股子蛮劲道：“我怕他个熊，大不了老子不干了！”

“我也想不到岳猛会如此狠，连妇孺都不放过，如果我没猜错，明天一早他便会下令活埋这些俘虏。”张大山眉头紧锁，握着拳头，虽然他尽力控制着自己的情绪，但身体还是止不住地发抖。

“他真敢这么做？”莫留情不禁深吸一口气，想起坑中的那个小女孩儿，实在于心不忍，道，“我这就去天脊城找伯牙大将军！”

“没用的。”张大山拉住莫留情道，“没有伯牙大将军的许可，岳猛他不敢坑杀十几万俘虏。”

“可……可还有……还有孩子啊，就算在夏国诛九族，也不杀十岁以下的孩子啊！”莫留情脸色变得苍白，说起话来都不利索了。

张大山长叹一口气，说道:“伯牙野心颇大，他是想要灭了狼族……”

“难道我们就只能这么干看着？！”铁牛瞪着眼睛，拔出腰间的刀，就想往岳猛的营帐里冲。

“我张大山虽为一介武夫，但绝非不分黑白之人，如此惨无人道的大屠杀，实难坐视不理。”张大山看着莫留情和铁牛，一字一句继续说道，“我有一计，或许能救些人，但恐怕从此以后就要亡命天涯，两位兄弟可愿意和我一起干？”

“干，老子早就受不了了！”铁牛一把扯下腰间的令牌，丢到地上。

莫留情闻言一愣，他看看张大山，看看铁牛，又看看坑中那些绝望的眼神。

“罢了，罢了，还是采花的营生适合老子！”莫留情也解下腰牌，扔进了一旁的臭水沟里。

安多丽日夜兼程，渴了、饿了就和哇卡一起吃浆果，累了就找避风的洞穴休息，几日后终于远远望见了巍峨雄壮的天脊山。她担心沃巴或者族人发现她，阻止她前往夏国，所以她小心翼翼地避开族人的集中地，打算等夜幕降临，就悄悄翻越天脊山。可当她靠近天脊山的时候却发现狼族聚集地冒出火光和浓烟，隐隐约约还是厮杀声传来。

“难道蝠狰已经杀到这儿来了？”安多丽担心族人的安危，让哇卡掉转方向，往族人的集结地而去。在半路上，她就遇见了成群结队从集结地跑出来的族人。他们满身是血，步履蹒跚，眼神悲凉。

“发生了什么事？”安多丽立刻跳下哇卡，抓住一个逃难的族人问道。

“夏国人偷袭我们，死了好多人……死了好多人……”族人神情恍惚，一边嘟嘟囔囔地说死了好多人，一边推开安多丽继续往前跑，显然受了很大刺激。

安多丽闻言心急如焚，她在逃难的人群中抓住每一个经过身旁的人，询问他们有没有看到过迦楼部的沃巴，但这些人都摇头不知。正在这时，忽然逃难人群又骚乱起来，一队夏国的士兵正追杀过来，意图赶尽杀绝。安多丽大怒，抽出腰间的狼刀冲了上去，砍倒一个夏国士兵，从他的长枪下救出一个老妇人。

“快走！”安多丽一边推开老妇人，一边又转身御敌。这时哇卡也飞扑上来，连撕带咬，把这一队夏国士兵冲散了。

天脊军中的队正看见竟然还有未死的狼骑，急忙吹响信号，更多的士兵往这个方向扑了过来。安多丽本可骑着哇卡突围，但是这样一来，其他族人便要惨遭毒手，为了掩护更多的人逃离，她只能奋力血战！

虽然有哇卡神勇无比，但是随着天脊军的聚集，层层叠叠的士兵以枪阵把他们团团围住，如今就算想突围也不可能了。哇卡身上也已负伤，发出沉重的喘息声。安多丽拼命挥刀抵挡，但密集的长枪让她防不胜防，一个不留神，她的小腿就被划了一道长长的伤口。

“杀！杀！杀！”天脊军整齐划一的喝声，让人胆战心惊。安多丽和哇卡的活动空间越来越小，眼看就要毙命在长枪之下。这时，忽然从一旁的石林中冲出数十狼骑，以迅雷不及掩耳之势突进天脊军军阵中，围攻安多丽的天脊军瞬间被冲散。

安多丽抬头一看，来者正是沃巴和他手下的狼骑。沃巴瞬间便冲到她的身边，一脸的关切。

“大哥！”

“你怎么来了？”

“我……”安多丽刚想答话，一根长枪刺来，她急忙避开。

“杀出去再说！”沃巴挥刀砍翻两个夏国士兵，护住安多丽道。

在数十狼骑的冲击下，夏国的军阵变成一盘散沙。沃巴带着安多丽杀出敌阵，往石林中跑去。数十狼骑来去如风，天脊军只能望洋兴叹。

沃巴和安多丽摆脱了天脊军后便找了一个隐秘处藏身，安多丽急忙为哇卡包扎伤口，好在沃巴他们带着药草，哇卡总算没有大碍。

“怎么会这样，我们的族人呢？”安多丽焦急地问沃巴。

“我们到的时候，天脊军已经把聚集地包围了，我们冲杀了几次，始终无法突破他们的防线，还折损了五头狼骑……我们只能撤退……”沃巴神情沮丧道，“族人多半被杀，还有一些被天脊军俘虏了。”

“我们去救他们……”

“这样冲进去无疑自寻死路！”沃巴一把抓住冲动的安多丽道，“等到天黑，我们再想办法。”

“其他部的人呢？都败了吗？”安多丽还是有些不相信，他们八部共计十几万士兵，怎么会如此不堪一击？

“其他各部情况可能更糟，他们本就被蝠狰吓破了胆，只想着逃走，连狼骑都没带。”沃巴摇摇头道。

安多丽默然，突然出现的卡木西多斯和蝠狰让狼族元气大伤，否则怎会如此不堪一击。

“对了，你不是在迦楼城吗？怎么会突然来这里？”沃巴想起来问道。

“鹿大哥可能出事了……”安多丽神色更见黯然，她把哇卡独自回来以及鹿一鸣孤身一身诛杀卡木西多斯的事情告诉了沃巴。

沃巴睁大了眼睛，简直不敢相信，道：“鹿兄弟真乃神人也，他必是狼王之子，来助我狼族复兴之人！”

“可如今他下落不明，无论千山万水，我一定要找到他，这样我才能安心。”安多丽露出无比坚毅的神情。

沃巴听完后，安慰道：“你不用担心，鹿兄弟必然无碍。”

安多丽点点头，跟着拔出腰刀，说道：“在那之前，我们先要把无辜的族人救出来！”

鹿一鸣甜美地睡了一觉，醒来后，虽然功力依旧全无，精神却好了许多。他从床上慢慢爬起来，穿好衣服，推开门，来到外屋。那女人正坐在前厅喝茶，见他出来了，微微抬起头道：“你倒是睡得安稳。”

“如今我就是案板上的一块肉，着急也没用。”鹿一鸣说着就大大咧咧地走上前，坐到桌旁，拿起桌上的干粮和水，一顿狼吞虎咽。

女人皱皱眉头，却也没说什么。鹿一鸣吃饱喝足后，长长舒了一口气，然后看着女人笑问道：“此去洛安城，千山万水，还请姑娘赐教芳名？”

女人斜了鹿一鸣一眼，也不知他是真没心没肺，还是另有目的。堂堂雪鹰卫，如今武功尽失，犹如废人，却看不到他脸上有一丝沮丧，反而喜笑颜开，精神奕奕。她出手如闪电，一把扣住鹿一鸣的手腕，探查他的气劲。

“放心，真的一点儿功力都没有了。”鹿一鸣神态轻松，任由她扣着自己的手腕。

女人确认无疑后，这才放开他，冷漠地说道：“你可以叫我宗主。”

“宗主？”鹿一鸣想笑却又不敢笑，为了自己舌头着想，终是忍住了。

“这里看起来像是民宅，只是原来的主人去哪里了？该不会是你们……”鹿一鸣一边好奇地问道，一边站起来推开门走了出去。宗主倒也没有阻拦他，以他现在的状况，是跑不了的。

这是一个荒废的狼族小村落，街道上冷冷清清的，不过村内房屋都完好无损，四周也井然有序，看起来就好像一夜之间所有村民都消失了，只留下这些空荡荡的房子。鹿一鸣轻轻叹了口气，他猜测村民恐怕是因为畏惧蝠狰，所以逃往天脊山了。

“让夏国畏惧的狼族，如今竟然千里不见人烟，这里怕是发生过什么事情……”宗主此时也走出来，若有所思地看着空荡荡的房子。

鹿一鸣并没有说出卡木西多斯和蝠狰的事情，若非亲眼所见，恐怕其他人很难相信。

“宗主操心的事情真是不少。”鹿一鸣笑道。

“你是不是知道些什么？”

“宗主抬举，在下哪有那么大能耐，能知天下事。”

宗主面带疑色，但这毕竟是异域之事，她也懒得深究。

“你已恢复体力，我们立刻返回洛安。”

“这就走？不多住两天？”外面风大，寒气逼人，鹿一鸣如今没有神功护体，冷得直哆嗦。

“你是自己走，还是让本宗主用绳子牵着你走？”

“不劳宗主费心，我自己走。”鹿一鸣哭丧着脸跟着宗主往天脊山方向走去。

岳猛阴沉着脸，大帐内烛火摇动，四下无声，气氛凝结。几个守卫倒在地上，不省人事。一把匕首抵在他的脖子处，张大山、莫留情和铁牛三个人围着他。

“你们好大的胆子，想造反吗？”岳猛怒道。

“上天有好生之德，大人要坑杀几万老弱妇孺，实在做得太绝！”张大山说道。

岳猛冷笑道：“妇人之仁，狼族乃我夏国心腹之患，正所谓斩草不除根，春风吹又生！他日狼族携狼骑卷土重来之时，敢问张大将军挡得住吗？”

“两国交战，疆场相逢，不管挡不挡得住，张某都会不惜性命为国血战，但若是有些人以战为由滥杀无辜，张某也绝不坐视不理！”

“你可知今日你们三人做此逆行，可是杀头之罪，为了异族，值得吗？”岳猛皱眉问道。

“大丈夫行事但求问心无愧！”张大山说得斩钉截铁。

“大哥，跟他废什么话，把令牌交出来！”铁牛手中匕首一紧，一道血丝出现在岳猛的脖子上。岳猛倒也不是宁死不屈之辈，他从怀里急忙掏出令牌，道：“你们一定会后悔！”

张大山拿过令牌，不再理会岳猛。

“莫兄弟，你手持令牌去命守军释放妇孺。”

莫留情拿过令牌，快步走出。

“岳将军，失礼了，烦请小睡一会儿。”

“你们……”

铁牛一掌拍在岳猛脑后，让他晕了过去。

张大山和铁牛脱了军服，换上便服，两个人溜到营外，等候莫留情。

“传岳将军令，释放妇孺！释放妇孺！”莫留情手持令牌奔走于各个大坑，高声传令，让守卫放走坑中的妇孺。

老人、女人和孩子陆陆续续地从坑中爬出来，相互搀扶着往“黄昏之地”的深处走去。他们茫然无助，眼中充满恐惧，有的甚至走着走着就倒在了地上。有些人站起来了，继续往前走，有些人则永远地躺下了。

莫留情看着这些人缓缓离去，心中总算有了些安慰，他们能力有限，也只能帮到这里了。这些人能否活下去就靠他们自己了。不过“黄昏之地”终究是他们的故土，他们应该知道如何生存下去吧？想到这里，莫留情叹了口气，有些事情已不是他能左右的了。他正准备转身离开，忽然感觉有人拉住了他的衣服。他回过头，竟然是那个小女孩儿。

小女孩儿睁着圆溜溜的眼睛，没有哭，也没有说话，只是看着莫留情。莫留情有些慌乱，他蹲下身子，指着正缓缓离开的人流，对小女孩儿说道：“去，那里！去那里！去找你的族人，明白吗？”

小女孩儿听不懂莫留情在说什么，或许她能理解他的动作，但她还是紧紧抓着他的衣服不松手。莫留情急得满头大汗，他又试着向小女孩儿解释了几次，但是小女孩儿依旧不松手，不挪步。莫留情实在没有办法了，只能扯开小女孩儿的手，然后急步离开。可他还没走出两步，小女孩儿就倒在了地上。他急忙反身抱起小女孩儿，这才发现她浑身滚烫，发着高烧。他慌忙找来水，喂进小女孩儿的口中。

小女孩儿昏昏沉沉地睁开眼睛，看到莫留情后不禁露出笑脸，跟着又昏睡了过去。莫留情抱着小女孩儿，一时竟愣住，不知如何是好，但看着孩子红扑扑的脸蛋和急促的呼吸，他还是咬咬牙，决定先治好她的病再说。

张大山和铁牛没想到莫留情竟抱着一个小女孩儿回来了，他们倒是认出这个小女孩儿就是莫留情在箭雨中救下的那个孩子。

“这个孩子病得很重，需要大夫。”莫留情解释道。

张大山摸了摸孩子的头，又为她把了把脉，道：“孩子怕是染了风寒，要尽快送她去天脊城，我在那儿有个相熟的大夫。”

“事不宜迟，我们走吧。”

三人带着孩子趁着夜色往天脊城匆匆而去。

安多丽和沃巴原本打算偷袭天脊军营寨，救出族人，可当他们过来时却发现天脊军释放了所有妇孺。

这些人经过几日的战火煎熬，身体条件极差，缺衣少食，如果就此放任不管，恐怕大多数人都很难活着走回家。沃巴和安多丽商议后，决定不管是不是迦楼部的人，都带他们去迦楼城，城中食物储备充足，狼骑精锐仍在，可保他们的安全。

他们带着手下在人群中找到一些各部族的长老或主事，告诉他们卡木西多斯和蝠狰已被铲除，他们可以返回家园或者暂时去离此处最近的迦楼城，迦楼部可向他们提供一切所需物品。

消息迅速在几万人之中传开，而这消息中也有许多走样的部分，好比鹿一鸣被传为狼神下凡，有三头六臂，一口便可吞食一个蝠狰。还有迦楼城之战，狼神以一己之力杀尽卡木西多斯和蝠狰。人们喜欢这样的神话和奇迹，这给他们带来了希望和勇气！

逃难的人们开始呼喊，由零零星星的声音汇聚成整齐划一的轰鸣，他们不断重复着两个字：狼神、狼神、狼神……

鹿一鸣失去了武功，不能像以前那般飞来飞去，日行百里。如今他跋山涉水，皆是一步一个脚印，遇到实在过不去的地方，宗主就像提小鸡一样把他提过去。

鹿一鸣跟安多丽学会了如何识别树林中的浆果，“黄昏之地”有着特殊的自然环境，在这里生长着各种各样的浆果，至少有数百种。它们除了颜色形态各异，有些营养丰富、清甜鲜美，有些则涩口难吃，还有一些则有毒。

宗主进入“黄昏之地”的时候带着干粮，可如今十来天过去了，早已见底。

“宗主大人，多亏你一路照顾，我帮你摘了个果子。”鹿一鸣从树上趴下来，手里抱着两个好像小西瓜般的红色浆果，“这个可好吃了，你试试。”

宗主冷漠地摇摇头，吃着手里干巴巴的饼子，这饼硬得就像石头，就着水方能勉强下咽。

鹿一鸣也不介意，放下一个红色浆果在地上，拿起另一个，用手指戳开一个洞，用嘴先吸了浆果里的水分，然后才彻底剥开皮，开始吃里面的果肉。他一边吃，一边说：“真香、真甜，夏国可吃不到这样美味的东西。”

宗主看着自己手中的“铁饼”，忍不住轻轻咽了咽口水，虽然她已经尽力掩饰，但还是没能逃过鹿一鸣的眼睛。

“宗主大人，切莫客气，我看过，方圆十里，这种浆果就两个，这个是我特意留给你的，是为了感谢你的救命之恩。”鹿一鸣急忙献殷勤，对于如今的他来说，极力维护好和这位宗主大人的关系，绝对是保命的不二法门。

宗主依旧冷若冰霜，但还是接过鹿一鸣毕恭毕敬奉上的浆果。

“这种浆果水分多，而且皮软肉稀，宗主大人先在上面开个小孔，喝完果汁，再吃果肉。”鹿一鸣在一旁仔细说着吃浆果的方法。

宗主伸出纤纤玉手，依言在浆果的上方用手指戳破一个小孔，然后掏出手帕，擦干净手，这才捧起浆果放在嘴边轻轻抿了一口。一股浓稠的果汁流入喉中，香气怡人，味道甘甜，确实十分美味解渴。

“看宗主大人吃东西真是一种享受，果然美食还需美人来配，像我这样的吃法，简直暴殄天物。”鹿一鸣躬身说道，语气、神态近乎献媚。

宗主皱了皱眉头说道：“知道的，你是雪鹰卫；不知道的，还以为你是宫里的公公。”

“比起雪鹰卫，我倒宁愿做公公。”鹿一鸣苦笑道。

“恐怕你以后是真做不了雪鹰卫了。”宗主淡淡地说道，“麒麟毒无药可解，本宗主也只能散去你全身功力，才能暂时帮你压住毒性。”

“多谢宗主救命之恩……”

“若非丞相有命，本宗主岂会管你。”

鹿一鸣笑而不语，他知道自己这次算是走了大运。他一时大意，中了卡木西多斯的暗算，若非韦不群一直派人追踪自己，又岂会有如此巧合？若非如此，自己怕早已葬身“黄昏之地”了。

宗主和鹿一鸣一路相伴而行，虽然宗主冷若冰霜，但鹿一鸣还是竭尽所能地讨好她，只为从她那里尽可能多地获取一些好感和信息。日后他回到洛安如何能保住性命，全身而退，这位冷艳的宗主大人怕是关键。

两个人行了几日，终于来到天脊山下，遥望云海中的天脊城。然而，除了巍峨耸立的天脊城，他们还看到山下一片废墟和无数尸体。即使火焰燃尽，青烟不在，他们也看得出这里曾经发生过一次惨烈的厮杀。

“天脊军这次的行动倒是十分大胆，看样子他们偷袭了狼族聚集的营地。”宗主并不喜欢弥漫在空气中的空气中弥漫着地那些死亡和腐败的气息。鹿一鸣一言不发，眉头紧锁，他心里百感交集，无论谁胜谁负，他都不愿意见到今日之惨况。他本以为自己解了狼族之困，狼族各部就会回归家园，但终究还是晚了一步。

“伯牙啊伯牙，老子真小看你了！”鹿一鸣在心里骂道。

天脊军虽惨胜，不过总算解除了狼族“围城”之困，且基本瓦解了狼族的军事力量，除了在战场上杀了十多万狼族人，还坑杀了几万狼族俘虏。不过因为张大山、莫留情和铁牛的叛乱，胁迫岳猛，违抗军令，放走狼族妇孺八万余人。伯牙得知此事，勃然大怒，一方面上报朝廷，另一方面则下令追捕张大山等人。

如此一场惨烈的大战，天脊城中的百姓却并不知道详情，他们只是庆幸多年难得一见的大风雪终于过去了。而与此同时，张大山、莫留情和铁牛带着一个小女孩儿，悄无声息地混进了天脊城。他们到了城中，发现城里大街小巷都贴着他们的画像，天脊大将军伯牙悬赏黄金五百两通缉他们。

“他们的动作可真够快的啊！”莫留情拉低了自己的帽子。

“飞鸽传书也就半炷香的时间。”张大山点点头说道。

“可惜我下手还是太轻，要不那岳猛起码会多睡好几个时辰。”铁牛不免责怪自己。

“三个人五百两，伯牙未免太小气了。”莫留情撕下一张通缉令道，“我们三个起码一千五百两，每人五百……”

“走！”张大山看见有不少人围过来，为避免生事，拉着莫留情和铁牛往小巷深处走去。

张大山对天脊城十分熟悉，他专挑僻静的小路走，绕了个大圈，来到城中一家不起眼儿的小医馆。医馆里的大夫姓许，名宝药。话说这许宝药出生在医学世家，三代从医，但到了他这一代就开始衰落了。他更是在一次出诊中，因为病人病重，无力回天，病人家属认为他是庸医，所以才误了事，就将他告上了衙门。虽然官府并没有治他的罪，他的名声却一落千丈，他在当地待不下去了，几经辗转，后来就流落到了天脊城。

许宝药为了谋生，在天脊城开了个小医馆，却屡遭地痞流氓骚扰。一次，张大山路过这里，为许宝药解了围，两人还结为好友，从此那些地痞流氓再不敢来生事。

张大山为了救这小女孩儿，只能冒险来许宝药这里求医。许宝药看到张大山他们三人，面色一变，急忙拉着他们进门，并让妻子去把前门关了，休业停诊。

“张大哥，你为何会被人污蔑通敌卖国？如今城里到处都在通缉你们。”许宝药压低了声音关切地问道。

“说来话长，许兄弟先莫问这些，此番哥哥来是想让你救人。”张大山说着把目光投向莫留情怀中抱着的小女孩儿。莫留情急忙把孩子抱到许宝药面前，许宝药接过孩子，查看一番后，说道：“这孩子怕是很久没进食了，体质虚弱，又染了风寒，还好你们送来的及时，再晚一时半刻，怕是性命难保。”许宝药抱着孩子进了内堂，先施针灸，然后灌下汤药。

“孩子……没事了吧？”莫留情一直紧张地站在一旁，见许宝药满头大汗地忙完，这才开口问道。

“没事了，只需好生休养几日，按时服药，就可康复。”许宝药露出笑容道。

“许兄弟，谢过了，你再帮我们开些药，带在路上给孩子服用。”张大山拱手说道。

“张大哥何必这么着急，不如在小弟这里休息几日，待孩子病好再走不迟。”许宝药挽留道。

“许兄弟的心意我领了，只是如今我们乃戴罪之身，恐怕会给你带来麻烦……”

“我许某岂是怕事之人，更何况是张大哥的事。”许宝药急道。

“我也想留下来和兄弟叙叙旧，只是时不待我，你我总有再见之时。”张大山拍拍许宝药的肩膀道。

莫留情抱起了孩子，铁牛装好干粮和水，三人向许宝药辞行。许宝药见挽留不住，只能配了药方和药物给了他们，并详加嘱咐，方才放心。

张大山三人带着小女孩儿正欲离开，却发现许宝药的医馆已被士兵团团围住。领头之人正是天脊大将军的心腹朱博文。

“张大山、莫留情、铁牛，你们已经被团团包围，马上出来受降，否则莫怪我手下无情。”朱博文在医馆外高声喊道。

铁牛大怒，拔刀抵住许宝药，斥道：“是你告的密？”

许宝药一脸茫然。

“铁牛，不可鲁莽！”张大山急忙阻止铁牛道。

“诸位兄弟，我绝对没有出卖你们！”许宝药憋红了脸道。

“弟妹何在？”莫留情忽然问道。

“贱内？”许宝药只感觉似是被闪电劈中了一般，他那妻子素来嫌他穷，莫非真是她为了赏金告的密？

“兰梅！兰梅！”许宝药叫了两声妻子的名字，却无人应答。他整个人立刻软了下来，瘫坐在地上。

“我先砍了这对狗男女，再出去拼命！”铁牛手中的刀就往许宝药的脖子上砍去。

“住手！”张大山抓住铁牛的手腕道，“此事不能怪许兄弟。”

“哼！”铁牛收回刀，心里却还是怒气冲冲。

“没想到那贱人如此狠毒！”许宝药气急而悲。

“莫兄，把孩子交给许兄弟。”张大山知道事已至此，再埋怨已无意义。莫留情闻言一愣，但看着张大山的眼神，知道他已经做出了决定。莫留情把孩子重新放到床上，为她盖好被子，听着她均匀的呼吸声，看着她红扑扑的脸蛋，他露出了笑容。

“许兄弟，孩子就托付给你了。”张大山说道。

许宝药知道如今再说什么也无法辩解了，他只能悲痛地点点头，说道：“从今以后，她就是我自己的孩子。”

张大山长舒一口气，然后把目光投向莫留情和铁牛，平静道：“我们出去吧。”

张大山、莫留情和铁牛三个人走出医馆，门外弓手、铁骑、长戟里里外外围了数十层，他们想要杀出去，无疑是螳臂当车。

“朱大人，久违！”张大山把手中的刀掷在地上，莫留情和铁牛也跟着放下手中武器。

朱博文看到他们三人，面上并无喜色，昔日是他传伯牙之令给他们加官晋爵，如今不过数十日，却又是他来捉拿他们，实在是造化弄人。他从马上下来，穿过士兵，走到张大山三人面前。

“张大人，千山万水，为何偏要回来？”朱博文心中叹息，以他们对天脊山的了解，完全可以不回天脊城，浪迹天涯，外面天大地大，又怎会轻易被抓住。

“有些事非做不可，有些地方非去不可。”张大山面无悔色道。

朱博文内心虽敬重这三条好汉，但是军令不可违。

“你们还有什么话要与大将军说？我必定如实转告。”

“无须多言。”

“你们可知违抗军令，挟持主帅的后果？”

“朱大人的好意我们心领了，张某只有一事相求。”张大山拱手道。

“张大人请讲。”

“若朱大人遇见鹿兄弟，帮我们和他说一声，他的恩情我们无以为报，兄弟情义只能来世再叙！”

“朱某必当尽力而为。”朱博文说着转身吩咐侍卫道，“来人，把他们三人押入死牢！”

张大山三人镣铐加身，被侍卫带走了。

朱博文看着三人背影，百感交集，如今能救他们的怕只有雪鹰卫鹿一鸣鹿大人了。

鹿一鸣本以为宗主会带着他绕过天脊城，从僻静处翻过天脊山，再往洛安进发。然而宗主却带着他走上官道，直奔天脊城而去。鹿一鸣想不出宗主何以会铤而走险，虽然自己武功全失，但是天脊城中可有不少自己人。而且伯牙如果知道自己被挟持，恐怕也不会坐视不理。

“我知道你在想什么。”宗主瞟了一眼鹿一鸣，眼神中露出一丝怜悯。

“宗主大人神机妙算，有鬼神莫测之力，在下肚子里的那点儿小思量自不敢隐瞒……我只是好奇宗主为何去天脊城？”鹿一鸣赔笑道。

“你来天脊城竟然是来帮小皇帝求援兵，也不知是小皇上幼稚，还是你太幼稚？”宗主冷漠地问道。

鹿一鸣闻言犹如被人当头一棒，浑身禁不住一颤。他此番来天脊城借用天脊军之事，除了自己和皇上，也就伯牙知道了。

“雪鹰卫不过就是只看家护院的狗，却妄想扭转乾坤，岂不让人笑掉大牙？”宗主摇头叹气道，“也不知丞相看中了你哪一点，知道了你们那点儿小伎俩，却还偏要我把你带回去。”

鹿一鸣沉默不语，心里却已明了，皇上一直视为心腹的伯牙其实也是韦丞相的人，难怪自己来找他调兵，他却推三阻四。想起自己为此竟还真的深入“黄昏之地”，实在是被人玩弄于股掌之间而不知。不过若不是如此，自己又怎会认识安多丽呢？想到这里，他又不禁莞尔一笑，反正如今自己已功力散尽，一介凡夫俗子，争权夺利的事情与他再无关系。

宗主不见鹿一鸣大发雷霆，反而笑得甜美，不由得一愣：“麒麟毒是不是把你脑子也毒坏了？”

“非也，我的脑子比没中毒之前更清醒，正所谓祸兮福所倚，福兮祸所伏，如果不是这样，在下又岂能遇见美丽的宗主大人？”鹿一鸣调笑道。宗主没想到他会如此回答，脸上不禁微微一红，她生怕对方看到自己转瞬即逝的表情，不由得加快了步伐。

鹿一鸣跟着宗主来到天脊城外一道侧门处，那里早有人等候，正是伯牙的幕僚朱博文。朱博文只是奉命接应宗主入城，却没想到与宗主在一起的还有鹿一鸣。

“鹿大人……”朱博文看见鹿一鸣一时语塞。

“朱大人，别来无恙。”鹿一鸣只是拱拱手，并未多言。

朱博文虽然不知道发生了什么，但看宗主和鹿一鸣的脸色，便知道关于伯牙大将军的事情，这位雪鹰卫怕是已经知道了实情。虽然他有很多疑惑之处，但他也非常清楚不该自己知道的事情绝不能多问。

“宗主大人，马车已备好，所有物件一应俱全，大将军吩咐，宗主若还有其他需要，我们都将尽力而为。”朱博文转向宗主恭敬地说道。

宗主点点头，冷冷地道：“本宗主有要事在身，就不去叨扰大将军了，就此别过。”

宗主走向马车，鹿一鸣紧随其后，甚是乖巧。

此时，朱博文想起一件事，急忙说道：“鹿大人留步，在下有一事相告。”

“朱大人客气，请讲。”鹿一鸣回过头道。

“张大山、莫留情和铁牛三位兄弟因为违抗军令、挟持主帅已被打入死牢。”朱博文直言道。

“什么？”原本一直淡定的鹿一鸣大吃一惊，抓住朱博文的胳膊道，“究竟发生了什么事情？”

朱博文一五一十地把他们挟持岳猛，夺取令牌，放走八万多妇孺的事情告诉了鹿一鸣。鹿一鸣听完后，顿时犹如电击，他没想到这三人竟然如此大义凛然，为了无辜的异族百姓，宁愿牺牲自己的荣华富贵和大好前程。朱博文见鹿一鸣和宗主关系甚好，而且他又与伯牙大将军是至交，天真地以为如果鹿一鸣肯出面求情，那么张大山三人或许能有一条生路。

第十四章 风云变幻

洪飞羽和林晨从暗道中跑出来，两个人都灰头土脸的，着实狼狈不堪。如今枫国大军未退，岩石城内部反倒窝里反，即使是洪飞羽也未料到谢名浩竟会受大学士苏迟的挑拨，突然发难，抓了曹莽。

“这谢名浩看起来正气凛然，实则愚不可及！”林晨怒骂道。

“苏迟善于收买人心，又懂得做表面文章，一般人很难看到他真实的一面，夏国真正的大奸臣是这位苏大人，为争权夺利不择手段。”洪飞羽一边说，一边抹眼泪。暗道里的火虽然没烧到他们，但是浓烟熏得他们睁不开眼。

“只是这岩石城如果被攻破，枫国大军长驱直入，说不定就会吞并整个夏国，这对于苏迟又有什么好处？莫非他是枫国的奸细？”林晨有些不理解，即使是争权夺利，但在这等国破家亡的大事上又怎能耍手段。

“他是不是枫国的奸细，这倒不好说，但是他这么做，显然是希望天下大乱，大乱之后，谁能获得最大的利益？”洪飞羽蹙眉深思，却始终想不透。

“算了，算了。”林晨直摇头道，“我这脑袋不适合想如此复杂的事情，你还是说说我们现在该如何是好？”

“你刚才也听见谢名浩说了，他要派人押解曹莽去洛安。”洪飞羽笑道。

“你的意思是？”

“谢名浩是个直率之人，勇猛有余，却无大谋，所以如今之计，我们自然是劫囚车，救出曹莽，然后再回洛安，找苏迟算账。”洪飞羽说得直白。

“找苏迟算账是一定的，可是那苏姑娘怎么办？”

“就你嘴皮！”

“可不是我嘴皮，我是怕你英雄难过美人关。”

“击鼓其镗，踊跃用兵。夏国城岩，我独北行。不我以归，忧心有忡。死生契阔，与子成说……”洪飞羽击掌而歌，虽然蓬头垢面，倒也不失风流潇洒。

林晨摇头笑之，跟着洪飞羽隐入林中。

洪飞羽和林晨想要劫囚车，必须到岩石城北面去，也就是夏国境内，而岩石城如今是回不去了，暗道也用不了了，他们只能设法翻过险峻的山峰，绕过岩石城。

岩石城两边的山峰都十分险峻，几乎全是垂直的峭壁。林晨凭借超绝的轻功，勉强能翻越，但对于洪飞羽而言，难度就太大了。林晨试了试，自己也没办法徒手带着洪飞羽上去。两个人不得不另想办法，他们找来战场上遗弃的兵刃，取下锋利的尖头，作为登山的工具。林晨爬在前面，然后用一根绳索的两头分别绑住自己和洪飞羽。林晨每隔一段距离，就在经过的峭壁上插入从兵刃上取下的尖头，作为洪飞羽攀登的借力物。如果洪飞羽踩滑或者力有不逮，林晨就用绳索来帮他。可即便如此，当洪飞羽登上山顶的时候，双手却仍血迹斑斑，衣衫被锋利的石头划破，整个人看起来极其狼狈。

林晨一脸轻松神态，抱着手，看着洪飞羽，忍俊不禁。

洪飞羽自嘲道："行走江湖终究还是要有些武功才好，不知道我现在学还来不来得及……"

"自己的身体，你自己心里还不清楚吗？也不知道你师父怎么想的，偏偏让你挑起这么重的担子。"

"这不还有你吗？"洪飞羽不以为意地笑道。

林晨无言以对，算是默认自己被拖下了水。

两个人站在山顶，遥望枫国境内，发现枫国的先锋攻城部队正在收缩，有条不紊地向大营回撤。

"风颜亮真的被你劝住了？"林晨不免吃惊地问道。

"希望如此，否则云州怕是真的要万劫不复了。"洪飞羽忧心忡忡地道。

"云州？你读过那么多书，可知云州究竟有多大？"林晨好奇地问道。

洪飞羽摇摇头，说道："古书记载不详，近人也有游历家去探寻，但往西最多到'黄昏之地'，往北则到天幕雪，往南则到荆棘谷，往东则是汪洋大海。"

"这些地方以外，为何没人去过？"

"怕也不是没人去过，也有可能是去过却再也回不来。"洪飞羽苦笑道。

"以后若有机会，我想去看看。"林晨一点儿都不像开玩笑。

"那你从现在起就要勤读写，日后写一本游历记，必可流传千古。"

林晨大笑，豪迈地道："那倒不必，我来说，你来写便是。"

"未尝不可！"

洪飞羽和林晨爽朗地笑起来，意气风发，毫不为目前的困境所扰。

枫国大营内，气氛凝重，君主风颜亮召集将领在大帐中议事，而与此同时，先锋军撤军的命令早已下达。虽然此时风颜亮尚未开口，但下面的人大多心里已清楚，这场还未真正开始的大战，似乎就要落下帷幕了。

“昨日夏国遣来使臣赔罪，公主也已平安归来，和亲之事暂时作罢。岩石城中的哗变，恐有隐情，本君会安排使臣去夏国详加调查。上天有好生之德，未免生灵涂炭，本君意欲退兵，众卿家可有谏言？”

“君上圣明！”帐下将领异口同声地说道，他们一来不敢违抗圣意，二来这场战事于他们而言实在蹊跷，如今能够止战回国，自然是好事一桩。

“君上，请听微臣一言。”智渊侯欧阳心出列。

“侯爷就不用说了，你的谏言本君已了然，退下吧。”风颜亮心里自然知道欧阳心想说什么，整个出兵计划欧阳心都有参与，如今突然退兵，放弃一统云州的大计确实有些不合情理，但有些话、有些事，他却不能告诉欧阳心，更不能在朝堂上明说。

欧阳心心中的怒火和不满此时已达极点，风颜亮不但不给自己任何说话的余地，更是独断专行，把自己苦心经营数十年的计划付之一炬。

“喏。”欧阳心面无表情地退回队列，可低下头的他却露出谁也未曾察觉到的冷笑。

银铃一步三回头，却无法违抗父君的命令，她必须立刻回国。

风颜亮为避免她生事，除了安排一队亲卫护送，还亲自“押解”她上马车。

“父君，彩霞还在夏国，你让我接了她再走。”银铃挽着父君的手撒娇道。

“不行。父君自会安排人去接彩霞回来，你先安心回你母后身边，她也甚为挂念你，再不可意气用事，否则父君定不轻饶，听明白了吗？”

风颜亮语气虽然严肃，眼神里却满是慈爱。

银铃闻言，态度立刻软化下来，即使她再舍不得一些人、一些事，她却也非常想念母后。

“明白了……可……可我走了，父君还要打这场仗吗？”银铃吞吞吐吐地问道。

风颜亮面色一寒，故作斥责道：“国家大事你少操心，父君安排妥当后，不日也会回去。”

银铃冰雪聪明，看着风颜亮，简直不敢相信自己听到的话。

“父君此话当真？”银铃露出如花笑容。

“君无戏言！”风颜亮一摆手，装作不耐烦地说道，“快些上车。”

银铃欢喜地登上马车，心里却越发好奇，也不知洪飞羽究竟对父君说了些什么，竟然让他放弃征伐大业，愿意退兵。想起洪飞羽，她又不免一阵神伤，也不知道他现在是否已经回了岩石城？他可还好吗？她坐在马车上，遥望岩石城的方向，一时间竟然失了神。

风颜亮这时走到马车窗口，用手摸了摸她的头，柔声问道：“你可是对那洪飞羽动了情？”

银铃被父君说中心事，脸上微微一红，既不点头，也不摇头，撒娇道：“父君……”

“铃儿，父君与你直言，洪飞羽此人超然世外，虽有匡扶天下之心，却性情冷漠，绝非夫婿之选……”

“父君，铃儿不理你了！”银铃拉上窗帘，躲进了马车里。

谢名浩做梦也没想到，枫国竟然派来使臣议和，莫非洪飞羽所言是真？可他如果不是出卖夏国，又何以得到枫国国君的厚待？或者这是枫国的又一个诡计？他思虑甚多，却拿不定主意，只能一方面继续加强城防，另一方面飞鸽传书给大学士苏迟，希望他来定夺此事。

枫国使臣来时要求见洪飞羽和曹莽，谢名浩托词他们已回朝廷复命，如今岩石城内一切大小事务皆由他处理。于是枫国使臣向他提出要求，希望夏国立即释放战俘。谢名浩为了稳住枫国，对于这点要求倒是答应了，因为这数千人对战局没有多大影响，关在城内还要提供食物以及耗费人手看管，不如做个顺水人情。不管枫国葫芦里卖的是什么药，如今对谢名浩而言，拖延时间最为重要，一来是为等待大学士苏迟的回复，二来也为援军争取时间。

除了这些战俘，枫国使臣临走时还向谢名浩讨要一个叫彩霞的侍女。谢名浩知道彩霞是洪飞羽的侍女，如今枫国使臣竟然为洪飞羽出面，令他更加怀疑。不过自洪飞羽和林晨离开岩石城后，这个彩霞就不知去向了，否则他一定要对她严刑拷问，或许就能查出洪飞羽通敌的罪证。

谢名浩送走枫国使臣后，随即开始着手释放战俘。他心里还是希望议和是真，因为即使援军赶到，要想守住岩石城也不易，更何况现在城内人心浮动，军心动摇。但他十分信任苏迟，相信苏迟一定能扭转乾坤。

两日后，谢名浩终于盼到了苏迟的飞鸽传书。洁白的纸上写着：援军将至，虚与委蛇，寻机偷袭，生擒贼王！

谢名浩一屁股坐在了椅子上，手中的纸片滑落到地上，他不是贪生怕死，甚至“士为知己者死”对他而言是一种荣光。苏迟是他的知己，也是他的恩人，更是他一直敬仰的人。但是如果依苏迟的命令偷袭枫国大军，无异于重新挑起战事，届时两国都再无退路，唯有死战到底。谢名浩犹豫了，不过好在他还有时间，他又写了一封言辞恳切、尽言利弊的长信，亲自绑到学士府的信鸽的腿上，传书给苏迟，希望他能慎重考虑。

曹莽被谢名浩严刑逼供，被打晕后扔上了马车，等他醒过来的时候发现自己被五花大绑。他大喊大叫，马车停了下来，一位军官上了马车。

“大胆，我是护国大将军曹莽，这是去哪里？让谢贼来见我！”

曹莽大叫道。

军官拱手，态度倒是谦和，说道：“曹大将军少安毋躁，下官奉谢侯爷之命，押送您回洛安。”

“回洛安？”曹莽瞪大了眼睛，一副不敢相信的样子，到了洛安，他一定要参谢名浩一本。

“朝廷有命，曹大将军涉嫌通敌叛国……”

“放屁！”曹莽怒骂道。

“曹大将军若有冤屈，到了朝上再申辩不迟。”军官说完就要退出去。

曹莽急忙问：“谢名浩要你把我送到洛安哪儿去？”

“苏大学士府。”军官回头说道。

曹莽心里一“咯噔”，知道自己如果去了苏大学士府，绝无可能上朝堂申辩，更不可能见到丞相，只有死路一条。

“我乃堂堂护国大将军，纵然有罪，也是去刑部，你们怎能送我去苏大学士……”曹莽还想争辩，可军官根本不想再听他说话，直接离开了马车。

曹莽知道如今再喊叫也无益，只恨自己实在太过大意，对谢名浩这贼人竟然毫无防备，可是就算大家不属同一阵营，大敌当前，怎能窝里反？曹莽想不通，可是他却不知道，就算是谢名浩自己也未必想得通。

由岩石城到洛安需好几日路程，曹莽决定利用这段时间设法逃走。不过他的如意算盘却敲不响，他借着出恭的机会出了马车，却看到车外有将近百名士兵。谢名浩也算慎重，为了押送曹莽去大学士府，竟然动用了身边的百名亲卫，而带队的军官也是自己的心腹，可谓万无一失。

曹莽见到这样的仗势，心里凉了半截儿，就算他出恭，也有七八个士兵围着他，而且身上的镣铐和绳索也不解开，衣衫都是一名士兵帮他脱下。曹莽尴尬地蹲在草丛中，面对十几只眼睛的注视，他努力了半响，可就是徒劳无功。他尴尬地站起来，提起裤子，一旁的士兵又帮他整理好衣衫。曹莽跟着士兵正准备回马车，却只听到“嗖嗖”几声，看押他的士兵都倒在了地上。一个他再熟悉不过的人出现在了他的眼前。

“洪……”曹莽刚张嘴就被林晨捂住了嘴。

来者正是洪飞羽和林晨，他们一路跟踪押解队，直到此时方才找到机会出手。洪飞羽抬起手，伸出手指放在嘴唇上。曹莽心领神会，眨眨眼睛，又点点头。

林晨让曹莽趴在自己背上，然后背着他，和洪飞羽一起迅速离开了树林。他们早已安排好撤退路线和隐藏的地方，等到押解队发现的时候，想要再找到他们绝无可能。

三人到了一处极其隐蔽的小木屋，小木屋里备好了热水、衣服和食物，这里原是无相门的一个据点，如今虽然荒废已久，但是物件还十分齐全。

“曹大人受苦了。”洪飞羽拱手道。

林晨把曹莽放下来，曹莽情绪激动地握住了洪飞羽的手，道：“洪大人，谢名浩那贼子反了，诬陷我通敌，你可要为我做主啊！”

“不瞒曹大人，我也差点儿被谢名浩乱箭射死，要不是我的侍卫拼命护卫，怕也见不到大人您了。”

曹莽一愣，他原以为谢名浩是洪飞羽的人，而且洪飞羽官衔虽然不高，但是身份非凡，乃是当今帝师。

“他竟然连洪大人都敢杀，简直是丧心病狂！”曹莽怒道。

“谢名浩不过愚忠，他还没那么大的胆子，关键是他背后操控这一切的人。”洪飞羽直言道。

“洪大人指的是苏迟？”

“正是。”

曹莽不禁沉吟了片刻，如果这幕后的人是苏迟，那么解决起来可比谢名浩叛变复杂多了。

“洪大人，兹事体大，我觉得我们有必要立刻去洛安向丞相大人汇报此事。”

“我也正是此意。”洪飞羽扶着曹莽坐下来，然后转头对林晨说道，“林护卫，快快除去曹大人身上的枷锁。”

林晨闻言拔出剑，轻巧砍断了曹莽身上的枷锁。

“洪大人的这位护卫真是人中龙凤，武功超绝！”曹莽一边致谢，一边赞道。

“曹大人过奖了。”洪飞羽代林晨致谢，然后又说道，“这里有干净的衣服、热水和一些干粮，曹大人先换过衣服，吃点儿东西，我们再出发去洛安。”

曹莽连忙又是一番感谢，他越发佩服洪飞羽，事无大小，竟然都考虑得如此细致周到，实在难得。他万分庆幸对方也是丞相的人，否则日后若是为敌，那当真是一件极其可怕的事。

冬季里的洛安城显得尤为安静，又或者说别有一番萧索。今年的初雪来得比往年早，却也小，夹着雨水，更添一份湿冷。皇城中无论是宫女还是公公们都很小心翼翼，最近主子们的心情大多不佳。新皇登基不过一年有余，夏国的南边和西北竟然同时发生战事，对于这个摇摇欲坠的庞大帝国而言，实在是雪上加霜。

李昊煜这几日心神不宁，枫国大军在岩石城外还虎视眈眈，而西北伯牙又传来密报，狼族异动，在天脊山下集结了大约三十七万人，天脊军不得不出击迎敌，虽然大获全胜，但也损失惨重。尤其雪鹰卫鹿一鸣因探察敌情前往“黄昏之地”，至今未归，下落不明。

李昊煜接到密保，一屁股坐在椅子上，半晌回不过神儿来。他忽然感觉自己仿佛置身在冰窟中，四周漆黑一片，孤立无援。除了鹿一鸣，他不知道自己还能相信谁。环顾四周，太后、丞相、大学士、大祭师……每个都如豺狼虎豹，让他不寒而栗。鹿一鸣失踪、天脊军重创、枫国大军压境，别说自己祭天大典的计划，如今要面临的问题是如何自保？他不禁想起洪飞羽曾经告诉他的三个字：忍、等、藏。

“皇上，太后派人来通传，请皇上去藏海殿议事。”一位小公公入内禀报。

李昊煜回过神儿来，把密报收入袖中。

“可有说是何事？”李昊煜心中烦躁，想托病不去，便随口问道。

“好像是岩石城传来了消息。”小公公恭敬地回道。

李昊煜沉吟了片刻，虽然他明知自己去了也做不了主，但是关于岩石城方面的消息，他还是希望多知道一些。

“起驾。”李昊煜勉强打起精神，拖着疲惫的身体站了起来。

藏海殿在太后的寝宫里，李昊煜来的时候，几位大臣已经在殿外候着。他们看见皇上，纷纷跪下叩拜。李昊煜漠然地点点头，挥手道了句“平身”，便匆匆走进殿内给太后请安。太后和皇上闲聊了几句便各坐其位，宣臣子们进了殿。

行礼过后，兵部尚书沈三复出列道：“臣启奏，军侯谢名浩上报，护国大将军曹莽与礼部侍郎洪飞羽通敌卖国，曹莽在押解回京的途中逃走，洪飞羽逃往枫国，下落不明。”

李昊煜闻言一愣，随即满脸涨得通红。

“大胆谢名浩，一派胡言，曹莽乃是朝廷二品大员，洪飞羽更是帝师，未经查证，又没有皇上谕旨，竟敢如此胡作非为！”首先站出来质疑的是苏迟，他说得义正词严。

“老狐狸……”韦不群心中暗骂道。

众人都知道谢名浩是苏迟的人，如今谢名浩这么做，也多半是受苏迟的指示，可是他苏迟一到朝堂上便把谢名浩卖了，无论事情后续会怎么发展，他都先撇清了关系。

“谢名浩可有证据？”太后问道。

“回禀太后，谢军侯的奏折里呈有证言和物证。”

“递过来给哀家看看。”太后脸上已有三分怒气。

一旁的公公走到兵部尚书沈三复面前，拿过他手上的奏折和证物，然后转身奉给了太后。太后皱眉不语，这份奏折里除了谢名浩的陈述，还有叛将莫旭东的招认状、曹莽画押的认罪状、军中探子的陈情状和一块枫国国君的令牌。

太后看完后，又把这些东西递给了身旁的李昊煜。李昊煜一脸狐疑，不知这些东西是真是假。这时，韦不群走了出来：“皇上，可否让老臣看看？”

李昊煜点点头，让身旁的小公公把东西递给丞相韦不群。

韦不群从小公公手中接过奏折和证物，仔细端详，尤其是那块所谓的枫国国君的令牌。

“太后、皇上，恕老臣直言，这块令牌是假的。”韦不群一手托着令牌，断言道。

“韦大人，何以见得？”太后问道。

“这块令牌的材质是红岩玉石，据老臣所知，此石只在夏国大悟产出，既然是枫国国君的令牌，何以会用我夏国的石头？”韦不群笑道。

工部尚书黄星辉也上前看了看这块令牌，他精于石材，天下皆知。他拱手说道：“太后、皇上，丞相大人所言不虚，此石乃是我夏国所产，枫国绝对没有。”

“大胆谢名浩，竟敢欺君！”太后震怒，一掌拍在椅子的扶手上，“来人……”

“太后息怒，谢名浩虽然胆大妄为，但忠心耿耿，绝不敢欺君罔上。”

苏迟急忙说道。

“苏大人莫非也参与了此事，否则何以有此论断？”韦不群冷笑道。

“韦大人，我只是觉得此事疑点太多，最重要的是如今枫国大军压境，曹将军和洪大人又下落不明，如果贸然问罪谢名浩，只怕边境会大乱，枫国要是趁机进犯，岂不是亲者痛仇者快？”

韦不群冷哼一声，却并未反驳，问罪谢名浩容易，但是确实先要找到顶替他守城的将领。

“苏大人，你有何建议？”太后自然也明白如今边境的形势。

“当务之急是确保岩石城不失，而兵部调动的援军此刻怕是已快到岩石城了，所以微臣觉得目前事情未明之前，当先安抚谢军侯，让他全力守城。待局势稳定，朝廷可再选良将前往，调回谢名浩，详查此案。”如今苏迟只有一个目的，尽力帮谢名浩拖延时间，好让他的计划能顺利进行。

“太后，为大局着想，苏大人的提议未尝不可，只是老臣觉得为以防万一，不能等到枫国退军之时才派人去岩石城，我们当一方面督促谢名浩坚守城池，另一方面挑选可信之人前去接管岩石城，并调查事情的真相。”韦不群上前道。

苏迟把目光投向韦不群，不知道他葫芦里卖的什么药。

“两位爱卿都言之有理，你们觉得派谁去岩石城合适？”太后试探着问道。

“老臣力荐吕太尉吕大人，他处事公允、领军有方，而且身份尊贵，定不会有人敢质疑他。”韦不群拱手说道。

吕素面带喜色，他平日里就收了不少丞相的好处，此刻又见韦不群在太后和皇上面前夸赞自己，更加飘飘然。

“太后，臣愿领兵前往岩石城，剿灭敌军，彻查曹莽、洪飞羽一案。”吕素意气风发，请命道。

太后没有想到韦不群会推荐吕素，但眼下满朝文武，自己能完全相信的倒真只有吕家的人了。而且岩石城地理位置重要，又是军事重镇，吕家一直以来在京城外的势力太过薄弱，如果能够掌控岩石城，倒是扩张势力的好机会。

“吕太尉报国心切，哀家明了，不过此事还需听听其他大臣们的意见。”太后转而又问苏迟，“苏大人，你可有异议？”

“微臣不敢，吕大人神武，必能克敌制胜。”苏迟倒也不在乎会派谁去，只要谢名浩能按照他的计划行事，就大事可成。

兵部尚书沈三复不待太后垂询，便拱手道：“有吕大人亲自出马，枫国大军必定望风而逃。”

太后满意地点点头，又把目光投向皇上李昊煜。李昊煜哪里不知道太后的心思，虽然心中不岔，但也只能继续做孝顺乖巧的儿臣。他恭敬地说道：“但凭母后做主。”

韦不群此时低着头，露出一丝不易察觉的笑容。

洛安城内有三支军队，一支是吕子建掌握的禁军，人数约莫三千，装备精良，士兵勇猛，直接受命于太后。第二支是城防军，一万余人，原本是都城护卫三品军侯谢名浩掌管，他护送迎亲队伍离开后，暂时由都尉白向天掌管。第三支军队乃是一支府兵，也是目前夏国建制最完备的洛安府府兵，人数约莫七万人，严格来说，这支府兵并不在都城内，而是驻扎在都城外十里的军营中，由太尉吕素掌管。吕素倘若离开，势必会抽调这支府兵，都城洛安的防御便会大大地削弱。

苏迟在朝堂上一时没明白过来，回到府中一思量，便知道此事的关键所在，他虽然不明白韦不群为什么要这么做，结果却大大有利于自己。

“韦不群，不管你在打什么主意，这次可是大大地失算了。”苏迟难掩兴奋，他匆忙去了密室，急着把好消息告诉西王李铭基。

第一批抵达岩石城的援军约莫五万人，全是由附近各地抽调的府兵、边防军和兵募组成，人数虽然不少，但是缺乏训练，犹如一盘散沙。不过好在除了士兵，他们还带来不少粮草和兵器。

谢名浩在军事方面的才能还是相当不错的，他把这五万援军重新分配。首先府兵打散，按照五十人一组补充到岩石城军原有的小队中，而边防军和兵募选出优秀的人员同样补充到岩石城军中，其他剩下的人则稍加训练，负责内城城防。如此整顿后，谢名浩手中勉强有了一支大约四万人的劲旅，进可攻，退可守。

与此同时，大学士苏迟的回复也早就到了谢名浩的手中，信中义正词严、慷慨激昂，让他依计行事，莫要被敌军的缓军之计迷惑，更声称国家存亡在此一举，让谢名浩莫有犹疑。

谢名浩看完苏迟的信，终于下定决心，打算偷袭枫国大军。为了掩护自己的行动，除了释放俘虏，他还专门派人送文书至枫国大营，言辞甚是恭敬，对于和平充满期盼。

岩石城放回枫国被俘士兵，又送来和解的文书，风颜亮再无犹豫，决定天一亮便拔营退兵。他心里对于洪飞羽所说的冥牙族还是半信半疑，倒是当年欠白扇先生的情算是还了。不过他还是下令发动在夏国海岸各城的探子，寻找有关冥牙族的传言和线索。

枫国大营里的将士们也大都放松了警惕，认为战事已经结束，他们个个都归心似箭，开始打点行囊。宁静的夜晚，明月高悬，谁都没有想到一场影响整个云州大陆的战事正在悄然靠近。

谢名浩孤注一掷，集结岩石城中的精锐部队，借着月光向枫国大营扑去。为防枫国在沿路设有警戒哨，谢名浩派出了一支先遣小队去解决这些暗哨，但是先遣小队没多久就回来复命了。枫国所有的警戒哨早已被来历不明的人全部解决，先遣小队去了后只看到枫国士兵的尸体。

苏迟在信中曾告诉谢名浩，在敌方有内应，他的任务不是消灭枫国军队，而是尽一切可能杀死枫国国君风颜亮。除此，苏迟还详细地给谢名浩布置了偷袭的全盘部署。

谢名浩如今对苏迟所说的话更加深信不疑，开始依计划展开偷袭。四万精锐分成两路，从大营两个侧翼同时展开攻击，但这些不过都是障眼法，待到枫国军队被侧面的攻击吸引之时，谢名浩则亲领两千精兵从中路突进，直扑营中大帐，力图一举击杀枫国国君风颜亮。

战事一起，立刻火光冲天，杀声四起。枫国士兵被打了个措手不及，一度陷入混乱之中。更让枫国士兵想不到的是他们一个个都开始腹痛，许多士兵意识到晚饭所吃的食物似乎被人下了毒，一时间，战斗力大为削弱。

谢名浩知道机不可失，他抽出腰刀，领着精兵冲进了枫国大营。虽然两侧有偷袭的人马吸引敌军的注意力，但谢名浩还是感觉到有些不可思议，在通往中军大帐的路上几乎没有遇到任何抵抗，仿佛早有人帮他把路清理好了。

谢名浩在来之前认为苏迟交给他的是一件不可能完成的任务，甚至抱着必死的决心，但是如今看来自己实在想多了。眼看一个盖世奇功就在眼前，他不禁整个人都兴奋起来，眼睛里放出光芒来。

风颜亮面无惧色，身着盔甲，手握长剑，四周是护卫他的贴身亲卫。

“君上，情况似乎有些不对劲儿，我们先护着您撤出这里。”哈木是亲卫首领，也是风颜亮最信任的人之一。

“夏国这帮无信之徒，胆敢偷袭，本君要让他们付出惨重代价！”风颜亮面寒如霜地道，“上将军完颜冰何在？传他来见！”

“启禀君上，完颜将军不在帐中……其……其他将军和大人也不见了……”负责去通传的侍卫慌张地跑回来禀报，虽是寒夜，但额头满是大汗。

风颜亮闻言一怔，额头青筋跳动，所有臣下忽然失踪显然不是夏国人可以办到的事情。

“君上，走为上策！”哈木此时更加感到事情不同寻常，他拔出佩刀，高度警戒，其他亲卫也纷纷跟着拔出兵刃。

风颜亮正想说话，谢名浩已经带着兵包围了大帐。

“风颜亮，束手就擒，本侯给你一条生路。”谢名浩见风颜亮身边只有十几个护卫，不由得放声大笑。

“背信弃义，无耻之徒！洪飞羽小儿在哪里？”风颜亮怒火冲天，一代骄子、枫国君主何曾受过这等奚落。

“你就别指望他了，他通敌卖国，已经伏法！”谢名浩狞笑道。

风颜亮原以为是洪飞羽出卖了他，如今听谢名浩这么一说，似乎另有隐情。

“要战便战！”风颜亮抽出金刀，气势如虹，他不禁感慨万千，没想到二十年后自己还有拔刀杀敌的时候。

“结阵，杀！”谢名浩也不敢大意，下令士兵们以兵阵团团围住风颜亮和他的护卫们，步步紧逼。这两千士兵全是他多年来亲自训练的精锐，而夏国士兵素来以阵战闻名于世，阵法多样，变幻有序，如果使用得当，可以十抵百，百抵千，千抵万！

风颜亮身边的护卫都是万中挑一的高手，论单打独斗，世间罕逢敌手，但是在战场上面对千人阵，却不是那么游刃有余了。护卫们打倒前面一拨人，后面一拨又会涌上来，挡住前面还有后面，挡住左边又漏了右边。他们仿佛面对的是一波又一波的海浪，只是打湿他们的不是海水，而是血水。但以哈木为首的护卫们视死如归，他们的身后是所有枫国人都无比敬仰的枫国君主、一代霸主，为了守卫他，自己的性命又算得了什么！

长刀荡开长枪，砍下头颅；长枪穿过缝隙，刺透血肉。

夏国士兵虽多，阵法虽精妙，但还是一拨一拨地倒下了，而风颜亮身边的护卫也都满身伤痕，衣衫被鲜血浸透，却分不清究竟是敌人的，还是自己的。

谢名浩压阵指挥，心急如焚，因为一旦枫国军队缓过劲儿来，那么遭受灭顶之灾的人就是他了。然而风颜亮身边的护卫的实力远远超出他的预料，在两千精兵的围攻下，依然还是顽强抵抗，个个犹如战神下凡，独当一面。谢名浩催动兵阵，加强攻势，不惜一切代价要在此斩杀风颜亮。

人数悬殊，风颜亮的护卫再强悍，也有气力耗尽之时，哈木知道再这么继续耗下去，无异于自杀。他对风颜亮道："君上，我们帮您在侧面杀出一条血路，您先走！"

风颜亮闻言微微点头，过了这么久，整个大营竟然没有一支军队赶来救援，自己军中必然是出了大问题，究竟谁有这样的能力？他务必要查个清楚明白。

哈木长啸一声，手中长刀仿佛红日初升，往一侧的兵阵奔涌而去。夏国士兵发出数声惨叫，阵法被砍出一个缺口。不等兵阵回补，另一个护卫也往缺口扑去，硬生生用身体挡住长枪，然后挥刀又砍倒一片。一个又一个护卫依次扑向缺口，用血肉之躯在阵中杀出了一道口子。风颜亮知道机不可失，他从这道口子冲出了包围。

谢名浩想不到这些护卫竟然如此悍不畏死。他慌忙散开兵阵，命令士兵去追风颜亮，不再理会那些护卫。风颜亮砍倒几个抢先追来的士兵，跳上一匹战马，夹腿急奔。谢名浩急忙下令："放箭！"

箭雨落下，风颜亮挥刀护住身体，却护不住身下的马。战马中箭，受痛反而狂奔，不过却难以持久，跑了一会儿便因失血力竭，跌倒在地。风颜亮此时已跑出大营，远离追兵，他急忙往离此最近的荒木城而去。

"君上……"黑暗中，一个身影犹如幽灵般浮现在风颜亮的面前。

"智渊侯……你怎么会在这里？"风颜亮用警惕的目光看着突然出现的欧阳心。

“我来送君上一程。”欧阳心冷笑道。

“原来是你在背后搞鬼！”风颜亮拔出刀来，说道，“本君待你不薄，为何这么做？”

“什么原因对你而言已经不重要了。”欧阳心慢慢靠近风颜亮。

风颜亮发现自己竟然一动不能动，整个人仿佛被凝固了。

“你敢杀本君吗？”风颜亮盯着欧阳心，一字一句地问道。

“弑君这样的事，我怎么可能去做呢？不过，夏国那帮不知好歹的蠢货却对君上的头十分感兴趣……”

“欧阳心，本君一定要把你碎尸万段……”

欧阳心却根本不理会风颜亮的咒骂，消失在沉沉的夜色中。而风颜亮依旧僵硬在那儿，动弹不得。

谢名浩并未放弃，他领着追兵一路杀过来，却看到风颜亮仿佛石头一样僵立在原地不动。他怕有诈，先让两个士兵过去看看。那两个士兵小心翼翼地靠近风颜亮，确认是其本人，而且四周并无埋伏。

谢名浩大喜，让士兵把风颜亮团团围住，然后提刀上前。他把刀架在了风颜亮的脖子上：“风颜亮，本侯看你总算是一代君王，死前可有话要说？”

“要杀便杀，何须多言！”风颜亮闭上眼睛，他知道自己在劫难逃，不愿摇尾乞怜。

谢名浩虽久经沙场，斩人无数，但此时他的手也有些发抖。不过他想起苏迟在信中所言，让他务必手刃风颜亮，不可犹疑。他终于咬了咬牙，抬手挥刀而下。

可怜一代君王、云州霸主——风颜亮就此身首异处，血溅三尺。

谢名浩这一刀，不但杀了枫国君主风颜亮，更将掀起一场遍及云州大陆的腥风血雨！

第十五章 情债

天脊城的浑天台建于城北，看起来好像是浮出天际的一只手掌，蔚为壮观。不过这浑天台却是充满杀气与戾气的地方，天脊城中凡是被处以极刑的人便在这里行刑。

这一日，由城中去往浑天台的阶梯上人山人海，天脊城中的百姓闻讯赶到这里，为的是观看通敌卖国的叛徒被处斩。

张大山、莫留情和铁牛三人身负枷锁，由士兵押解着走向浑天台。虽然士兵们极力维护秩序，但沿路的百姓还是把各种垃圾、石块扔向张大山三人，口中也咒骂不停，恨不能生啖其肉。张大山三人神情漠然，却昂首挺胸，即使满身伤痕，额头血迹斑斑，也未哀号一声。

浑天台上，刽子手手持银环大刀立于中间刑台上，负责监斩的正是被张大山他们三人挟持的右将军岳猛。

张大山三人不肯下跪，被身旁的士兵强压着跪了下去。岳猛看着他们，不由得冷笑，问道：“你们三个反贼可知罪吗？”

“无须多言，要杀便杀！”铁牛吼道。

“行刑！”岳猛抛出令牌。

刽子手高举的刀就要落下，此时刑场外却传来喝声：“刀下留人，大将军有令！”

来者正是鹿一鸣，他手持令牌，匆忙赶来。

“不用管，斩！”岳猛置若罔闻，急催刽子手。刽子手不敢违抗军令，挥刀便斩。可刀却忽然凭空折断，刀身跌落地上，发出“砰”的一声脆响。

刑场哗然，人人都以为是雪鹰卫鹿一鸣凭空折断了大刀，可真正出手的人却是跟在鹿一鸣身后的宗主。鹿一鸣感激地回头看了一眼宗主，宗主避开他的目光，神情冷漠。

张大山、莫留情和铁牛此时也扭过头，看到了鹿一鸣。

“鹿兄弟！”三人异口同声地叫道。

鹿一鸣快步上前，把他们扶了起来，刑场上无一人敢拦。他拍了拍他们的肩膀道：“三位兄弟受苦了。”

“鹿兄弟……”张大山刚想要解释，鹿一鸣却打断了他道：“不用说了，我都知道了。”

“鹿大人，扰乱刑场可是大罪，你担当得起吗？”岳猛寒着脸站起来，他没想到鹿一鸣会突然出现。

“岳大人言重了，在下可是持伯牙大将军的令牌和手书而来。”鹿一鸣从怀里掏出一张纸，念道，“张大山三人违抗军令，本应处斩，念三人有军功在身，特赦免死罪，驱逐出境，永不得入夏国疆土。”言必，他把手书和令牌递给岳猛看。

岳猛接过来一看，确实是伯牙手书和大将军令牌，一时语塞，虽怒气难消，却也无可奈何。

“此事我必上奏朝廷！”岳猛恶狠狠地丢下这句话，就愤然离去。

鹿一鸣也不再理会其他事，转身过来帮张大山他们解开枷锁。

“此地不宜久留，你们必须立刻离开天脊城，去‘黄昏之地’。”鹿一鸣叹口气说道。

“鹿兄弟，看见你平安归来就好。”张大山情不自禁地露出笑容，让他开心的不仅仅是自己捡回一条命，还有鹿一鸣的归来。

“兄弟，你也太不够意思了，怎么一个人去狼族冒险？下次可要带上我们！”铁牛心思简单，想到什么就说什么。

“鹿兄，日后我们怕是没机会再为你效力了。”莫留情想到要离开夏国，有些不舍。

鹿一鸣苦笑，但是关于自己失去武功，受制于人的事绝口不提。

“三位兄弟放心，只要有机会，我必定求皇上赦免你们，到时候我们再相聚。”鹿一鸣不给他们再多说话的机会，匆忙把他们三人送出了天脊城。

宗主始终与他们四人保持一定的距离，却也如影随形。张大山和莫留情都是聪明人，他们早已看出跟在鹿一鸣身后的人不同寻常，而且鹿一鸣说话都是支支吾吾的，全然没有往日的随意洒脱。铁牛却不明所以，指着宗主叫道：“你这人，老跟着我家兄弟干甚？”

宗主目光一寒。鹿一鸣连忙道：“铁牛，不可鲁莽，这位姑娘是我的救命恩人！”

铁牛闻言一愣，用手挠挠脑袋，不好意思地说道：“原来是鹿兄弟的大恩人，铁牛这里给你赔罪了。”说完，他竟然要跪下给宗主磕头，感谢她对鹿一鸣的救命之恩。

“好了……”鹿一鸣拉住铁牛道，“这位姑娘不会介意的，你们赶快走吧，事迟恐变。”

宗主原本伸出衣袖的手，这才缓缓又退了回去。

张大山和莫留情走上前，拉着铁牛向鹿一鸣辞行。鹿一鸣借着和张大山拥抱的机会，在他耳边小声说道：“去迦楼城，找安多丽。”

张大山虽然满腹疑问，却不动声色。迦楼城、安多丽，他闻所未闻，但既然鹿一鸣让他们去找，他们自然会去找，也许到了迦楼城，找到安多丽，就会明白鹿一鸣现在的处境。

三人之中，以莫留情的武功最高，他发现鹿一鸣走路说话的气息都与原来大相径庭。学武之人到了一定的境界，周身便会生出一种与众不同的气场，即使是平常走路说话也可感觉到。但是莫留情在鹿一鸣身上感觉不到任何气场。鹿一鸣走路说话宛如浮萍，飘荡无根，与普通人无异。出现这种情况，只有两种可能：一种是鹿一鸣有意收敛气息，装作普通人；第二种则是武功全失。可是鹿一鸣完全没有必要在他们面前装作普通人，难道是为了在那女子面前隐藏？莫留情不敢往他武功全失的方面想，但又不得其解，分别时唯有说道："鹿兄弟，保重身体！"

鹿一鸣自然听出了莫留情话中有话，他却也不能解释，只好默然点头。

"时间差不多了。"宗主在一旁终于有些不耐烦地说道。

"三位兄弟上路吧，我们来日再聚！"鹿一鸣拱手，跟着宗主匆忙离去。

张大山三人看着鹿一鸣离去的背影，心中都已经完全肯定鹿一鸣在受那个女人的驱使。

"没想到鹿兄弟也是多情的种啊！"莫留情感慨道。

"啥意思？"铁牛拍拍脑袋，突然明白了，"啊！你是说鹿兄弟和那女人有一腿！"

"你们别瞎猜了，鹿兄弟让我们去一个地方，找一个人。"张大山皱着眉头，他不觉得鹿一鸣和那女人有私情。

"鹿兄弟又救了我们一命，无论去哪里，去找谁，我们都责无旁贷！"莫留情神情肃穆地说道。

"没错！张大哥，鹿兄弟让我们去哪里，去找谁？"铁牛拍手赞同道。

"迦楼城……安多丽……你们听说过吗？"张大山转过身，望着赤红的"黄昏之地"，一脸的茫然。

莫留情和铁牛也都摇了摇头，不知道迦楼城在哪里，那安多丽又是何人。

鹿一鸣跟着宗主上了马车，车夫赶着马车沿着崎岖的山路缓缓离开天脊城，往夏国内陆而去。马车内十分宽阔，布置雅致，有茶台、热水壶、糕点，还有休息的靠枕和毛毯，与几日来的风餐露宿相比，这里简直就像宫殿了。鹿一鸣坐在宗主的斜对角，他们的中间隔着一个长方形的茶台。

“多谢宗主，让我可以去见伯牙大人，救下这三位兄弟。”鹿一鸣诚恳地感谢道。

“本宗主很好奇，你是拿什么换回他们三个人的命的？”宗主问道。

鹿一鸣淡淡一笑，说道：“宗主对伯牙倒是了解，可惜我也是方才知晓他的真性情。”

“雪鹰卫终究只是一介武夫。”宗主冷冷地说道。

“宗主骂得对，所以我这一介武夫能拿得出来的也只有武艺了，伯牙大人倒也爽快，他对传说中的雪鹰三式颇有兴趣。”鹿一鸣苦笑道。

“雪鹰三式？”

“不错，就是我在天脊山下一剑击杀鬼隐者的剑法。”

宗主闻言皱了皱眉头，说道：“他的胃口倒是不小。”

“三招剑法换三个大活人，倒也是合算的买卖。”

“有些可惜了，本宗主倒是想试试你那三招剑法。”宗主目露寒光。

“今生怕是无望了，学了二十几年，我也就学会了一式……反倒是宗主武功盖世，在下即使武功不失也绝非敌手。”鹿一鸣倒不是拍马屁，刚才宗主在刑场上隔空震断刽子手的大刀的功力，确实惊世骇俗。

宗主这时却忽然笑了，原本有些沉闷的车厢里顿时宛如春风拂面，桃花盛开。鹿一鸣是第一次见宗主笑，不由得也愣住了，那种美实在用语言难以形容，如果一定要形容，那便是寒冰上绽开的牡丹，夺人心神。

“你这么一说，那伯牙岂不是空欢喜一场……”

“宗主笑起来好美……”鹿一鸣忍不住脱口赞道。

宗主一愣，面色先是一红，跟着一白，右手抬起一挥。鹿一鸣只感觉脸庞火辣，隔空被宗主扇了两个耳光。

“再敢造次，本宗主就割了你的舌头。”宗主怒斥，然后转过身，把背影留给了鹿一鸣。

鹿一鸣摸着刺痛的脸庞，敢怒不敢言。

枫国皇城汐月宫内，君后纳兰苏这几日总是心绪不宁，按理说女儿银铃公主已经回来了，她心里总算放下了一块大石头，可这夜她又突然莫名地惊醒。

“白霜，白霜！”纳兰苏大声喊着。

宫女白霜慌忙地从外面跑进来：“君后娘娘，奴婢在。”

“白霜，你去乾坤宫问问禀司礼的公公，可有君上归朝的消息。”

“奴婢遵旨。”白霜说着就往乾坤宫去了。

纳兰苏睡不着，她披了件衣衫，走到窗前，推开窗户，一阵寒风灌进来，让她不由得哆嗦了一下。夜色深沉，月光如水，她不禁想起自己第一次见到风颜亮时的情景。

那一年，她刚满十六岁，正值枫国举办一年一度的狩猎大典，所有皇族以及五大部族年满十六岁的成年男女都要参加。枫族人在建国之前原是马背上的游牧民族，所以即使如今建国已百余年，习俗也早已改变，但依旧十分重视骑射，每年都会举办狩猎大典，让皇族以及百姓们不要忘记祖先的丰功伟业。

狩猎大典在万兽林里举办，这里方圆数百里，是皇族专用的围猎场，林外有围网，一般老百姓不许入内。纳兰苏虽是第一次参加，但那时她初生牛犊不怕虎——她自幼在骑射上受名师教导，连许多男子都不如她，所以心高气傲，希望能拔得头筹。

那天她一马当先，箭无虚发，确实引起了众人的注意，就连在高台上观看的君上都为她竖起了大拇指。可正当她志得意满之时，从林中忽然蹿出一只猛虎，扑倒了她身下的坐骑。众人大惊，却都离得太远，眼见从马上跌落的纳兰苏就要被猛虎所害。

就在这紧要关头，一支利箭从密林中飞出，正射中猛虎额头。一个英姿飒爽的少年郎策马而来，伸出手拉起了纳兰苏。那个少年郎便是风颜亮，当纳兰苏也伸出自己的手给对方的时候，便知道自己今生都不会再放手。

想到这里，纳兰苏露出了久违的笑容。可就在这时，她看到白霜失魂落魄、跌跌撞撞地往这边跑了过来。她不禁感到奇怪，从这里去乾坤宫来回至少要大半个时辰，怎么白霜这么快就回来了？她再定睛一看，在白霜的身后是一干文武大臣，个个神情惶恐，脚步匆忙地往汐月宫走来。纳兰苏见状，急忙走出去。

“君后娘娘，君后娘娘，君上……君上……”白霜一看见纳兰苏就跪倒在地，嘴里嘟嘟囔囔，不敢再继续说下去。在她身后的大臣们也都跪下来痛哭流涕。

“君后，夏国背信弃义，趁我军退军之时，从背后偷袭，君上……君上归天了。”智渊侯欧阳心面容憔悴，两眼水肿，泪痕未干，他跪在地上，痛哭失声地说道。

纳兰苏只感到头晕目眩，不由得双腿一软，坐倒在地上。

洪飞羽、林晨和曹莽为躲开追兵，乔装打扮，绕过官道，往洛安而去，如今能够庇护他们的也就只有丞相韦不群了。

洪飞羽冠绝天下的易容术让曹莽惊叹不已，他一个年近五十的人竟然变成了一个年轻书生的模样，而洪飞羽和林晨则成了大腹便便的商贩。

洪飞羽三人这日来到红旭镇，这里离洛安城还有不到两日的路程。他们一路风餐露宿，极少住店，眼前洛安城在望，便打算在镇中休息一晚，饱餐一顿。镇上有一家叫风雨楼的客栈，吃住行一条龙服务，生意甚是兴隆，人来人往，好不热闹。洪飞羽三人刚一落座，便从邻桌听到一个震撼人心的消息。

“我大夏这次可真是长了威风，谢大将军神勇，以一当十，大败枫国三十万大军，还斩杀了枫国君主，痛快！痛快！”一个大汉一边神情兴奋地说道，一边拉着同伴喝酒。

“狼子野心，也不掂量一下，我大夏立国数百年，万邦来朝，区区蛮夷也敢进犯，简直不知死活！”大汉的同伴说起话来也是眉飞色舞。

洪飞羽、林晨和曹莽闻言，不禁惊讶万分，如遭雷击。

“两位兄台，你们刚才所说之事不知是从何处得来的消息？”洪飞羽深吸一口气，然后走到邻桌礼貌地问道。

两个大汉反而一脸吃惊地看着洪飞羽。

“这位老板，你是打哪儿来啊？如今大街小巷，就连三岁孩童都知道的事情，你却问我从哪里来的消息。”一个大汉笑道。

“兄台见笑了，我们三人几日来一直赶路，未曾歇脚，所以不知。”洪飞羽心中一凉，知道这两大汉绝非信口开河。这时店中小二过来上茶，也说道：“岩石城大捷也就三天前的事情，几位客官没听说也不稀奇，不过如今却是传遍大夏，听说皇上还要嘉奖三军……”

“麻烦大了……”曹莽眉头一皱，脱口而出。

“客官……”店小二一愣。

“他说肚子饿了，你且快些上菜。”林晨岔开话道。

“好嘞，小的这就去催催。”店小二转身走了。

洪飞羽回到座位上，喝了一大口茶。

“谢名浩这是捅了天大的娄子！”曹莽压低声音道，“如果枫国国君真的被杀了，枫国必定群情激愤，举全国之力来报复！”

“曹大人所言极是，只是谢名浩不过几万人，他是如何偷袭枫国三十万大军，还斩杀了枫国君主的？此事实在蹊跷，恐怕不简单。”洪飞羽倒了一碗酒，一饮而尽，他虽和风颜亮只有一面之缘，但是对他颇有好感。如今闻他死讯，不免一阵悲凉之感袭上心头，而且遭此巨变，不知银铃公主现在可好？

“详情如何，这些人未必知道，怕是一传十，十传百，当成故事来说了。”林晨说道。

“我们立刻赶去洛安，丞相大人一定知道详情。”

“也好，稍作休息，我们就继续赶路。”洪飞羽心中焦急，形势突变，枫夏两国如今绝难善了，一场大战再难避免。

正在这时，门外又进来两人，一男一女。女的清丽脱俗，面冷如霜，倒是难得一见的美人。男的剑眉星目，满脸笑容，只是面色有些蜡黄，步态飘浮，身子骨看起来有些虚弱。这两人正是由天脊城回洛安的鹿一鸣和宗主。两人找了僻静的位置坐下，鹿一鸣忙前忙后地为宗主端茶倒水，又喊店小二来点了菜。

曹莽以前觐见皇上的时候，曾见过雪鹰卫鹿一鸣，忽然见他在此出现，不由得一惊。他连忙四处打量，心中诧异，莫非皇上来了？

“曹大人，遇见熟人了？”洪飞羽见曹莽神态，不由得问道。

曹莽端起茶杯，压低声音说道：“那男子乃是雪鹰卫，不知为何会出现在此？”

洪飞羽和林晨闻言一惊，不禁都向那一男一女的方向望去。雪鹰卫在夏国是人尽皆知的传奇，人人都说雪鹰卫有通天彻地之能，乃是皇族的坚盾和利剑，在历史上无数次挽救了皇族和整个王朝。

“曹大人，确定吗？我观此人没有半点儿气场，比起普通人尤要弱三分。”林晨狐疑道。

曹莽又暗中观察了一番，非常肯定地说：“绝不会错。”

“那女子又是何人？”洪飞羽问道。

“这个我倒不认识了。”曹莽摇摇头。

“那女人武功深不可测，说她是雪鹰卫我倒是相信。”林晨笑道。

宗主似乎察觉到有人在打量他们这边，一双冰冷的眼睛投向洪飞羽他们三人。林晨瞬间感觉到一股强大的气劲暗中袭来，他立刻运起无相神功，挡住这股暗劲，护住洪飞羽和曹莽。洪飞羽虽然不会武功，但是也感觉到气氛不同寻常。

“我们走吧，不要节外生枝。”洪飞羽看着林晨说道。

“小二，结账。”曹莽喊道。

宗主这时收了气劲，林晨也终于松了口气，他刚才已经运起十成功力，才勉强抵挡住对方，如果时间再长一点儿，他怕是就要露出破绽了。林晨不免感慨：人外有人，山外有山。他出道以来遭遇的几番挫折，让他深知自己的实力远不如自己想象中的那么强。

洪飞羽三人走出酒楼，为了加快脚程，他们在镇上买了三匹马，快马加鞭往洛安赶去。

宗主等到洪飞羽三人离去后，才问鹿一鸣道：“那三人可是你认识的人？”

“或许是，但他们都易了容，我也不知他们的真面目。”鹿一鸣一边说一边夹菜吃。

“易容？”宗主一脸疑惑，显然她没有看出洪飞羽三人是易过容的。

“我武功没了，可眼睛不瞎，他们的易容术虽然高明，却还是有破绽……”

“你是说我眼睛瞎了吗？”宗主面色又是一寒。

鹿一鸣急忙用双手捂住脸，生怕她又是两耳光，然后拍马屁说道：“不敢，不敢，宗主神功盖世，不管是谁，看到宗主都要落荒而逃！”

“其中一人武功倒是不弱，既然易了容，本宗主倒是要看看究竟是些什么人？”宗主放下筷子，起身走了。

“这……这饭还没吃完呢，太浪费了吧？”鹿一鸣还没吃两口，屁股粘在椅子上舍不得离开。

夕阳斜下，洪飞羽三人纵马而行，为了尽早抵达洛安，他们没有走车水马龙的官道，而是钻进树林，抄了近道。曹莽在前，洪飞羽居中，林晨殿后，三马一前一后，在林间的狭窄道路上奔跑。林中湿冷阴森，不见阳光，马蹄踏在厚厚的腐叶和泥土上发出“啪啪”的声音，令人心里感到焦躁。

“几年前我也走过这条小道，好像不似今日这样。”曹莽在前面越跑越觉得不对劲儿，所以拉住缰绳停了下来。

“不错，即使是冬日，林中也不该这样毫无生机。”洪飞羽把马停在曹莽身边说道。

偌大的树林里连一只活蚂蚁都看不见，更别说野兔、老鼠之类的动物。

“我在林中感应到十分强大的死亡气息，我们要尽快离开这里。”林晨不断调整呼吸，他心跳加速，一种莫名的不安感一阵又一阵地侵袭着他。

“林护卫所言的死亡气息是何意思？”曹莽一脸茫然道。

“曹大人有所不知，我这护卫自幼习得一种武功，能感应天地万物之气息。”洪飞羽简单说道，这确实是无相神功特殊的地方。

“也罢，不管如何，我们先去洛安才是正事，走……”曹莽话未说完，却发现林中有人正向他们靠近。

林晨眉头一皱，伸手向前方打出一串石子，若是普通人被击中，必然血溅五步，可是如今只听到几声脆响，并没有人倒地的声音。此时，他们也终于看清来人，全部身着黑色的盔甲，手持巨斧，脸上一片灰白，面无表情，犹如蜡像。

“什么人？胆敢在此聚众！”曹莽大喝一声，抽出腰间长剑，刺向马前一个挡住道路的黑甲巨斧兵。剑锋正入对方咽喉，却不见半点儿血溅出。那黑甲巨斧兵一手握住曹莽的剑，另一只手挥斧便砍。曹莽想把剑抽出来，却发现对方力量惊人，自己难动分毫。无奈之下，他只能弃剑闪躲。然而他虽然躲过了巨斧，身下的马却躲不过。这惊天一斧，把曹莽身下的马竟然劈成两半，马甚至连哼都来不及哼一声，便命丧黄泉。

曹莽坠落在地，他何曾见过这样的怪物，浑身溅满马血，顿时吓得面色苍白。

“跟我来。”林晨扫了四周一眼，这里至少有数百个这样的黑甲巨斧兵，实在难以力敌。

林晨和洪飞羽跳下马，拉着曹莽往身后的林中跑去。然而这些黑甲巨斧兵看似身材笨重，行动却十分敏捷，何况如今包围圈已经悄然形成，哪里容得他们轻易跑出去。无奈之下，林晨只能拼死一搏，抢在黑甲巨斧兵蜂拥而至之前，从身后打开一条缺口。

林晨刚才已经看到了曹莽的遭遇，这些黑甲巨斧兵犹如行尸走肉，不惧刀剑，不畏生死，着实可怕。所以他一出手便是无相乾坤指，气劲所到之处，瞬间削断了两个黑甲巨斧兵的腿。

这些没了腿的黑甲巨斧兵虽然跌倒在地，但仍然以手中巨斧劈向林晨，动作丝毫不受影响。林晨侧身避开，又以乾坤指削去他们的双手，这才作罢。然而就这片刻工夫，其他黑甲巨斧兵又围了上来，林晨不得不回身去救洪飞羽和曹莽。

无相乾坤剑虽然霸道，但是极为损耗精力。黑甲巨斧兵层出不穷，一个倒下，又有两个补上来。林晨他们三人四周全是黑甲巨斧兵的残肢断臂，但即便如此，他们也都挂了彩。

在不远处，却还有两个人注视着眼前所发生的诡异一幕。

“洛安城不过距此数十里，这些黑甲巨斧兵究竟是什么来头？”鹿一鸣看着宗主问道。在他看来，在皇城外安排这样一支令人恐怖的军队，除了韦不群，不知还有谁能做到。

宗主皱着眉头，她知道这些让人发毛的黑甲巨斧兵绝不是丞相大人部署的。这片密林极其偏远，方圆数十里都无人烟，如果他们不是跟踪这三个易容者，根本不可能碰到这些黑甲巨斧兵。更让人恐惧的是究竟是谁把这些“怪物”布置在离洛安城如此近的地方，他们想做什么？

“你待在这里别动。”宗主寒着脸说完，就如一缕青烟飘向黑甲巨斧兵。

鹿一鸣哪里敢动，如今的他怕是挡不住那些黑甲巨斧兵的一根手指头。

林晨此时气喘吁吁，犹作困兽之斗，如果再想不出其他办法来，倒下只是早晚的事。就在这时，从空中忽然飘来一人，正是他们在客栈里遇见的女子。只见从那女子的袖中分别飞出一条绳索，缠住了洪飞羽和曹莽。女子双脚在树枝上借力一纵，便把洪飞羽和曹莽两个人瞬间带离地面，宛如九天仙女，从一片黑甲巨斧兵的头顶飘然而去。

地上不少的黑甲巨斧兵纷纷向女子、洪飞羽和曹莽掷出巨斧，然而那些巨斧却在近身之时被一股气劲弹开，掉落地上。

林晨不用再保护洪飞羽和曹莽，压力顿时大减，以他的身手想要逃出来并不难。

四个人一前一后都脱离了黑甲巨斧兵的包围，消失在密林之中。

安全之后，洪飞羽和曹莽就被女子抛下，重重地摔在地上，他们身上的绳索犹如活的一般，又缩回了女子的衣袖中。林晨也赶了上来，扶起洪飞羽和曹莽。

“你们没事吧？”

“不碍事，落下来的时候有点儿急……”洪飞羽苦笑道，一手扶着腰，另一只手扶住林晨。

曹莽倒是硬朗，爬起来哼也没哼一声。

“多谢女侠出手相救。”洪飞羽见那女子飘然落下，连忙拱手致谢。

女子正是宗主，鹿一鸣看见他们，也跑了过来。

“鹿大人，别来无恙！”曹莽本能地拱手施礼。鹿一鸣装作听不见，站在宗主旁边，静观其变。

“三位是何人，还请一露真容。”宗主语气冰冷地说道。

“原来在下的易容术早被女侠看穿了，惭愧，既是救命恩人，在下理当以真面目见之。”洪飞羽说着撕下脸上的人皮面具，林晨和曹莽也跟着撕下人皮面具。

“不才洪飞羽见过女侠，这位是在下的护卫林晨，这位是……”

“原来是曹大人，失敬！失敬！”鹿一鸣这时总算认出曹莽了，他知道这位曹大人可是韦不群身前的红人，如今巴结起来自然不遗余力。

“洪飞羽？新科状元洪飞羽？你就是风羽先生？”宗主脸色微微一变，看着洪飞羽连番问道。

“惭愧，今日幸得女侠相救，否则早已身首异处。”洪飞羽再次表达谢意。

林晨脸上微红，自己技不如人，今日若非这女子出现，他们三人怕是都没有好下场。

“鹿大人，您素来陪伴皇上左右，何以在这里？”曹莽好奇地问道。

“说来话长，说来话长……”鹿一鸣尴尬地笑道。

“三位此去洛安还是走官道的好。”宗主知道曹莽和洪飞羽都是丞相的人，态度便有所缓和，这番出手她也算是救对了人，尤其是这个风羽先生，丞相时常提起，赞誉有加。

“多谢女侠提点，不知女侠如何称呼？日后有机会我们必当报此大恩。”洪飞羽问道。

“不过机缘巧合，我们就此别过。”宗主冷冷说完便转身告辞。

鹿一鸣向洪飞羽、林晨和曹莽三人拱拱手，便急忙跟上宗主。

“鹿大人，请留步片刻，在下有事相问。”洪飞羽急忙喊道。

鹿一鸣停下脚步，却也不敢回身，只等宗主表态。

“我在前面等你。”宗主点头说道。

鹿一鸣没想到这个洪飞羽有如此大的面子，竟然让这个冷漠至极的宗主也给他三分脸面。

洪飞羽更是惊讶万分，要知道雪鹰卫的身份何等尊贵，而且据说神功盖世，如今竟然对一个女子唯命是从，简直让人难以想象。

“洪大人有何赐教？”鹿一鸣转过身把目光投向洪飞羽，洪飞羽也同样把目光投向了他，两个人都未回避对方的目光，相视一笑，淡定从容。

“阁下就是雪鹰卫鹿一鸣鹿大人吗？”洪飞羽十分认真地问道。

“大人称不上，鹿一鸣正是在下。”鹿一鸣倒也不否认。

洪飞羽不免又多看了鹿一鸣一眼，神情严肃地说道：“古书语‘云海翻腾雪鹰飞，荡尽冥牙万里尘’，鹿兄可知其中意思？”

鹿一鸣倒是听过这句话，不过那只是年代久远的传奇故事，在夏国人尽皆知（前面所述夏国开国皇帝李成渊与雪鹰的传说）。但故事不过是故事而已，夏国正史典籍里都不敢这么写，这个洪飞羽初次见面却莫名其妙地说这个，实在让人费解。

“怕是要让风羽先生失望了，我可飞不起来。”鹿一鸣摇头调笑道。

洪飞羽却并没笑，他深吸一口气，道：“他日云州蒙难，还望鹿兄能一飞冲天。”

“风羽先生的话太玄乎，恕在下愚笨，难以领会，告辞。”鹿一鸣被洪飞羽说得一头雾水。

“或是时机未到，他日你我或许就都会明白其中意思，鹿大人保重，告辞。”洪飞羽也不再多说，许多事正如他说言，他自己尚且还没有头绪，又如何说给别人听。

第十六章 骑虎难下

夏国太极殿乃是皇上召见群臣，商议国事的要地。平日里肃穆威严，文武百官决不可在此喧哗，即使是皇上要在大殿上发脾气也会竭力克制。可今天的太极殿上却好似集市，官小的在下面窃窃私语，官大的在皇上和太后面前各抒己见，闹得不可开交。

李昊煜坐在龙椅上，干脆闭上眼睛，一言不发。太后则皱着眉头，对于几位大臣的言语也完全听不进去。

谢名浩率兵奇袭，击败枫国三十万大军，并斩杀枫国君主风颜亮。这个事情来得太过突然，震动朝野，几乎让所有人都措手不及。只有一个人——大学士苏迟，神态平和，他安静地站在自己的位置，看着如今乱作一团的朝堂。

韦不群向皇上身旁的小公公使了个眼神，小公公立刻心领神会，扯着嗓子喊了一句："肃静！"

尖厉的嗓音滑过大殿，嘈杂的议论声终于渐渐平息。李昊煜也睁开了眼睛，不过他并没有向群臣问话，而是侧身转向太后，轻声说道："此事还请母后定夺。"

太后看着皇上露出满意的笑容，近来皇上甚为孝顺，无论大事小事都听从她这个母后的建议，也不枉她当年费尽心力助他登上帝位。

“哀家听了众位卿家的想法也有了决断，一来，谢名浩杀敌有功不可不表，下旨召回洛安，封为安邦公，赏赐宅邸一座、黄金一千两；二来，为防止枫国报复，太尉吕素领五万精兵前往岩石城，巩固城防。”说到这里，太后眉眼稍稍一抬，问道，“众卿对此安排可有意见？”

“太后、皇上圣明。”群臣异口同声道。

所有人都明白，太后明里是嘉奖谢名浩，实则削了他的军权，而太尉去岩石城除了加强防卫，更重要的是把吕家的势力进一步延伸。谁要是这个时候站出来反对，谁就是有心和太后作对了。

韦不群虽然也附和，心中却是十分不安，他不禁把目光瞟向苏迟。苏迟的目光恰好也瞟向了他，两人皮笑肉不笑，对视一眼后，各自又低下头去。

山雨欲来风满楼，夏国自李成渊开国以来已有六百余年，如今人人心里都不禁有一个疑问：这份基业还能持续几年？

张大山、莫留情和铁牛三个人在“黄昏之地”搜寻有关迦楼城和安多丽的消息。几日来，他们在天脊山下附近也找了几个村落，但是都已荒废，不见人烟。“黄昏之地”要比他们想象中大得多，荒原、峡谷、山峦、河流……仿佛看不到尽头。

“张大哥，看来我们还要再往深处走走。”莫留情一边大口撕咬着一只兔腿，一边说道。

他们在荒废的村落里找到一间还不错的石屋，这两天他们就住在这里疗伤，并在附近的林中狩猎。几日来的休息，让他们恢复了体力和精力。

“这鬼地方这么大，我们要往哪里走？”铁牛插嘴道。

“当日那些狼族的平民都是朝着西边逃走，我们就往西去，他们几万人走过的地方，一定会留下痕迹，追踪起来也比较容易。”张大山早就做好了打算。

“那我们还等什么，赶紧上路啊！”铁牛放下手中的兔肉迫不及待地说道。

“急不死你，我问你，遇见狼族人，你会说他们的话吗？怎么问他们迦楼城在哪里？安多丽是谁？”莫留情两眼一翻道。

铁牛摸摸脑袋，不过还是坚持道：“车到山前必有路，语言不通，我……我可以打手势，再不行还有动作、身体来沟通！”

“好，你现在就可以好好想想，到时候就由你来用身体语言和人家沟通。”莫留情说完，三个人不禁都笑了起来。

张大山三人在村落里又收集了一些路上能用的东西，一切准备妥当后，这才上路。正如张大山所言，几万平民迁徙所留下的痕迹十分容易找到，他们一路沿着狼族人逃走的路而行。一路上，他们看到不少狼族人的尸体，多半是老人和孩子，甚至来不及掩埋，惨不忍睹。

张大山三人走了约莫三日，终于在远处看到了一座巍峨的城池。

“想不到狼族也有这样宏伟的建筑。”莫留情忍不住惊叹道，他一直以为狼族是茹毛饮血的野蛮人，但一路走来，发现自己以前实在是错得离谱。

“夏国和狼族交战数百年，互相仇恨，许多事以讹传讹……”张大山叹道。

“这会不会就是迦楼城？”铁牛没他们那般多愁善感，只想知道找对地方没有。

“这个你要进去问狼族人了。”莫留情苦笑道。

“如今狼族人看到我们怕是会把我们大卸八块吧……”铁牛倒是不傻，摸着脑袋，一脸犯愁。

“我们要想个办法混进去。”张大山说着就扯了扯自己身上的衣服。

莫留情和铁牛瞬间明白了他的意思。

“太冒险了吧？”莫留情舔舔嘴唇，“即使换了衣服，但是一开口，我们怕是就要露馅儿。”

“那就别开口，哑巴不行吗？”张大山笑道。

“胆小鬼，你还有更好的办法吗？”铁牛拍了拍莫留情的肩膀道。

“那倒没有……”莫留情确实也想不出更好的办法。

三个人又往回走，从死者身上找到了合体的衣服换上，又蒙上面巾，看起来倒和狼族人没什么两样。

“混进去后要怎么办？”莫留情还是有些不放心。

“见机行事。”张大山说着摇摇头。

城门口有许多人进进出出，守卫倒也没有一一盘查，三个人轻而易举就进了城。

张大山他们倒是没有走错，从天脊山下逃出的人都来了这里。城中街道两旁都是临时搭建的帐篷，许多人都暂时居住在帐篷里，还有不少士兵正在维持秩序，分发物资。除此，还有一些帐篷正在搭建，陆陆续续又有不少从其他地方来的狼族人进城，一些士兵正在竭力安顿他们。看起来，这些外来的人，有的是来避难，有的则是在找人，熙熙攘攘挤作一团，城中不免有些混乱的感觉。张大山他们走在其中，倒也并不显眼。

“城门口太乱，我们往里面走。”张大山压低声音，在莫留情和铁牛耳边说道。

三人穿过人流，往城中心走去。没多久，他们就看到一个发放食物的救济点，人们正排着队，依次从士兵手中领取食物。不过这种食物，张大山他们倒是头一次见，不是大米、面粉或者玉米、高粱，而是一种比拳头略大的红色浆果。

一个小男孩儿高兴地从士兵手中接过三个浆果，抱着就往自己帐篷的方向跑去。可还没跑几步，却被一个大孩子拦住，从他手中抢走了浆果。

那大孩子抢走浆果，刚好从铁牛身边跑过，铁牛一双大手就立刻抓住了他。那大孩子哪里经得起铁牛这一抓，立刻痛得哭起来。铁牛不敢说话，只能发出“呜呜”的声音，示意大男孩儿把浆果还给小男孩儿。这时小男孩儿也跑了过来，从大孩子的手里拿回了浆果。铁牛这才放开大孩子，拍拍他的头，然后用眼睛凶了凶他，示意他不要再欺负小男孩儿。大孩子吓得立刻跑开了。

小男孩儿抱着浆果给铁牛鞠了个躬，然后嘴巴没停地说了一大堆。铁牛他们虽然听不懂，也猜到多半是些感谢的话。铁牛用手指了指耳朵，又“啊啊”了两声，告诉小男孩儿自己听不见，说不了话。

小男孩儿有些怜悯地看着铁牛，犹豫了片刻，把自己怀里的浆果递给了他一个。铁牛连忙摆手，示意不要。张大山和莫留情担心暴露身份，不等铁牛再比画，就拉着他离开了。

“奶奶的，你手势比画得那么好，不知道的还真以为你是哑巴。”莫留情见旁边无人，压低声音在铁牛耳边说道。铁牛假模假样地打了他一拳，睁大眼睛瞪着他。

“好了，别闹了。”张大山怕他们引起别人的注意，“我们要先想办法弄清楚这个城叫什么。”

“张大哥，你觉得鹿兄弟会狼族语吗？”莫留情突然问道。

张大山闻言一愣，想了想，说道：“鹿兄弟虽然神通广大，但应该还不会狼族语。”

“那就是了，他既然知道狼族有迦楼城，我估计他说的那个安多丽一定是懂咱们夏国话的人。”莫留情的鬼主意一向多，脑子也确实转得快，“所以我觉得我们应该先找到安多丽这个人。”

“说起来容易，怎么找？”铁牛抬杠道。

“这……”莫留情一时语塞。

“并不是没有办法，我们不认识安多丽，但是安多丽肯定认识鹿兄弟吧？”张大山忽然兴奋地挥了挥手。

鹿一鸣此时站在韦不群的对面，两个人虽然是老熟人，但是这一次见面的情形却截然不同。以前，一个是皇上的重臣——丞相大人，另一个则是皇上的心腹——雪鹰卫。现在，一个是公然挑衅皇权的奸臣——韦不群，另一个则是武功全失的阶下囚——鹿一鸣。

“不才鹿一鸣，叩见丞相大人。”鹿一鸣单膝跪地，以下臣之礼拜见道。

韦不群没想到鹿一鸣见到自己竟然会跪拜，雪鹰卫地位特殊，向来只拜天地、皇上、恩师和父母。

“鹿大人能屈能伸，真丈夫！”韦不群莞尔一笑，扶起鹿一鸣道。

“丞相大人对在下有救命之恩，在下自当结草衔环相报。”鹿一鸣脸上堆着殷勤的笑。

“鹿大人是聪明人，本相也不想和你兜圈子，我请你来只为一件事。”韦不群温和地说道。

“丞相请说，凡是在下能做到的，又岂敢不做？”鹿一鸣苦笑道。

“好！”韦不群笑道，“据说雪鹰卫有一本世代相传的书，名为《天幕雪志》，本相想借来一观，不知鹿大人可否行个方便？”

鹿一鸣闻言一惊，《天幕雪志》这本书确实是雪鹰卫世代相传，可就是皇上也不知道有这本书，却不知韦不群是从哪里知晓的？

“家师意外身故，这本书下落不明，在下也不知道它现在在何处。”鹿一鸣所说确是实话。

韦不群也曾听闻上一代雪鹰卫死于天幕雪，所以对鹿一鸣的话算是半信半疑。

“如此重要之物，鹿大人难道真的对这本书的下落毫不知情？”

鹿一鸣叹口气说道：“事后我也寻过这本书，却未曾找到，想是师父藏在了隐蔽的地方。”

韦不群目光闪动，不置可否，沉默片刻后，说道：“鹿大人身中奇毒，此事我们日后再说，这几日还要委屈鹿大人在相府小住。”

鹿一鸣知道自己想要走出相府怕是不易，韦不群扣押雪鹰卫已然是摆明无视皇权，恐怕天下大变的日子已经不远了。

“但凭丞相做主。”鹿一鸣也不多说，拱手退下，门外早有仆人候着，领着他去了后院安顿。

宗主从阴影中现身，躬身道：“韦大人，如今雪鹰卫不过废人一个，留他何用？”

“废人？”韦不群闻言笑了，“倘若以武功论英雄，我岂不也是废人一个？”

“若馨不敢。”宗主一改往日的清冷，在丞相面前自称若馨，倒显出了女儿家的娇态。

“这里没有旁人，你也不用如此拘谨，我问你，鹿一鸣的武功真的恢复不了了吗？”

“麒麟毒极其霸道，武功越高毒性越强，就算是我也只能设法散去他的一身武功，才能暂时帮他压制毒性。”若馨摇头道。

“麒麟毒，当今世上谁能解？”

“若馨不知。”

“那倒真是有些可惜了……没想到在‘黄昏之地’还有会用麒麟毒的术士。”

“丞相，鹿一鸣的事情暂时可放一放，城外突然出现的黑甲巨斧兵才是迫在眉睫，究竟是谁制造出了这些邪兵？”最让若馨感到心惊的还是这件事。

“我派人去查看过，但是他们在树林里没有任何发现，你所说的那些黑甲巨斧兵仿佛人间蒸发了一般。”韦不群眉头深锁，他也在为这件事忧心，“不过夏国有能力做这件事的不外乎有三股力量。”

“大祭师、大学士和太后。”若馨脱口而出。

韦不群点点头，说道：“看来这些人都迫不及待了。”

“丞相大人打算如何应对？”若馨问道。

“黑甲巨斧兵就由你们鬼隐宗继续调查，务必在我们行动前弄清楚他们的来历和背后的势力。”韦不群严声说道。

“丞相放心，若馨一定会把这件事查个水落石出。”

“还有一件事，洪飞羽和曹莽他们你可安顿好了？”

“若馨已派人去截住了他们，让他们暂时住在城外私宅里。”

“我要亲自去见见他们。”韦不群站起身来，唤来管家，让他去安排马车。

韦不群走出房间，西边夕阳正浓，他避开刺眼的晚霞，眺望东方，一勾残月不知何时已经升上天空。

鹿一鸣的住所倒是僻静，为独立宅院，院中有凉亭、假山，风雅精致。只是宅院之外却守卫森严，旁人想要进出先不说那些武功高强的看守，就是要找到这里，怕是都不容易。相府里不单单是大，除了那些常规的建筑，还有许多暗门和隐蔽的通道，简直就是一个巨大的迷宫。

鹿一鸣明白自己现在就是进了大牢，在这里吃穿不愁，除了没有自由。他这几日来都在脑海里搜索着自己看过的书、学过的林林总总，也试过一些解毒的法子，但始终没有办法恢复自己的功力，也没有办法驱除体内的麒麟毒。由此，他不得不佩服那位宗主，竟然有能耐把麒麟毒全部封在自己体内，而不让它们发作。这位宗主实在是充满了神秘感，她自称宗主，却又对丞相唯命是从，也不知是哪一路的宗主？

不过他现在最担心的还是安多丽，伯牙偷袭狼族聚集地，大肆杀戮，也不知迦楼部如今怎么样了？她又安好吗？张大山他们能找到她吗？一想到这些，他便坐立不安。他不能在这里继续浪费时间，他必须想办法出去，去找安多丽。

院子里落着雪，鹿一鸣裹着厚厚的棉衣坐在凉亭里，温着热酒，赏着纷纷落落的雪花。

“雪落等谁坐？你倒是挺有闲情雅致。”宗主冷冰冰的声音在他的身后传来。

鹿一鸣站起身来，回过头，露出惯有的笑容，说道：“一路多谢宗主照顾，方能平安回到洛安，宗主若不嫌弃，何不坐下，我为宗主温一杯酒。”

宗主面无表情，但还是坐了下来。

“看这摆设，你早知我会来吗？”

“我倒不知是宗主，我只想丞相大人应该会再派人来游说。”

“你虽武功尽失，但丞相大人还是很看重你，只要你交出《天幕雪志》，效忠丞相大人，日后还能有一番作为。”

鹿一鸣不置可否，拿起温好的酒壶，为宗主倒了一杯酒。

“宗主来做说客，我却还不知宗主如何称呼？”

宗主闻言，面容紧绷，想要发作，却还是忍住了，半晌道：“鬼隐宗宗主燕若馨……”

“燕宗主，尝尝我温的酒可好？”

燕若馨捺着性子尝了一口酒，酒是陈年的女儿红，喝进嘴里却又多了一股花香，她竟忍不住一饮而尽。

“首先，那本书我现在确实不知道在哪里，再来雪鹰卫我是做不了了，但是我也不能做反贼……”鹿一鸣话未说完，只感觉咽喉一紧，一只无形的手把他整个人从石凳上拽了起来。

“不知死活，如果不是丞相大人有交代，你现在已经是一具尸体了。”

“燕……燕宗主……咱们……有话……慢慢说……”鹿一鸣感觉喘不过气来了。

“既然你冥顽不灵，我们也就没什么好说的了。”燕若馨放开了鹿一鸣，起身欲走。

“燕宗主留步。”鹿一鸣一边揉着脖子，一边喊道。

“回心转意了吗？”燕若馨转过身看着他道。

“我的心意只有保命而已。”鹿一鸣还是一副嬉皮笑脸的样子，“别的事我暂时无能为力，那黑甲巨斧兵，我却能帮你找到他们。”

“就凭你？”燕若馨正在为这事发愁，她尽遣鬼隐者，却毫无消息，仿佛那些黑甲巨斧兵就这么凭空消失了。

“燕宗主未免太小看雪鹰卫了，我武功虽然没了，其他本事却还在，好比煮酒，好比那千里香……”

“千里香？你是说你在那些黑甲巨斧兵的身上下了千里香……”

“不错，那些黑甲巨斧兵就算上天入地，我也能找到他们。”鹿一鸣信心十足地道，“不过你要带我出去，我才能帮得上忙。”

“带你出去？”

“燕宗主提议，想必丞相大人一定会同意。”

“要是找不到那些黑甲巨斧兵，或者你敢耍花样，我一定取你项上人头。”

燕若馨看着鹿一鸣，那目光仿佛能刺透他的心。

洪飞羽、林晨和曹莽本想赶去洛安城，半路却被丞相派来的人截住，让他们先在城外住下。无奈之下，他们只能听从安排，去了城外一处隐秘的私宅。宅中有杂工、仆役和护卫，等他们到的时候，下人们早已为他们安排好房间，并准备了丰盛的酒食。

洪飞羽他们如今确认了谢名浩大败枫国大军以及斩杀了枫国君主风颜亮的消息，同时也就明白了丞相为什么不让他们回洛安。谢名浩如今已是夏国的大英雄，现在无论洪飞羽他们如何解释，也洗刷不了叛国的罪名。

第二日晚间，丞相韦不群终于出现在他们面前。曹莽看到韦不群后尤为激动，跪拜在地，痛斥谢名浩诬陷栽赃。

“曹大人莫急，此事本相日后一定会为你讨回公道。”韦不群一番安慰后，打发了曹莽，留下洪飞羽单独说话。

“风羽先生这次的差事可办得不漂亮。”韦不群直言不讳。

“但尽人事，余听天命，以一人之力扭转乾坤的事情，在下从未曾想过。”洪飞羽苦笑道。

“如今夏枫两国再无和平之可能，全面开战只是时间问题，风羽先生却又做何打算？”

“在下只能静观其变，倒是丞相大人位高权重，却又做何打算？”

韦不群被洪飞羽反问了一句，不禁心中一惊，莫非这洪飞羽已经察觉到了什么？不过他还是不动声色地说道：“本相也唯有鞠躬尽瘁，死而后已。”

洪飞羽手中折扇一摇，微微笑道：“恕在下直言，十日后就是祭天大典，皇亲国戚、朝中重臣皆要离开洛安城，前往紫金山，这等千载难逢的机会，恐怕会有不少人兴风作浪，还请丞相大人要多加小心。”

“风羽先生言重了，皇上仁德，太后……”

“丞相大人还是不信在下。”洪飞羽干脆直截了当地打断了韦不群的话。

韦不群的眼中闪过一丝杀气，洪飞羽的这番话已经是在公然挑衅他了。

“在下所忧者只有一事，便是冥牙族，虽知希望渺茫，但全力以赴联合云州大陆所有的力量，共抗冥牙族的侵袭是在下誓死必须完成的事情。”洪飞羽神情肃然、眼神坚毅地说道。

韦不群虽然已见过了冥牙刀，但对于冥牙族会侵袭云州大陆一事依然半信半疑，他道：“风羽先生，单凭一把冥牙刀，你无论说得多么天花乱坠，恐怕信的人也不会多。”

“在下自然知道，单凭一把刀还远远不够，所以在下想请丞相帮一个忙。”洪飞羽躬身拱手道，“请丞相帮我借一条船。”

韦不群一愣，他没有想到洪飞羽会忽然提出这样的要求，他也明白洪飞羽所要的不仅仅是一条船那么简单。

自夏国建国以来便实施了海禁，对普通渔船以及商船的大小都有严格规定，使得这些民用船只能在近海航行，而不能远航。唯有官方才能建造巨大的战船，也只有这些战船才具有远航的能力。换句话说，洪飞羽想要的不是一艘普通的船，而是一艘战船。他要出海远洋，除了战船，还要有经验丰富的水兵，把这些都配齐，需要的不仅仅是金钱，还要有权力。

“你想出海寻找冥牙族？”韦不群开口问道。

“原本在下想按部就班，可惜时局变化太快，如今不得不如此为之。”洪飞羽知道自己必须尽快找到冥牙族的下落，以及他们准备侵袭云州的有力证据。

“本相可以帮你，但是……”韦不群露出老奸巨猾的笑容，“本相也素来不做亏本的买卖。”

洪飞羽并不意外，笑道：“在下也不喜占人便宜，关于十日后的祭天大典，在下有一句话送给丞相。”

“哦，一句话就换本相一条船？本相倒是要掂量掂量了。”韦不群依旧不动声色地说道。

“螳螂捕蝉，黄雀在后。”洪飞羽笑道。

韦不群闻言一惊，他沉思片刻才开口说道："风羽先生想要船可以，但是单凭这句话，分量可能还不够。"

"在下不是不想帮丞相大人，只是大人需要信任在下才行，否则在下留下也毫无意义。"洪飞羽直言道。

"本相做事向来谨慎，但今日唯独对先生推心置腹。"说着，韦不群从袖中拿出一张图纸。他在案台上铺开图纸，是一张绘制精美的洛安地图，图上有各种标记和人物图像，惟妙惟肖，比例精准，内容详细，甚至胜过军事地图。

洪飞羽扫了一眼，便知道这张图纸就是韦不群在祭天大典那日的行动部署图。他拿起图纸，当着韦不群的面撕成碎片。韦不群虽然瞠目结舌，却并没有阻止洪飞羽。

"谢丞相信任，在下不才，愿助丞相立于不败之地。"洪飞羽拱手而立，风采卓然。

迦楼城里这几日倒是出了稀奇事，大街小巷里到处画着一张画像，画的是一个男子的头像，头像旁边还有奇怪的符号。围观的不少人认为画像中的人物就是他们的狼神。

街头出现画像的事情被士兵禀告到迦楼部族长沃巴那里，沃巴出门一看，这不就是鹿一鸣吗？他急忙叫来妹妹安多丽。安多丽看到画像后也确认画像上的人就是鹿一鸣，究竟是谁画的这幅画像，还满城画？头像旁边有一些符号，看起来像是夏国的文字，沃巴和安多丽虽然会一些夏国话，但是对于夏国的文字一窍不通。

"画这些画像的人应该是夏国人，他们是希望能引起我们的注意。"沃巴推测道。

"是不是鹿大哥有危险？派人来找我们了？"安多丽一心只担忧鹿一鸣的安危。

“那也未必，他们留了文字，可惜我们看不懂。”沃巴也是一筹莫展。

“画画的人一定还在城里，我们把他们找出来。”安多丽急道。

“如今城里鱼龙混杂，怕是不容易。”沃巴一边说，一边想着怎么才能把人找出来。

“我有办法！”安多丽用手抚摸着凹凸不平的画道。

安多丽的办法简单粗暴，她召集了几乎全城的士兵，教了他们一句夏国话：鹿一鸣是朋友，安多丽在城中广场。

士兵们四散而出，沿着大街小巷喊着这句话，希望能引起画画人的注意。安多丽和沃巴来到城中广场，搭起高台，焦急等待着画画人的出现。

张大山、莫留情和铁牛三人忙活了一晚，累得够呛，饥寒交迫之下，他们也加入了难民的队伍，排队领取食物。三人第一次吃狼族的浆果，赞不绝口。

“想不到，想不到……”铁牛一边说，一边舔手指。

“天下之大，无奇不有，彪悍的狼族人竟然是以浆果为生。”莫留情吃完一个，手里还拿着一个，不过他小心翼翼地守着，生怕铁牛来抢。

“吃饱了，我们再找些地方画画像。”张大山用树叶擦了擦手，又出怀里掏出一块黑石头，在旁边的墙上用力画着鹿一鸣的头像。

“张大哥，你太牛了，真没想到你还会这一手。”铁牛蹲在一旁，看着张大山用石头作画。

“军旅生活太过枯燥，闲来无事就画着玩儿，没想到今日竟派上了用场。”张大山笑道。

“要我说，这‘黄昏之地’还不错嘛，狼族的女孩儿也挺美……不如我们就在这里安家吧……”莫留情蹲在角落里，把最后一个浆果放进嘴里，看着从街道上走过的狼族美女。

“你就做梦吧……”铁牛正想上前奚落莫留情，此时街道上却是一阵喧哗。

“鹿一鸣是朋友，安多丽在城中广场……鹿一鸣是朋友，安多丽在城中广场……”几个士兵从街道上跑过，大声喊着，人们纷纷上前围观。

莫留情手里的浆果差点儿掉在地上，张大山也放下了手中的石头。莫留情从墙角站了起来：“我没听错吧？那些士兵喊的是夏国话，他们……他们……”

张大山脸上露出笑容，说道：“我们没听错，看来安多丽已经看到了我们的画像。”

“安多丽在狼族的地位看起来不低，竟然可以调动如此多的士兵来找我们。”莫留情推测道。

“鹿兄弟的能耐实在是超乎想象。”铁牛咋舌道。

“走吧，我们去看看安多丽到底是何方神圣。”张大山拍了拍莫留情和铁牛的肩膀，轻松地说道。

他们来到城中广场，一眼便看到台上有一男一女，只是不知道这安多丽是男还是女。张大山他们没有立刻现身，在四周观察了一下，没看到太多士兵，也不见有什么埋伏。

“你二人先在一旁候着，如果有什么不对劲儿的地方，立刻离开。”张大山为防万一，让莫留情和铁牛先藏在暗处。

一切就绪后，张大山这才朝着广场中的那一男一女走去。

安多丽站在台上四处观望，很快就发现了向她走来的张大山。这个中年男人虽然穿着狼族的衣服，但是五官和气质全然不像是狼族人。安多丽等不及他靠近，就自己跳下高台，朝他跑了过去。

“你就是安多丽吗？”张大山看着向他奔来的安多丽问道。

安多丽克制住激动的心情，问道：“你是鹿大哥的朋友吗？”

张大山知道他们这次算是找对了人，连忙拱手道：“在下张大山，正是鹿兄弟的好友，受他所托，来迦楼城找安多丽。”

“鹿大哥现在在哪里？”安多丽喜极而泣，她四处张望，却没看到鹿一鸣的影子。

“说来话长……”张大山叹了口气，“对了，我还有两位兄弟一同来此。”

张大山挥挥手，莫留情和铁牛这才从暗处出来。

“这两位是莫留情和铁牛。”张大山介绍道。

莫留情和铁牛拱拱手，弯起嘴角偷笑，安多丽竟然是个大美女，看来雪鹰卫鹿大人也是个多情的种子。

此时，沃巴也走了过来。

“他是我哥哥沃巴，迦楼部酋长。”安多丽一边回礼，一边向他们介绍。

“几位是鹿兄弟的朋友，那便是我沃巴的朋友！”沃巴热情地一一拥抱张大山他们三人。

张大山三人全蒙了，没想到狼族的酋长竟然会说夏国话，他们既高兴又惊讶。

“几位兄弟随我来，这里不是说话的地方。”沃巴说完就拉着张大山他们三人走了。安多丽高兴地跟在旁边，因为狼族被天脊军偷袭，伤亡惨重，这些日子，她一直跟着哥哥安置百姓。她心里虽然一直在担心鹿一鸣的安危，却根本走不开。现在，终于又有了鹿一鸣的消息。

张大山他们也不推辞，跟着沃巴和安多丽来到了迦楼城的宫殿。沃巴安排下人为张大山他们洗漱更衣，又在大厅里备好宴席，以迦楼部最高礼仪为他们接风洗尘。

张大山他们自从离开天脊城，还未洗过澡，一路风餐露宿，苦不堪言，如今焕然一新，只感通体舒畅。张大山三人在下人的带领下，来到大厅，安然入座。此时安多丽再也忍不住，急问道：“张大哥，鹿大哥现在在哪里？他人还好吗？他有没有说什么时候回来……”

“咳咳咳……”沃巴连咳几声，打断安多丽一连串的追问道：“各位兄弟莫要见笑，我这妹子就是急性子，你们先吃点儿东西，我们再慢慢聊。”

“沃巴酋长言重了，就算安多丽不问，我们也想先把事情说清楚，否则吃东西怕也吃不香。”张大山说完，微微一沉吟，理清头绪后，这才一五一十地把他们为何来到“黄昏之地”，以及他们和鹿一鸣的关系娓娓道来。

沃巴和安多丽安静地听完张大山的话，神情变得肃穆，两个人齐齐站起来，单膝跪下，右手握拳放在胸口，沉声道：“三位义士的大恩大德，我狼族永世不忘。”

“两位快快请起，路见不平拔刀相助，本就是男儿应行之事，岂可受此大礼。”张大山急忙扶起沃巴和安多丽。

“八万狼族妇孺的性命，多大的礼三位义士都受得起！”沃巴和安多丽执意行完大礼，这才重新落座。

张大山问起沃巴他们是如何与鹿一鸣结识的，又何以说得如此一口流利的夏国话。

安多丽微微一笑，回忆起往事，心头泛起甜蜜。她便从自己和族人被卡木西多斯抓住说起，然后鹿一鸣如何救她，而后他们一起死守迦楼城，大败蝠狰等事情一一道来。

张大山、莫留情和铁牛听得瞠目结舌，宛如听了一场惊心动魄的传奇故事会，如果不是安多丽和沃巴亲口道来，他们绝难相信天底下会有卡木西多斯和蝠狰这样的怪物。直到此时，他们也总算弄明白了为何狼族会在天脊山脚下集结，原来是害怕蝠狰，这才逃离家园。

张大山三人又知道了原来安多丽已经是鹿一鸣的妻子了，连忙起身道贺，宴席之上的气氛开始热闹亲近起来。沃巴和安多丽也都是豪爽之人，一时间大家频频举杯，畅饮叙旧。

狼族的酒与夏国的酒完全不同，夏国酒以谷物酿制，味辛辣，烈如火。而狼族的酒是以林中浆果酿制而成，味道香甜，口感极佳，酒劲却丝毫不输夏国，甚至还胜过三分。张大山三人刚开始喝的时候，把这狼族酒当作果汁来喝，几杯下肚后，开始浑身发热，面红耳赤，这才知道狼族酒的厉害。

莫留情酒一喝多，嘴巴就闲不住了："弟妹，我们鹿兄弟能娶到你，是他八辈子的福分……不过，你可要把他看好了……"

"莫大哥，你说反了，是我娶他，我娶他！"安多丽立刻纠正莫留情的"语病"。

莫留情大笑道："对，你娶他。"

"莫大哥刚才为何说让我看着他？"

"咱家鹿兄弟，人帅、本领高，少不了一些轻浮女子缠着他……"莫留情一边喝酒，一边不以为意地嬉笑道。

"莫大哥可是看见了什么？"安多丽脸色微微发红。

莫留情却全然没有注意到安多丽的变化，继续胡掰道："可不是，他这次回洛安，有个凶巴巴的女人一直缠着他，他连话都不敢与我们多说……"

"他敢！"安多丽忽然拍案而起，抽出腰间的刀，"啪"的一声插在桌子上，入木三分。

莫留情的酒瞬间就被吓醒了，他没想到自己胡说了几句，安多丽反应会这么大。

"妹妹，你怎可在三位义士面前舞刀弄剑？"沃巴正和张大山喝得开心，没想到妹妹这边忽然大发雷霆。

"我不管，我要去洛安找鹿大哥！"安多丽面红耳赤，手握弯刀，说得斩钉截铁。

铁牛在一旁喝酒吃肉，莫留情对安多丽说的话，他可是听得一清二楚。此时，他忍不住偷笑着抱住莫留情的肩膀，耳语道："兄弟，这回你可是闯大祸了。"

第十七章 活尸

千里香用特有的药物和花草提炼而成，是雪鹰卫专门用来追踪的法宝。不过普通人拿到千里香却毫无用处，因为必须修习一种特殊的功法才能闻到千里香，而这种功法只有雪鹰卫才会。

鹿一鸣和燕若馨一起，一路凭着千里香追踪着黑甲巨斧兵的踪迹，竟发现黑甲巨斧兵最后的落脚点是在大学士苏迟的府邸附近。

“你确定吗？”如果黑甲巨斧兵是苏迟所控制，那么事情就不简单了，所以燕若馨非常慎重地问道。

“绝不会错……只是……”鹿一鸣欲言又止。

“只是什么？”

“千里香的味道在大学士府这里消失了，换句话说，那些黑甲巨斧兵要么上了天，要么就是入了地。”鹿一鸣一只手支着下巴，若有所思地说道。

“会不会是他们发现了你留下的千里香，所以……”

“那不可能。”鹿一鸣果断否定了这种猜测。

“依你这么说，飞天是绝无可能了，只能是入地，大学士府的地下另有乾坤也说不定。”燕若馨说出来的更像是气话。

“那我们要想办法进去看看……”鹿一鸣话没说完，远处忽然传来脚步声。

燕若馨一道凌厉的目光射出去，喝道：“谁？”

“确实另有乾坤。”洪飞羽和林晨大大咧咧地从一旁巷子里走了出来。

“你们怎么会来这里？”燕若馨知道他们也是丞相的人，便收起外散的功力。

“我们也是为那黑甲巨斧兵而来。”洪飞羽拱手道。

“大学士府这里不算偏僻，视野开阔，官道交错，如果黑甲巨斧兵是从这里进出，岂会没人看见？”燕若馨问道。

“地道。”洪飞羽甩开手中的扇子道，“虽然我还没有找到地道的出入口，但是可以非常肯定大学士府的地下一定别有洞天。”

鹿一鸣虽然也这般猜测，却没有十足把握，所以问道：“风羽先生何以如此肯定？”

“早些日子，洛安大雨，四周街道皆有积水，但地势较低的大学士府却没有半点儿积水。”洪飞羽说到这里，鹿一鸣和燕若馨也恍然大悟。

“入口必然在大学士府中，只是里面戒备森严，高手如云，暗道纵横，还有界阵护卫，就算是本宗主……”燕若馨不由得叹口气，显然她早就试过潜入大学士府，却以失败告终。

“何必舍易求难，我们在那树林里遭遇了黑甲巨斧兵，那边必有出入口，哪怕对方封闭了，也会留下线索痕迹。”洪飞羽收起白扇，拱手道，“此番来找二位，正是希望借助二位神通找到出入口。”

“愿助风羽……”鹿一鸣话未说完，就被燕若馨打断，她心怀戒备道：“你可有丞相手令？”

“丞相金牌在此，还请宗主过目。”洪飞羽从怀中取出韦不群亲手交给他的令牌。

燕若馨见到金色令牌，脸色骤变，虽不情愿，但还是单膝跪下。

“宗主无须多礼，请起。”洪飞羽躬身抬手，燕若馨这才起来。

丞相有三种令牌，其中以金牌最为珍贵，持金牌者犹如丞相亲临，属下必须听令行事。燕若馨贵为鬼隐宗的宗主，丞相也未曾授予她金牌。由此可见，韦不群对洪飞羽是另眼相看，委以重任。

鹿一鸣见状也是大吃一惊，一向高傲的宗主竟然跪拜洪飞羽，可见此人已成丞相心腹，风羽先生当真是名不虚传。不过他心里又叹了口气，但凡有些才能的人都被权贵招揽了，当今皇上却无人可用，国之如此，何以为继？

洪飞羽四人回到昔日遭遇黑甲巨斧兵的丛林，在这里重新开始搜寻。

“鹿大人，千里香沿途都可散发出来，直到学士府才消失，说明外面的地道并不深，你看能否找出地道的路径？”

“先前我也试过，只是这些黑甲巨斧兵人数众多，行走路线散漫，千里香又是挥发之物，所以只能找出大概范围，难以精准到具体位置。”鹿一鸣颇有些为难道。

“有大致范围就可以，接下来就要靠燕宗主了。”洪飞羽点点头，胸有成竹道。

“本宗主？”燕若馨不明所以。

“燕宗主，林护卫所学功法能感自然之变化，日月之盈亏，黑甲巨斧兵乃阴邪之物，违天地而生，有损天道。他们所过之处，皆会破坏天地之和谐，所以林护卫能据此感应他们的行迹。只是……”洪飞羽看着林晨，后面的话显然是让他自己来说。

“只是我功力不够，感应的范围有限，如今鹿大人能进一步缩小范围，而如果燕宗主能助在下一臂之力，那么未尝不可找出那些黑甲巨斧兵的出入口。”林晨坦言道。

“本宗主尽力而为。”燕若馨虽然知道林晨武功不弱，但也没有想到他会这等奇功，这风羽先生的护卫倒不可小视。

鹿一鸣凭借千里香，把黑甲巨斧兵在林中大致行走的范围标示了出来。林晨和燕若馨在这个范围里缓缓移动游走，燕若馨的手掌贴着林晨的后背，不断把功力传输给他。随着时间的推移，两个人的额头不断冒出汗来。

洪飞羽和鹿一鸣在一旁看着，心都提到了嗓子眼儿。尤其是鹿一鸣，他明白林晨和燕若馨两人现在的功力都提升到了极点，如果还找不到出入口，时间一长，对他们的身体会造成难以挽回的伤害。这时，林晨终于长呼一口气，收敛功力，燕若馨也放下了手掌。两个人缓缓坐下，开始调理内息，长时间的发功，让他们内力消耗巨大。

洪飞羽和鹿一鸣不敢催促，两个人静静守在一旁。良久之后，燕若馨先行起身，她已调息完毕。又过了一会儿，林晨才睁开眼睛。

“可有线索？”洪飞羽低声问道。

“大家跟我来。”林晨点点头，站起来。

四人来到一处山丘前，山丘下岩石成堆，大大小小，散落于地。山丘上长着一些常青树木，岩石旁则长着一些绿色的植株。林晨弯下腰，拔起一块岩石旁一棵绿色植株道：“你们看。”

这些绿色植株虽然外表看起来没什么异样，但是根部已经溃烂，只需用手轻轻一拂，就掉落在地。

“洪大人，你试试用脚踢这棵树。”林晨笑着对洪飞羽说道。

洪飞羽依言朝着身旁的树用力踢了一脚，他本以为以自己的力气，树只会抖一抖，却没想到他这一脚直接踢倒了树。

“金玉其外，败絮其中！”洪飞羽惊道。

“太诡异了，这些黑甲巨斧兵究竟是些什么？”燕若馨忍不住问道。

“如果我没猜错，这些黑甲巨斧兵就是活尸兵。”洪飞羽虽说是猜，但语气肯定。

众人闻言无不色变，被禁止数十年的活尸术竟然又重现人间。

大约在七十多年前，被称为神医的贾文建痴心研究医术，希望找出让人长生不死的药物。然而他没有制造出长生药，却意外造出一种让人生不如死的药物。活人服食此种药物后，体质会增强数倍，却会失去自我意识和所有的感觉，好似行尸走肉。贾文建刚开始并没有太多想法，只是把这种药物归于又一次失误，然而一直资助他进行药物研究的节度使王亚西却对这种药物十分感兴趣。王亚西偷出了药物的配方，又找来数十奇人异士对这种药物进行改良，经过十数年的不懈努力，他们制造出能把活人变成活尸兵的药物。这些活尸兵拥有常人难以想象的力量，经过训练可以听从指挥者的命令，他们没有恐惧、疼痛和情感，简直就是无与伦比的屠杀机器。

王亚西利用这些药物意图秘密建立了一支军队，想以此用来谋反，可他的军队刚刚建了一半，却就被贾文建发现了这件事。贾文建大惊失色，他没有想到自己在一次失误中制造出的药物，却被王亚西利用，并且他还毫无人性地将活人变成这种不人不鬼的怪物。

贾文建伺机逃出王亚西的府邸，向朝廷揭发了王亚西的阴谋和野心。王亚西不得不提前发动叛乱，然而终究因为准备不充分而最终失败。王亚西当时拥兵三万，其中活尸兵不足两千，但正是这两千活尸兵让朝廷的十万围剿大军几乎伤亡过半。当时负责围剿王亚西的大将军徐达风曾经在自己的手记里记录了那场惨烈的战争：“活尸兵力大无穷，手持巨斧，挥舞一圈便可杀数十人，冲入军中，宛如夺命罗刹，几无可挡者……”

叛乱平定后，夏熹宗李泰全仍然心有余悸。为了避免有人再拿到制造活尸兵的药物，他下令诛杀了王亚西的九族，以及所有参与研制药物的人。就算是举报有功的贾文建也在不久后被赐了毒酒，他家中更意外遭遇了一场大火，据说没有一人活着逃出来。

从此以后，活尸兵就再没有出现过，没有想到几十年后，大学士苏迟竟然冒天下之大不韪，又造出了活尸兵。

“这个苏迟满口仁义道德，没想到竟然干出这种丧尽天良之事。”林晨破口大骂。

“读书人要是作恶，可比贩夫走卒狠得多。”洪飞羽并不吃惊，对于苏迟，他早有论断。

鹿一鸣沉默不语，如果这些黑甲巨斧兵真是苏迟所为，那么他以前可真是看错人了。

“这岩石似有机关。”燕若馨手扶那块林晨挑出的岩石，左右旋转了几下，然后用力一推，四周突然发出“轰”的一声，地面塌陷，一个地道出现在众人眼前。

地道宽有两米，足够五人并排而出，由此一直通往学士府，可想工程何等浩大，绝非一朝一夕可以完成的事情。洪飞羽仔细查看了地道口，手摸冰凉潮湿的石砖，脸上露出疑惑的神情，道：“地道至少已经修建了百年以上，看来早在学士府建造之前，这庞大的地下工程就存在了。”

“可是谁敢在皇城底下搞这么大的动静？苏迟又是怎么找到这儿的？”林晨探头望了望通往地下的地道。

“这个疑团只能靠你们去调查了。”洪飞羽找了个舒适的地方坐下来道，“我和鹿大人可就不适合去做这么危险的事情了。”

鹿一鸣闻言苦笑，他自然知道自己武功全失，地道里也不知会有什么样的机关，万一遇到黑甲巨斧兵，他和洪飞羽反而会成为累赘。

“本宗主向来独来独往。”燕若馨冷着脸说道。

“燕宗主神功盖世，来去容易，自然不需要援手，但是林护卫颇有些不同寻常的能力，对于调查黑甲巨斧兵一事会多有助益。”洪飞羽笑着解释道。

若是没有旁人，林晨必然要和洪飞羽抬杠，可此时也只能默不作声，任由洪飞羽调侃自己。

燕若馨对于这点确实无法反驳，如果不是林晨，他们不可能找到这个地道。

“两位进去只为探明情况，速去速回，切不可打草惊蛇。”洪飞羽收起笑容，语气严肃地说道。

燕若馨和林晨也知道事关重大，微微颔首，然后两人不约而同纵身进入地道，皆是身法飘逸，潇洒万分。

此时，天色将晚，林中阴暗，寒风又起。洪飞羽和鹿一鸣不由得跺脚搓手，两人相视一笑，俱是尴尬与无奈。他们拾来干草和树枝，点燃篝火，围坐一旁，这才驱除了寒意。

“鹿大人做回凡人，怕是有诸多不习惯吧？”洪飞羽笑道。

“确实不习惯，今日出来遇到山坡，一时忘了自己的状况，纵身一跳差点儿没摔死。”鹿一鸣自嘲道。

“听说是麒麟毒。”洪飞羽微微一顿，然后侧头看着鹿一鸣道，“天下人都认为这种毒无药可解，但其实并非如此……”

鹿一鸣闻言浑身一颤，他本已完全不抱希望，看着洪飞羽道：“还请风羽先生直言。”

“鹿大人可听说过天幕雪的九转金莲？”

鹿一鸣沉吟片刻，点点头，道：“曾在古书中看到过记载，据说九转金莲一年枯一年容，九年后方才开花，其花无毒不解，实为天下奇珍……但从未有人真正看见过这种东西，恐怕是杜撰……”

“确实有，家师就曾得到过一朵九转金莲，我亲眼见过他用此物救了一个身中剧毒之人。”洪飞羽非常肯定地说道。

鹿一鸣微微一愣，他忽然间明白了洪飞羽的用意，冷冷地问道：“风羽先生莫非是来为丞相大人做说客的？”

“不错。”洪飞羽爽快地承认道，“不过我所说的也是实情，能救你的只有天幕雪的九转金莲。”

“可惜，那《天幕雪志》我确实没有。”鹿一鸣双手一摊说道。

“我相信你现在确实没有这本书，但是你想找的话，也一定能找到。”洪飞羽坦言道，“据说《天幕雪志》里记载了进入天幕雪的方法，你找到这本书，给不给丞相，那是你的事，但你若是想要解麒麟毒，就必须进入天幕雪，找到九转金莲。”

鹿一鸣沉默不语，半晌之后才开口道：“有一件事，我不明白，想请教风羽先生。”

“知无不言。”

“风羽先生的书，我都曾一一拜读，曾叹为天人，今日一见更觉得是名不虚传，只是如先生这般的人物，何以要做韦不群的鹰犬？”鹿一鸣神色中露出轻蔑之意。

洪飞羽不愠不怒，面带微笑道：“我所效力者，天下苍生而已。”

“风羽先生的口才不输大学士。”

洪飞羽不以为意，继续说道：“大厦将倾，非一木可支。夏国积弊已久，内忧外患，不久已。鹿大人却只想着保一人之生死，一族之兴衰，何谈真英雄、真丈夫？”

“我如今都已自身难保，风羽先生就别用激将法了。”鹿一鸣往篝火里添了一根树枝。

“天下将乱，风云变幻，往后的事情，鹿大人怕是会身不由己。”洪飞羽说完不禁长叹了一口气。

“我有个不情之请。”鹿一鸣看着渐渐燃尽的篝火，忽然说道。

“鹿大人不用客气。”

“几日后便是祭天大典，我知届时必有一番狂风骤雨，还请风羽先生能尽力保全皇上的性命，如此我鹿一鸣当感激不尽。”

“说来我也是皇上名义上的老师，自当竭尽全力。”洪飞羽说得诚恳。

林晨对燕若馨的武功着实敬佩，适才她源源不断输送的内力，不但让自己有机会找到地宫所在，还让自己终于突破了无相神功的第七层。

“燕宗主，适才多谢援手。”一向高傲的林晨向燕若馨表达谢意道。

“说起来，天海老人昔日于我有恩，你既是无相门的人，又同为丞相大人效力，举手之劳，不足挂齿。”一向冷漠少言的燕若馨此时话倒是多说了几句，“无相神功参天地之造化，奇妙无比，可惜你只修到第七层，倘若修到九重天之境，足以睥睨天下。”

林晨闻言即惊又愧，燕若馨来历神秘，她自称为鬼隐宗的宗主，怎会认识恩师，又受了恩师怎样的恩惠？他虽然满心好奇，却又不便开口问之。

“原来燕宗主与恩师有故交，在下实在惭愧，恩师早逝，我学艺未精，让宗主见笑了。”

燕若馨不再说话，提气一纵，已是数十丈开外。林晨紧紧跟上，如影随形，无相神功突破第七层后，他的功力大进，他能感觉到自己又进入了一个新的境界。

两人没用多久便接近了地宫的核心区域，这里远比他们想象中的大，宛如一个地下世界。明亮的灯火、独具匠心的建筑、地下河、假山石林、奇珍异兽……无一不有，令人叹为观止。除此，里面机关重重，界阵密布，即使是林晨与燕若馨也是步步惊心，如果洪飞羽和鹿一鸣也跟着闯进来，只怕会有进无出。

他们在一片开阔的平地上看见了密密麻麻、整整齐齐的黑甲巨斧兵，大致一数，至少也有三千之众。而且不时还有黑甲巨斧兵在队列中进进出出，沿着不同的地道被派遣出去。这些黑甲巨斧兵训练有素，行动敏捷，不过却发出阵阵腐臭味，让人窒息。

黑甲巨斧兵的周围有一些穿着灰袍的人，他们游走在黑甲巨斧兵之中，不时用手翻开黑甲巨斧兵的眼睛，仿佛在做什么检查。灰袍人会将某种黄褐色的药物塞入一些黑甲巨斧兵的鼻子里，黑甲巨斧兵吸入这种药物后，脸部就会变得通红，发出“呼呼”的嘶吼声。这种场景实在是可怖又诡异。

林晨和燕若馨躲在地宫顶上的一块岩石后，再往前，几无藏身之处，又见地势开阔，人多眼杂，他们打算先退出地宫。正在此时，远处忽然有一锦衣华服之人在一众护卫的簇拥下走来。燕若馨定睛一看，简直不敢相信自己的眼睛。林晨也注意到了她情绪的波动，隐藏行迹的气墙出现缝隙，他急忙用无相神功帮她补上缝隙。他小声提醒道:“燕宗主……”

燕若馨回过神儿来，深吸了一口气，道：“此人是西王李铭基。”

林晨闻言也不由得大吃一惊:“李铭基？传言他不是兵败死了吗？”

“谁也没见过他的尸体，看来黑甲巨斧兵的事情是他在幕后操纵，没想到苏迟竟是他的人。”燕若馨眉头紧皱道。

“如此说来，事情恐怕并不简单，我们先出去。”林晨知道兹事体大，一场恶战恐怕在所难免。

燕若馨点点头，西王的事情，她必须尽快禀报丞相韦不群。

通天阁内，香烟寥寥，大祭师与枫国智渊侯欧阳心相对而坐，任谁也想不到，一场腥风血雨后，两国权臣会在此推心置腹，品茶相谈。

“侯爷的霹雳手段，令人佩服，老夫自叹不如。”大祭师弥矢亚一身白色的长衫，长眉细目，若不仔细看，没人知道他到底是睁着眼睛，还是闭着眼睛。

“若无大祭师巧妙安排，此事怕也难成。”欧阳心皮笑肉不笑地道，“那风羽先生倒是有些手段，竟然只靠一张嘴就能让风颜亮退兵，若非如此，我也不会出此下策。”

“如今谢名浩立下大功，洪飞羽叛逆之事已然坐实，他在夏国朝堂之上再难立足。”弥矢亚轻轻摸着手中的茶杯，杯中茶水的颜色一会儿红，一会儿绿，变幻莫测。

“枫国大丧，七日后必将以举国之力讨伐夏国……”欧阳心胸口忽然感到一阵绞痛，手中的茶杯差点儿跌落。

“侯爷最近施法太多，看来界源之力已经开始反噬。”弥矢亚语调平缓，然而他的话语却像尖刀一样刺进了欧阳心的心里。

“冥牙族真能帮我们破除界源之力吗？”欧阳心的额头渗出汗来。

弥矢亚从怀里掏出一个好似牙齿的黄褐色小物件，小物件散发着淡淡的白光。欧阳心一看到这个小物件，立刻没了淡定，眼神里充满了渴望与贪婪：“虚空石，虚空石……给……给我……”

弥矢亚把手中的虚空石递过去，欧阳心迫不及待地一把抓在手中。

欧阳心手握虚空石，胸口的疼痛顿时消失，他不由自主地深吸了一口气，犹如一个渴了三天的人突然喝下一杯清水。

“冥牙王允诺过，只要大事能成，他就可以用虚空石帮我们破除界源之力。”弥矢亚这句话已经不是第一次说给欧阳心听，但他每多说一次，都会给欧阳心和自己带来希望，让他们更加坚定地为冥牙王做事。

欧阳心极不情愿地摊开手掌，那块小小的虚空石已经失去了光芒，一阵风吹来，顿时化作尘埃，随风而去。

“我还需要更多的虚空石，更多的，你明白吗？”欧阳心把面前的一杯茶一饮而尽，却感觉丝毫不能解渴。

“上次冥牙王大人送来的虚空石已经不多了……”弥矢亚不禁叹了口气。

“那……那可如何是好？”这句话实在不像是智渊侯欧阳心说出来的。

“枫神之叶。”弥矢亚为欧阳心倒上一杯茶道，“拿到枫神之叶，冥牙王就会亲自召见你，到时候别说虚空石，说不定他会直接帮你破除界源之力。”

“我已试过好几次了，但是始终无法靠近枫神之叶，据我所知，只有枫神血脉才能拿到那片叶子……”欧阳心皱起眉头道。

“欧阳大人，你可是鼎鼎大名的智渊侯，这等小事又有何难？”弥矢亚露出浅浅的笑容，拿出一小袋虚空石递给欧阳心道，“这是我剩下的最后一点儿虚空石了，望欧阳大人好自为之。”

韦不群坐于中堂，洪飞羽、林晨、燕若馨和鹿一鸣分立两旁。

燕若馨早已把在地宫所见禀报了韦不群，众人也皆知此事，如今齐聚一堂，商讨对策。

“纵然是玉石俱焚，也决不能让李铭基卷土重来。”韦不群目光坚定，语气铿锵有力。

鹿一鸣闻言一惊，他确实没想到韦不群会有如此反应，以韦不群今日的地位和实力，能说出“玉石俱焚”这四个字来，可谓不言而喻。“玉石俱焚”显然也不是权力的争夺和政治斗争的方式，而是少年意气，不惜一切代价的决绝。

单凭韦不群的这番表态，鹿一鸣对他的感观略有改变。因为西王李铭基实在是夏国建国以来最为臭名昭著的王爷，民间的那些传闻或许有些夸张和杜撰的嫌疑，但是他以雪鹰卫的身份所知道的事情足以让人触目惊心。

西王李铭基乃是夏庆宗李浩存的兄长，也是夏穆宗李赋玉的长子，不过他的生母却是一名宫女，地位低贱，在生下李铭基之后，就被太祖太后以惑乱君上之罪赐死。

李铭基自幼就被送出皇宫居住，由其奶母照顾。虽不受皇族待见，但毕竟是皇子，所以生活富足、衣食无忧。但这奶母不知是有心还是无意，从不给李铭基请先生，而是自己教他读书识字。平日里奶母也是对他百依百顺，宠爱万分。更有甚者，待到李铭基成年后，奶母竟色诱之。李铭基就在这样混杂不堪的环境中长大，其人脾气古怪，不知礼数，不分黑白。

李铭基十九岁时，太祖太后去世，夏穆宗李赋玉怜惜这个流落民间的长子，封他为西王，赏地千亩，掌管西郡。西郡虽偏远，却有城池七座，人口数十万，更盛产马匹，经济富庶。可从那以后，也为夏国埋下了一个巨大的隐患。

李铭基成为西王后，西郡百姓便陷入水深火热之中。他除了大肆征税，还强抢民女。只要是他看中的女子，都被强迫送进西王府，供其淫乐。他还喜欢杀人，只要是自己看着不顺眼的人，不管有多大的功劳，都会以各种稀奇古怪的名义杀掉。李铭基甚至连自己的结发妻子都不放过，理由是她妨碍了自己和奶母的恋情。

随着时间的推移，李铭基的残暴逐渐达到了变态的地步。他时常让王府中的侍女和男子在殿前赤裸地发生关系，自己则在旁边观看取乐。在路上遇到同行的亲兄妹，他竟要求二人交媾，遭到拒绝后，他便命人将这对兄妹在集市中凌迟。

李铭基虽然荒淫暴虐，却很会演戏，在夏穆宗李赋玉面前，他总是一副凄苦的模样，甚至弱不禁风，却又深知孝道。夏穆宗念其母惨死，又见他体弱多病，越发怜惜，即使有臣下向他禀报西王做的一些荒唐事，他也最多发旨训斥一番，并不处理。

夏穆宗总觉得自己亏待了长子，不但封李铭基做了西王，后来更加封他为右山公。可李铭基却并不满足，目光一直盯着皇帝的宝座。

夏穆宗李赋玉驾崩后，李铭基行事变本加厉，弄得民怨沸腾。新即位的夏庆宗李浩存起初也是好言相劝，继而发旨斥责，然而此时李铭基羽翼已丰，完全没把这个皇上说的话放在心上，处心积虑只等着时机成熟，起兵造反。然而没过多久，西郡就发生了一件举国骇闻的事情。

李铭基急于筹措军粮，就派人四处搜刮。西郡中有一城名玉楼城，城中有数十百姓实在无钱无粮，便造了反，杀了征收官。李铭基知道后勃然大怒，立刻派兵镇压，不但杀了那数十个造反的百姓，还下令屠城。据后来朝廷统计，除了少数人跑出来，城中共计三万余人，不分男女老幼，尽数被杀。整个玉楼城犹如修罗地狱，最后还被李铭基放了一把大火焚烧，枉死者连尸骨都没留下一具。

此事震惊整个夏国，李浩存勃然大怒，命李铭基立刻赴洛安请罪。李铭基知道再难推托，干脆一不做二不休，起兵造反，这便有了后来长达八年的“西王之乱”。

所以如果让西王李铭基这样的人间恶魔卷土重来，夏国怕是要就此变成人间炼狱了。

韦不群要夺权，但并不想天下大乱，所以他竭尽全力维持着这个摇摇欲坠的庞大帝国。他不满足于只成为一个治世之能臣，而是要做开创盛世的一代明君。

“活尸兵被我们意外撞见，也算是老天有眼，如今敌在明，我在暗，我们何不偷袭地宫？解除了活尸兵的威胁，大局方可定。”燕若馨自信有必胜的把握。

“万万不可！”洪飞羽劝阻道。

“风羽先生恐怕有所不知，活尸兵虽然厉害，但鬼隐宗门下的鬼影者实力超绝，如果布置妥当，来个攻其不备，胜算倒是不小。”鹿一鸣见识过鬼隐者的厉害，倒是认为燕若馨的计划可行。

“活尸兵并非我们意外发现，而是西王有心让我们发现。”洪飞羽摇摇手中折扇道，“而且燕宗主和林晨所见到的活尸兵恐怕只是西王手中真实兵力的十分之一。”

“十分之一？难道西王有三万活尸兵？”燕若馨惊问道。

韦不群这时皱眉道：“苏迟负责修建洪江大堤，征募劳工近七万余人，如今堤上却只有四万人不到，其余皆下落不明。”

“我怀疑这些人全都被苏迟和西王暗中变成了活尸兵。”洪飞羽说道。

燕若馨和鹿一鸣闻言一愣，如果真是如此，那么双方实力相差悬殊。

“西王和苏迟都是谨慎之人，活尸兵如此隐秘之事，怎会有那般巧合，偏偏让洪大人你们遇到？他们故意用活尸兵伏击洪大人你们几个人，实则是欲行瓮中捉鳖之策！”韦不群长叹了一口气，若非洪飞羽把所有线索串联起来，告诉他其中关键，恐怕他就会采纳燕若馨方才提出的策略。

“风羽先生既然知道这是西王之计，何以还要寻找地宫？”燕若馨不解地问道。

“将计就计。”洪飞羽淡淡一笑道。

“想来风羽先生早已有了全盘对策。”鹿一鸣察言观色，推测韦不群和洪飞羽早已商量出御敌之策。

“夏国如今已是危如累卵，能否逃过一劫，还需要鹿大人助一臂之力。”洪飞羽看着鹿一鸣一字一句地说道。

鹿一鸣一愣，问道：“何出此言？”

“西王万事俱备，只待天时，也就是三日后的祭天大典，届时他会突然发难，且势不可当，朝中重臣和皇上都将被他一网打尽。”洪飞羽所说的事，众人自然心知肚明，就连韦不群本也想借祭天大典改朝换代，奈何如今风云突变，这才不得不依从洪飞羽，改变策略。

洪飞羽又继续说道：“鹿大人是雪鹰卫，也是皇上最信任的人，所以我想请鹿大人帮一个忙，劝皇上离开洛安。”

“离开洛安？”燕若馨和鹿一鸣两个人几乎异口同声地惊问道。

“不错，西王如今所惧者只有两人，一是韦丞相，二是皇上。皇上目前虽无实权，却是夏国正统的象征，只要他在一日，便可号令天下。以目前的形势，在洛安与西王死战毫无意义，留在洛安恐怕这也正是西王希望我们做出的选择。”洪飞羽解释道。

“离开洛安，去哪里？”鹿一鸣深吸一口气，沉声问道。

“古都荆帝城，背靠山峦，三面环江，只可水攻，黑甲巨斧兵虽然厉害，在那里却无用武之地。”韦不群说道。

鹿一鸣沉默不语，按照目前的情况，韦不群和洪飞羽的安排无疑是最现实的。对于皇上李昊煜而言，与其死在西王的手中，还不如成为韦不群手中的傀儡，至少可以保住性命。可即使自己能说服皇上同意离开，但是山高路远，要想神不知鬼不觉地离开，怕也不容易。

“皇上若允，如何离开？”

“只要出了皇宫，一切皆有安排。”洪飞羽成竹在胸地道。

“让出洛安，也就是让出了夏国半壁江山，西王残暴，不知会有多少无辜百姓要死于这场战火了……”鹿一鸣长叹一口气道。

众人皆沉默，乱世之中，上至天子，下至黎民，谁又能置身事外？

丞相府中有山一座，高一百余丈，山上种满了毛竹，山顶有一亭，名翠竹亭，韦不群时常来此登高望远。家中晚宴之时，他吃得有些心不在焉，匆匆辞别众人，独自登上了翠竹亭。

站在亭中往东望去，便可看到巍峨的皇城。虽已入夜，但皇城中依旧灯火通明。

明月华夜，张灯结彩，人声鼎沸，好一派繁华景象，然而过了今夜，洛安怕是会变成人间炼狱。更令他感到可悲的是，自己倾尽一生之所谋，却仍阻挡不了这样的变故。人算不如天算，他如今纵有雄兵在手，却仍旧不够实力与西王放手一搏。

“离开洛安，保存实力，以待来时。”

当他听到洪飞羽轻飘飘地说出这十二个字的时候，对于这个年轻人的超然和冷漠不禁生出一股寒意。这个人人称道的风羽先生，自称为解云州浩劫而来，胆识、谋略、手段等俱是超人一等，最难得的似乎还有心怀天下之志。然而，此人面对眼前即将发生的惨剧却又格外冷漠，别说自己这个丞相，就算是太后、皇上、西王、大祭师、大学士……乃至黎民百姓，仿佛都是他手中的棋子，可攻、可守、可退……韦不群甚至有种错觉，洪飞羽俨然像一位超然于世外的弈手，整个云州大陆就是棋盘，众生都是他的棋子……而唯一不知道的是，究竟与他对弈的人是谁？

想到这里，韦不群额头竟然渗出冷汗。

“冥牙族吗？”韦不群迎风而站，说出这几个字后摇了摇头，又忽然笑了起来，可那笑容却让他一瞬间仿佛老了不少。他扶住了身旁的栏杆，才不至于坐倒在地。

第十八章 祭天大典

鹿一鸣回到皇宫就犹如回家，也只有雪鹰卫能神不知鬼不觉地出现在皇宫里的任何角落。宫中的一草一木、一扇扇门、一条条通道……他都了如指掌。完全不夸张地说，他闭着眼睛都可以在宫内畅通无阻，而不惊动一个护卫。关于这一点，他成为雪鹰卫以后，也对夏国开国皇帝给予雪鹰卫这样的特权感到疑惑不解，因为这无疑把以后夏国所有皇帝的脑袋都放在了雪鹰卫的手里。就算那时候的雪鹰卫对当时的皇上有大恩，忠心耿耿，可谁能保证以后每一代雪鹰卫都不变节，不起异心？以开国皇帝之英明神武自然不会想不到这些事情，但何以让他能如此放心雪鹰卫？

雪鹰卫皆是一代一人，代代相传，唯有到了鹿一鸣这里，前一代雪鹰卫，也就是鹿一鸣的师父穆先河留下一封遗书，离奇“死亡”。鹿一鸣在尚未出师的情况下便接任了新一代的雪鹰卫。至于穆先河，没有人见到他的尸体，但有人看到他去了天幕雪，又有遗书为证，所有人便都认定他已经死了。他在遗书中也言明要去天幕雪调查一件事，但去了天幕雪的人，从古至今都没有活着回来的。

夏庆宗李浩存驾崩，前雪鹰卫穆先河下落不明，鹿一鸣在毫无心理准备的情况下，接手了雪鹰卫的职位……之后，他奉新皇李昊煜之命去往天脊城找伯牙借兵，意欲在祭天大典助李昊煜掌控朝政，可是不但兵没借来，自己还阴错阳差地中了麒麟毒，如今别说保护皇上，自己的性命还不知能苟活到哪天。而他现在唯一能做的事情就是让皇上明白当前的形势，至于皇上会如何选择，怕是自己无法左右。不过有一点非常清楚，他会竭尽所能地活下去，活着去见安多丽。

鹿一鸣推开一扇活门，转进内道，低着头穿过花园，走进一间空房。房间里有一个机关，他轻巧地掰了掰，墙边的木柜缓缓移开。走进地道，大约行了百余丈后，便看到墙上挂着一个金色的小铃铛。鹿一鸣摇了摇铃铛，屏住呼吸，等待着回应，等待着皇上的回应。

过了片刻，只听到墙的另一边也响起了同样节奏的铃声。鹿一鸣深吸一口气，用力推动面前的石墙。石墙向一侧移开，又出现一条暗道。他走了进去，不出三丈有一珠帘，他撩开珠帘，便看到了久违的皇上李昊煜。

“臣参见皇上。”鹿一鸣跪下，眼睛却看着李昊煜，不过几个月未见，这位新皇便瘦了许多，眉宇间则更添忧愁。

李昊煜看见鹿一鸣，眼睛里几乎放出了光来，他疾步上前，扶起鹿一鸣，急问道：“天脊军来了吗？”

鹿一鸣摇摇头，沉声回道：“伯牙已投靠韦不群，臣也误中麒麟毒，武功全失。”

李昊煜闻言一惊，连退三步，鹿一鸣这一句话已然打破了他所有的希望。

“逆臣贼子！逆臣贼子！”李昊煜怒火冲天，拍案大骂。

“皇上息怒。”鹿一鸣站起来，劝慰道，“小不忍则乱大谋。”

“朕为何要忍，这是朕的天下，这是李家的天下！普天之下，莫非王土，率土之滨，莫非王臣……”李昊煜压抑已久的情绪终于爆发出来，一脚踢翻了身旁的圆凳。

鹿一鸣站在一旁，安静地等待着。

李昊煜沮丧地坐下来，额头已是冒出微汗，然而更让他惊骇的事情还在后面，一切不过是刚刚开始。

“朕累了，你退下吧。”

“臣，不能退。”

“还有何事？”李昊煜意兴阑珊地道。

鹿一鸣深吸一口气，拱手道：“启禀皇上，西王李铭基未死，与苏迟联手，举三万活尸兵、十万甲士谋反，欲在明日的祭天大典围剿紫金山，攻占洛安城。”

李昊煜简直不敢相信自己的耳朵，甚至怀疑自己是不是在梦里，然而脚尖传来的痛感，让他又格外清醒。

“不……不可能！”李昊煜喘着气，盯着鹿一鸣，他嘴上虽然这么说，但知道鹿一鸣绝不可能信口开河。

鹿一鸣干脆坐下来，他与李昊煜虽然分属君臣，但两人自幼一起读书玩耍，称兄道弟。不过自从鹿一鸣正式成为雪鹰卫，李昊煜登基后，两人便谨守君臣之礼，平日里除了公务，甚少再像年少时交心而谈。

“大虫。”鹿一鸣轻声叫道。

李昊煜浑身一颤，这是他儿时的诨名，也只有鹿一鸣敢这么叫他。

“还记得地启年的事吗？几个皇子欺负咱们。”

“记得，朕被打得鼻青脸肿，你虽然有一身武功，却也只能挡在朕的前面，不能还手。”李昊煜苦笑道。

“那时候你可曾想过会成为天子？”

“能活着就是万幸了，何曾敢想。”

“不错，活着就有机会，那些皇子最后都没你活得长，所以你当了皇上。”

“朕知道你的意思，你想说什么，尽可直言。”

“我来是想劝皇上离开洛安。”鹿一鸣不再绕弯子。

“离开洛安？”李昊煜重复着鹿一鸣的话。

鹿一鸣为打消李昊煜的疑虑，从自己如何到天脊山说起，为借兵前往狼族打探，然后误中麒麟毒……一直说到如何发现西王和活尸兵，以及洪飞羽所筹谋之事。

虽然鹿一鸣隐去了许多人物和事件，言简意赅，但李昊煜还是听得瞠目结舌。他之所以瞠目结舌，除了鹿一鸣整个遭遇本身的惊心动魄，还有一个原因，就是他终于明白自己现在的处境了。简而言之，留下来九死一生，离开洛安虽然会受制于韦不群，却是一条生路。

李昊煜是聪明人，他如果不懂得如何选择，早就死了十七八回了。更何况如今他受制于太后，再换一个韦不群来又有什么关系。

“朕要离开洛安！”李昊煜不用鹿一鸣再多劝说，当机立断地抓住了他的手。

林晨看着洪飞羽有条不紊地发布各种命令，他的每一个决定或许都会影响夏国的未来，甚至整个云州大陆几十年的局势。他明白洪飞羽现在所算计的是天下的大局势，忽略不计的是个别人，甚至是相当一部分人的性命。比如，洪飞羽就算明知地宫是个陷阱，为了稳住西王，他依旧安排敢死队去突袭地宫，这些人必定有去无回。再者，为了让真皇帝顺利出逃，洪飞羽用易容术安排了替身，代替李昊煜去紫金山送死。诸如此类，不胜枚举，人命已不是人命，而是必须做出取舍的棋子。林晨心里常常疑惑和叹息，被牺牲的人固然可怜，但来决定取舍的人又是怎样一番心境？不过好在无论是牺牲，还是取舍的人，至少目前都不是他。

然而，林晨现在最佩服的倒不是洪飞羽，而是韦不群。如此重大的布局，韦不群不但把所有权力完全移交给洪飞羽，甚至连人影都没出现。而据他所知，韦不群在做出这个决定之前，和洪飞羽见面不过三次，每次说话不超过十句。单是这份“用人不疑，疑人不用”的气度，普天之下怕是再无第二人。此时他也理解了为什么洪飞羽出山后对他这样说：夏国安危系于韦氏一人而已。

此时此地，没有兵刃，没有厮杀，没有呐喊与鲜血……林晨却感觉这就是战场，冷酷、紧张、你死我活……容不下半点儿慈悲。

吕淑怡看着铜镜里雍容华贵的自己，笑了。

她确实应该笑，也值得笑。三十年来，她从一个不被人待见的妃嫔，在后宫残酷血腥的厮杀中一步一步走来，终于以今天这样的姿态母仪天下。

论美貌，她虽不是独占鳌头，但也曾让先皇李浩存心醉神迷；论心机，她让贤贵妃至死都不知道自己是被谁害死的；论心狠，她掐死过刚出生的婴儿；论手段，她玩弄皇亲国戚和权臣们于股掌之间。

如今莫说后宫，便是朝政也大半归于她手。但是她还有担心的人，就是那些位高权重的老臣。无论是韦不群，还是苏迟，他们表面上看似对她唯命是从，背后里却做了不少事情，都是些阴阳两面的人。不过好在这两个人水火不容，斗得死去活来，也正因为这样，她可以高居庙堂，玩弄帝王的平衡术。

皇上李昊煜也是由她一手抚养长大，对她百依百顺，吕家借势掌控了洛安城内的军政大权。下一步，她要把吕家的势力向外延伸，而吕素控制岩石城就是第一步。最终，夏国将成为她吕家的夏国。而现在一切都在按照她所预想的方向发展，今天的祭天大典，正是她向世人显耀荣光的一刻。

祭天大典是夏国最为隆重的活动，每隔十年一次，始自开国皇帝李成渊，世代流传，数百年来从未中断。

日出前七刻，太和钟响起，太后、皇上以及文武百官闻钟起驾。自皇宫出发，直抵紫金山。三千禁军护卫，浩浩荡荡，绵延数十里，穿过大半个洛安城。

沿途百姓聚集在道路两旁，一睹盛景。

只是今日祭天大典并不算顺利，一是皇上李昊煜有些抱恙，说是感染了风寒，虽然坚持参加祭天大典，但一路上基本就坐在龙辇里，极少露面；二是丞相韦不群也告病，虽然同样坚持出席了祭天大典，却无法诵读祭词，改由礼部尚书代劳。

原本应该是皇上李昊煜站在金辂车上向夏国百姓泽沐皇恩，此时却由太后吕淑怡代替。

吕淑怡头戴九龙四凤冠，漆竹丝为圆框，冒以翡翠，上饰翠龙九、金凤四，正中一龙衔大珠一，上有翠盖，下垂珠结，余皆口衔珠滴。她身上着红色绣着金线凤凰的罗裙，逶迤拖地烟纱裙。她虽然已年过半百，但依旧肌肤如雪，面似芙蓉，眉如柳，雍容华贵，仪态万方。

吕淑怡不时挥手向围观的百姓示意，她每经过一处，便惹来人群的一阵欢呼和膜拜，这种君临天下的感觉，让她宛如飘在云端。

正午时分，队伍终于来到紫金山。

紫金山顶设有紫金坛，专用于祭天，称为“露祭”。紫金坛设七神位，神位前摆列着玉、帛以及整牛、整羊和酒、果、菜肴等大量供品。皇帝的拜位于正南，身后台阶两侧陈设多件乐器组成的中和韶乐，排列整齐，肃穆壮观。

此时，紫金坛东南燔牛犊，西南悬天灯，烟云缥缈，烛影摇红。

礼部尚书上前诵读祭文，大祭师弥矢亚手持法器围绕着紫金坛作法祈福。皇上“李昊煜”搀着太后吕淑怡一步一步走向紫金坛。

祭天大典本应由皇上独自一人跪拜天地，咏读祝文，数百年来未曾见有女人登上紫金坛。群臣看着，却皆不敢言。

吕淑怡面带笑容，泰然自若。“李昊煜”低眉顺眼，躬身不言。

两人来到紫金坛的皇帝拜位，刚刚准备祭拜天地，却忽然从山下传来喧哗声。

“大胆！祭天大典，何人敢在山下喧哗？”吕淑怡大怒，目光扫向禁军统帅吕子建。

吕子建慌忙一拱手，急忙带着副统领去山下查看。不过他刚走到台阶边，喧哗声已经变成了清晰的厮杀声。

一个禁军将领浑身是血，沿着台阶连滚带爬地来到紫金坛。

“发生了什么事？”吕子建已察觉到事情有异，急忙上前一把抓住惊慌失措的禁军将领喝问道。

“吕……吕统领，有来历不明的军队围攻紫金山，我们的人快抵挡不住了。”

“放屁，山下有三千禁军，还有一万余名城防军，有什么挡不住的？”吕子建揪住禁军将领的胸口，压低声音恶狠狠地道，“胆敢惑乱军心，杀无赦！”

“他们……他们根本不是人……不是人……”禁军将领的眼睛瞪得犹如铜铃一般大。

太后、皇上，以及紫金台上的文武百官此时都把目光投向了吕子建这边，他们都能感觉到发生了不同寻常的事情。吕子建感觉到了背后的目光，又惊又怒，他一脚把这位禁军将领踢下了台阶。

“来人，与我下山查看。”吕子建一挥手，身后护卫百余人迅速跟上。然而不等吕子建下山，又有一队士兵往紫金台奔来。他们之中混杂着禁军和城防军，皆是狼狈不堪。

吕子建居高临下，看得一清二楚，刚想大声斥责，却发现在这些败军之后还有身着黑甲的不明军队正在追杀他们。有部分禁军眼看逃脱不掉，又回身过去厮杀。一名禁军手持长戟，猛力刺向黑甲巨斧兵。禁军手中的长戟乃是精铁打造，锋利无比，瞬间就刺穿了黑甲巨斧兵的胸膛。

吕子建露出欣慰的笑容，不过很快他的笑容就变成了恐惧。长戟虽然刺穿了黑甲巨斧兵的身体，但黑甲巨斧兵并没有倒下，甚至连动作都没有因此迟缓片刻。黑甲巨斧兵一手抓住禁军的长戟，另一只手中的巨斧犹如割菜一般砍下了对方的脑袋。其他几个转身的禁军也都先后身首异处，不过他们的牺牲总算为其他士兵赢得了时间。

"护……护驾……护驾！"吕子建被逃跑的士兵撞倒在地，此时也终于回过神儿来，一边大喊，一边往太后和皇上的方向跑去。

紫金坛四周有皇帝的数百亲卫，他们皆是由武功高手组成，发现异动后立刻冲了上去，挡住了黑甲巨斧兵。原本跪在地上的文武百官，此刻也都慌忙地爬起来往后退去，他们被护卫的士兵挡在后面，却也不知究竟发生了什么。

吕淑怡站得高，自是看见了那些杀上紫金坛的黑甲巨斧兵。此时她的身边也围上来十几个护卫，把她和皇上团团护住。

"皇儿莫要害怕，亲卫一定会拿住这些作乱的宵小。"吕淑怡以为有大军在山下，这些黑甲巨斧兵必然是提前埋伏在山中的刺客。她心中恼怒，事后必定要严惩负责安全的吕子建。

哪知皇上"李昊煜"脸上并无半点儿惊慌，也不说话，只是眉头深锁，四处张望，仿佛在寻找什么。吕淑怡心中有些疑惑，刚想质问，吕子建就惊慌地跑了过来，却被护卫拦住。

"大胆，没长眼睛吗？我是吕统领，赶快让开！"吕子建大怒，骂道。

"统领自重，未得皇上传召，任何人不得靠近。"护卫职责所在，若无命令，任何人都不允许进入保护圈。

"太后，太后，是我，是我！"吕子建无奈之下，一边回头望，一边大声喊。

吕淑怡看到吕子建如此失态，气不打一处来，不过现在却不是发怒的时候，她急需知道如今的情况，便道：“让吕统领进来。”

护卫闻言，这才放吕子建进去。吕子建一看到太后，连忙抱住了她的大腿：“太……太后，那些黑甲巨斧兵不是人……”

“放肆，成何体统！”吕淑怡一脚踹开吕子建，她这个侄儿实在是太没用了。

此时，紫金台的入口处，负责护卫的皇家亲卫们越战越心惊。他们虽然凭借着高超的武艺可以暂时与黑甲巨斧兵缠斗，却仅仅限于目前冲上来的黑甲巨斧兵与他们这些护卫的数量相差不大，可一旦有更多的黑甲巨斧兵冲上来，他们就会顾此失彼，再难保护紫金台上其他人的安危。

文武百官们虽然不知道发生了什么，但是看到护卫们和黑甲巨斧兵的缠斗，无不胆战心惊。这些黑甲巨斧兵不畏生死，没有感觉，就算被砍断了腿脚，也还在伦斧战斗，简直犹如地狱来的修罗恶煞。

紫金台三面悬崖，唯有一条路通往山下，此时就算众人想跑也无路可走。

吕子建虽然胆小，人却精明，他亲手布置的防卫，更加知道此刻的危急。这些黑甲巨斧兵能冲上来，说明山下的军队已然溃败。

“太后……太后、皇上，形势危急，还请立刻回避。”吕子建从地上爬起来，慌忙说道。

“回避？”吕淑怡气不打一处来，“往哪里回避？！究竟这些刺客是怎么上山的？还不速调山下的禁军来绞杀！”

“他们……他们不是刺客，是叛军……山下已经没兵可调了。”吕子建脸色苍白地道。

吕淑怡闻言一愣，她此时方才知道事情的严重性。

“传大祭师！”吕淑怡想到此时能救他们的或许只有大祭师弥矢亚，凭借法术，一定可以逃离这里。

一个护卫连忙去通传，但这时才发现大祭师弥矢亚早已不见了踪影，他连忙回禀：“太后，大祭师弥矢亚……不见了……”

吕淑怡听到后浑身一颤。

“丞相和大学士呢？快传！”吕子建不等太后和皇上说话，就急忙喊道。

虽然百官乱作一团，但护卫们还是在人群中找到了丞相“韦不群”，只是大学士如今也下落不明。“韦不群”被护卫们扶到吕淑怡的面前。

“太后，丞相大人在此，不见大学士……”

吕淑怡挥挥手，护卫便退到了一旁。

“韦大人，你可知道究竟是何人作乱？”吕淑怡目光如炬，在她看来，能在洛安附近作乱的人，他这个权倾朝野的丞相不可能不知道。

“韦丞相让我给太后捎个话。”“韦不群”说着就揭开了自己脸上的人皮面具。一旁的护卫大惊，几把钢刀立刻架在了“韦不群”的脖子上。

此人本是死士，故而面无惧色地道：“西王李铭基与大学士联手谋反，臣自知难以力敌，已护驾北去。”

吕淑怡连退三步，头上的冠冕散落一地。她指着身边的“李昊煜”，失魂落魄地问道：“你……你不是皇上？”

“李昊煜”也撕下了人皮面具，道：“皇上也让我给太后捎句话。”“李昊煜”丢掉了手中的面具，然后一字一句地说道，“太后可还记得嫣贵人，朕从未敢忘！”

吕淑怡勃然大怒，顺手抽出身边护卫的刀，向“李昊煜”砍了过去。“李昊煜”就地打滚，避开了刀锋。

“逆臣贼子！全都是逆臣贼子，杀了，都给我杀了！”吕淑怡披头散发，再顾不得仪态万方，犹如发狂的泼妇。然而，她身边的这些护卫已经顾及不了这两个死士，因为黑甲巨斧兵犹如黑云一般遮天蔽日，汹涌而来。

天数历一一八二年正月初八，夏国祭天大典之日，西王再次起兵谋反，史称“祭天之难”，民间也把这一日称为“修罗日”。以太后吕淑怡为首，二品以上官员共计七十三人被西王生擒。当日被西王屠杀的文武官员，有品级的共计一千七百八十六人。禁军和城防军无论投降与否尽被屠杀殆尽，死亡人数约一万五千余人。洛安城内百姓死伤更是不计其数，虽然一直没有准确的数字，但在“祭天之难”前，户部册籍上统计的洛安人口约有一百八十七万，而在那之后的一年，户部统计的洛安人口只剩下七十一万。

洛安城内外有两条护城河，城内还建有四通八达的沟渠，在祭天大典这一日，原本清澈的护城河和沟渠里全部被血水染红。

西王李铭基踏着数以万计的尸体，蹚过血河，终于坐到了龙椅之上。以大祭师和苏迟两人为首，早已归降的文武官员分列两侧，每个官员背后还站着一个黑甲巨斧兵。官员们个个都战战兢兢，那身后的巨斧会随时落下一般。

大殿之下，一干皇亲国戚和朝中重臣匍匐在地，浑身瘫软，头都不敢抬一下。在他们一侧，已经有两个亲王和三个二品的官员被砍了脑袋。

即使如此，西王李铭基仍然怒火难消。他虽然一举拿下洛安城，活捉了包括太后在内的大小官僚数百人，可至关重要的人却全部逃脱，除了皇上李昊煜、丞相韦不群、兵部尚书沈三复、户部尚书颜芩震这几个核心人员，朝中各个关键部门的多数精英也都逃走。西王的大军虽然剿灭了禁军和城防军，但总数也不过才一万余人。当西王的军队按计划突袭洛安城周边的各个府军军营的时候，却发现这些军营早已人去楼空。直到此时，李铭基才恍然大悟，韦不群这个老狐狸根本没有中计，也没打算与他在洛安决一死战。韦不群不过是佯装偷袭地宫，然后安排各路替身参加祭天大典，实则金蝉脱壳，带着小皇帝，乘船沿着洪江顺流而下，去了荆帝城。

西王李铭基气得咬牙切齿，他走下龙椅，来到太后吕淑怡面前，一把抓住她的头发，把她从地上拽了起来。

“淑怡，你可还记得本王？”李铭基此时露出一脸猥琐的笑容。

吕淑怡怎么可能忘记这张令她胆战心惊的脸，昔日李铭基进宫拜见先皇李浩存，恰巧在御花园遇见了她。这厮竟然敢调戏于她，事后她碍于颜面，而对人绝口未提。

“你……要杀便杀……”吕淑怡嘴上虽然强硬，发抖的身体却出卖了她。

“本王怎么舍得你死，皇兄的那把破椅子本王已经坐过了，如今他的女人，本王要好好玩玩。”李铭基大笑道。

吕淑怡羞愤难当，几欲晕倒，她想咬舌自尽，却又贪生怕死，不甘心就此香消玉殒。李铭基见她这番姿态，那样子倒有七分与他的奶母相像，便越发欲火攻心。

“你若把本王伺候好了，本王就留你一条贱命。”说完，李铭基大笑着把吕淑怡抱在了怀里，径自往后殿而去。群臣愕然，却无一人敢说话。

此时，倒是一直没说话的大祭师站了出来，拦住了李铭基。吕淑怡以为大祭师会为她说话，所以一脸乞求地看着他。然而大祭师却看也不看她一眼，只是望着西王李铭基问道：“殿下，剩下的这些人该如何处理？”

李铭基停下脚步，倘若是旁人，他必会勃然大怒，可是对于大祭师，他却格外客气。他能在白水之战中生还，乃至今日东山再起，全靠大祭师弥矢亚。

“这些人便交给大祭师定夺。”李铭基说完摆摆手，便急不可耐地抱着吕淑怡去了龙椅后的屏风后面。

吕淑怡的惨叫声透过屏风，在夏国庄严肃穆的太极殿内此起彼伏。屏风外，无论是阶下囚，还是归附者，无不头晕目眩、心惊肉跳。一位归附西王的臣子实在坚持不住，竟然晕倒在地。

大学士苏迟皱了皱眉头，向大祭师告辞，缓步退出了太极殿。

大祭师弥矢亚闭上眼睛，站在殿中一动不动，嘴角露出一丝诡异的笑容。

洪江，一条贯穿整个夏国的河流，发源于天幕雪山，沿途流过十一府七十二城，经由泉州汇入东海，全长两千余里。此时洪江之上，数十只大船以长蛇阵的姿态航行着。这些大船全是夏国水军的军船，以坚木和铁皮打造而成，船长有三百丈长、宽六十余丈、高一百余丈，有船员两百余人，可装载士兵千人。军船之上，还设有火器与投石装置，威力惊人。

长蛇阵中，有一艘旗舰，名“护国号”，这艘船比一般的军船还要大上许多，旗帜迎风飘展，船体犹如巨兽，劈风斩浪，威猛雄壮。洪飞羽和韦不群两人站在船尾甲板上，举目眺望便可看到烽烟四起的洛安城。

如今计划虽然已成功，他们顺利逃离洛安城，并保存了大部分实力，但两个人都眉头深锁，难展笑颜。夏国的衰败与四分五裂已经难以避免，甚至整个云州大陆都已经被拖入战火。西王李铭基惨无人道，夺取洛安城后，必定会向四周继续扩张力量，未来一场血战难以避免。

“你放走了鹿一鸣？”韦不群言语间颇有不悦。

“留着鹿一鸣在身边对丞相大人毫无意义，如今他重获自由，必定会去寻那《天幕雪志》。”洪飞羽回道。

“何以见得？”

“雪鹰终归要翱翔九天，如今他要恢复武功的唯一办法就是去天幕雪，而且前任雪鹰卫的失踪也和天幕雪有关，他要弄清楚师父的生死，也需去那儿。”

韦不群淡淡一笑，说道:“世道艰险，本相也希望鹿大人能一路平安，所以安排了燕宗主暗中保护。”

“看来丞相对于天幕雪兴趣斐然啊。”洪飞羽说着便把好奇的目光投向了韦不群。

韦不群却对此避而不谈。

“风羽先生，此去海浪滔天，你可想清楚了？不若留在荆帝城，共抗西王。”韦不群想挽留洪飞羽。

“西王虽来势汹汹，但多行不义，不得人心，势必不久。丞相大人运筹帷幄，以皇命诏天下共击之，必能旗开得胜。”洪飞羽轻摇折扇道，“冥牙族一事，在下不敢拖延，一日不明敌情，心中始终难安。”

“风羽先生既然心意已决，本相就祈愿先生平安归来。”

“多谢丞相成全。”洪飞羽拱手道。

此时，船队转过一个弯，一片霞光之中，远远看到荆帝城耸立在半山间，巍峨雄壮。在城下江面之上，百舸争流，进出各个码头的商船、渔船络绎不绝，一派繁华景象。

《云海英雄传》系列第二弹预告

新的启程，新的冒险即将开始：

西王李铭基发动反叛，挥军强攻荆帝城，在洪江之上，夏国有史以来最为激烈的一场水战爆发了。洪飞羽、林晨和曹莽三人乘坐军船出海，寻找冥牙族的踪迹，却遭遇大风暴，流落不明岛屿。鹿一鸣欲找到《天幕雪志》，独自前往天幕雪，却不知燕若馨一直在暗中跟随。历经艰险，鹿一鸣能否抵达天幕雪，恢复武功，解开师父失踪之谜？与此同时，安多丽也随着张大山等人来到夏国寻找鹿一鸣，却误入大祭师的圈套，他们能否平安脱困？枫国君主风颜亮大丧之后，在智渊侯欧阳心的鼓动下，举五十万大军，誓要踏平夏国，为国君风颜亮复仇。枫国银铃公主却无意间发现欧阳心的阴谋，逃出枫国……

云州大陆风云再起，东海的滔天巨浪也席卷而来！